KB157394

GHOST BOY

────

엄마는   내가
죽었으면 좋겠다고
말했다

GHOST BOY

엄마는 내가 죽었으면 좋겠다고 말했다

마틴 피스토리우스
메건 로이드 데이비스 지음 —— 이유진 옮김

푸른숲

영혼의 속삭임에 귀 기울이고
나를 있는 그대로 사랑해주는
나의 아내, 조애나에게 바친다

추천의 말

나는 언제나 피해 생존자와 그들의 가족에게 관심이 많았다. 자살 생존자들, 트래킹 중 곰에게 몸의 절반이나 뜯겼지만 기적적으로 구출된 사람들, 상어의 공격에도 바다에서 생존한 사람들, 베트남에 파병됐다가 돌아온 군인들의 이야기까지. 언제나 그들의 이야기는 내 마음을 잡아끌었다. 그러나 내가 아는 모든 피해 생존자의 이야기 중에 가장 압도적인 것은 이 책의 저자인 마틴 피스토리우스의 삶이다. 그는 열두 살이 되던 해 사지가 마비되는 퇴행성 신경증을 앓고 식물인간이 되었다. 하지만 열여섯 살 무렵 의식이 깨어나기 시작했고 열아홉 살에 이르러서는 자신의 의식이 완벽히 돌아왔다는 걸 깨닫는다. 다시 살아나고 있었지만, 그에게 무슨 일이 벌어지고 있는지 아는 사람은 아무도 없었다.

만약 진심으로 사랑하는 사람이 당신이 살아 있다는 걸 깨닫지 못한다면 어떻게 할 것인가. 그러니까 어느 날, 지칠 대로 지친 엄마가 당신의 얼굴을 닦아주며 "네가 죽었어야 해!"라는 말을 울음처럼 내뱉는다면 말이다. 마틴의 인지

기능이 일반인과 똑같다는 걸 발견한 요양사가 없었다면 그가 살아남아 '테드' 강연을 하는 일은 없었을 것이다.

이 책은 자신의 몸에 갇혀버린 사람이 스스로 몸 밖으로 나아가는 힘겨운 과정을 그린다. 잦은 실패를 받아들이며 기어이 사랑하는 사람을 받아들이는 법, 내면의 공포와 싸우는 법, 자신의 한계를 인정하고 그 안에서 또 다른 가능성을 발견하는 법에 대한 이야기인 것이다. 말하자면 이 책은 고개를 돌리기 힘들어 더 이상 시계를 볼 수 없는 사람이 빛이 떨어지는 위치를 외워, 시계 없이도 햇빛과 그림자가 지는 모양만으로 시간을 파악하는 감동적인 이야기인 셈이다. 마틴의 이야기에 가장 평범한 제목을 붙인다면 아마 그것은 '회복력'이 될 것이다. 그러나 적어도 내게는 상처가 꽃이 되는 순서에 관한 이야기다.

백영옥 소설가, 《빨강머리 앤이 하는 말》 《아주 보통의 연애》 저자

읽는 내내 나는 한시도 눈을 뗄 수 없었다. 저자의 절절한 영혼의 고백에 자꾸만 눈물이 났다. 정신적, 육체적 장애가 있다는 이유만으로 그를 무시하고 함부로 대하는 일이 얼마나 큰 잘못인가를 다시 깨닫게 해주는 책이다. 어떤 장애가 있더라도 생명은 소중한 것이며 진실한 사랑은 불가능을 가능케 하는 기적을 이루어냄을 가슴 뛰는 감동으로 보여준다. 모든 인간을 향한 우리의 태도가 사랑으로 변화되기를 재촉하는 책. 주인공 마틴의 이야기를 읽는 동안 내 삶을 성찰하며 너무도 당연하게 여겨온 것들에서조차 깊은 감사를 느끼지 않을 수 없다. 또한 도움이 필요한 누군가에게 지극한 인내와 폭넓은 사랑으로 다가가고 싶은 선한 갈망이 생기는 기쁨! 이것이 이 책이 독자에게 주는 또 하나의 값진 선물이다.

이해인 수녀, 《민들레의 영토》《필 때도 질 때도 동백꽃처럼》 저자

열두 살까지 아주 평범하던 소년이 희귀병으로 쓰러진다. 기적적으로 소년은 깨어났지만 여전히 아무도 살아 있다는 것을 모른다. 영화 〈잠수종과 나비〉의 장 도미니크 보비가 연상되는 실화로, 영혼이 몸 안에 갇힌 소년이 세상과 다시 소통하는 과정이 생생히 중계된다. 무한한 시간 속에서 맘껏 길을 잃어본 영혼에게는 다시 주어진 현재가 얼마나 소중한지 실감할 수밖에 없다. 마틴의 이야기는 우리가 얼마나 허투루 하루하루를 보내고 남을 원망하며 사는지를 반성하게 만든다.

하지현 정신과 전문의, 《그렇다면 정상입니다》 《대한민국 마음 보고서》 저자

공룡 바니가 또 텔레비전에 나온다. 나는 바니를 싫어한다. 주제곡도 싫다. 〈양키 두들 댄디〉의 멜로디에 실려 흘러나오는 노래 말이다.

나는 폴짝거리고, 깡충거리고, 이내 거대한 보라색 공룡 품으로 뛰어드는 아이들을 바라보다 주위를 둘러본다. 여기 있는 아이들은 미동도 없이 바닥에 누워 있거나 축 늘어진 채로 의자에 앉아 있다. 내 몸은 휠체어에 감긴 줄로 꼿꼿하게 고정되어 있다. 다른 아이들과 마찬가지로, 나에게 몸이란 탈출할 수 없는 감옥이다. 말을 하려고 해도 침묵할 수밖에 없고, 팔을 움직이려 해봐도 꼼짝도 하지 않는다.

나와 다른 아이들 사이에는 한 가지 차이점이 있다. 이 갑갑한 감옥에서 벗어나려 애쓸 때마다 나는 마음속으로 이리저리 요동치고 옆 구르기를 하고 공중제비를 넘으며, 마술이라도 부리듯 잿빛 세상에 찬란한 빛깔의 섬광을 만들어낸다. 하지만 나는 말을 할 수가 없기에 아무도 이 사실을 알지 못한다. 사람들은 내가 빈껍데기일 뿐이라고 생각한다. 나는 지난 9년간 매일 여기에 앉아 〈바니와 친구들〉이나 〈라이언 킹〉을 바라만 봤다. 그리고 '세상에 이보다 더 심한 것은 없을 거야'라고 생각한 순간 텔레토비가 등장했다.

나는 스물다섯 살이다. 하지만 내가 기억하는 과거는 의식 불명 상태에서 깨어난 순간부터 시작된다. 마치 암흑 속에서 번쩍이는 빛을 보는 듯하다. 사람들이 열여섯 살 생일을 맞은 나를 보면서, 턱에 까칠하게 자라난 수염을 밀어주어야 할지를 두고 고민하는 소리가 들려왔다. 나는 이내 두려움에 휩싸였다. 비록 지난 일을 기억하지도 느끼지도 못하지만 내가 어린아이라는 사실을 분명히 알고 있는데, 그들은 나를 성인이 다 된 사람 취급을 하고 있었기 때문이다. 나는 사람들이 이야기하는 대상이 다름 아닌 나란 사실을 점차 깨닫게 되었다. 매일 내 얼굴을 보던 엄마와 아빠, 동생들이 있음을 새삼 인지하게 되면서 말이다.

혹시 어떤 사람이 깨어나 보니 유령이 되어 있는데 자기가 죽었는지도 모른다는 영화를 본 적 있는가? 내 상황이 바로 그랬다. 사람들이 주위에 모여 나를 들여다보고 있음을 알았지만 왜 그러는지는 이해할 수가 없었다. 아무리 애원하고 외치고 소리를 질러도 내 존재를 알릴 수가 없었다. 정신은 쓸모없는 몸 안에 갇힌 채 팔다리를 마음대로 움직일 수도 목소리를 낼 수도 없었다. 사람들에게 내가 다시 깨어났다고 알리고 싶었지만 신호를 보내거나 소리를 낼 수가 없었다. 나는 누구의 눈에도 보이지 않는 유령 소년이었다.

삶이 똑같은 나날로 엮여감에 따라 나는 혼자만의 비밀을 간직한 채 나를 둘러싼 세상을 바라보는 소리 없는 목격자가 되는 데 익숙해졌다. 의식이 돌아온 지 어언 9년이라는 세월이 흘렀다. 그동안 나는 유일한 소유물인 내 정신을 이용해 캄캄한 절망의 심연부터 환상 속 환각에 이르기까지 온갖 것을 탐험하고 다녔다.

그러던 어느 날 버나를 만났다. 오로지 버나만이 내 안의 의식이 살아 있을지도 모른다고 생각한다. 또 내가 사람들의 생각보다 더 많은 것을 이해한다고 믿을 뿐 아니라 이런 생각이 틀리지 않았음을 증명해주기를 바란다. 나는 내일 다운증후군, 자폐증, 뇌종양, 뇌졸중 후유증 등을 앓아서 말을 할 수 없는 이들의 의사소통을 돕는 전문 클리닉에서 테스트를 받을 예정이다.

껍데기 속에 갇혀 있던 사람이 과연 이 테스트를 받는다고 해서 닫힌 문을 열고 나올 수 있을까, 회의하는 마음이 없지 않다. 내가 나의 몸 안에 갇혔다는 사실을 받아들이기까지─상상도 할 수 없었던 일에 익숙해지기까지─너무나 오랜 시간이 걸렸기에 사실 운명을 바꿀 수 있을지도 모른다고 기대하기조차 두렵다. 하지만 아무리 두려워도 내가 이렇게 살아 있음을 누군가 알아챌 수도 있다고 생각하면 희망이 솟아오른다.

시간을 세다

나는 남아프리카공화국의 어느 대도시 근교에 있는 돌봄시설에서 하루하루를 보내고 있다. 여기서 몇 시간만 더 가면 사자들이 사냥감을 찾아 으르렁대는, 노란 관목으로 뒤덮인 초원이 나온다. 사자들이 지나간 자리에는 남은 먹잇감을 노리는 하이에나들이 몰려들고, 이어 뼈에 붙어 있는 마지막 살점 한 조각까지 쪼아 먹으려는 독수리들이 날아온다. 버려지는 것은 전혀 없다. 동물의 왕국에서는 끝없이 흐르는 시간처럼 삶과 죽음이 완벽하게 순환한다.

　　나는 시간의 무한함을 깊이 이해한 덕에 시간 속에서 길을 잃는 법을 터득하게 되었다. 한 주 한 주를, 혹은 매일매일을 잘 보내는 방법이 있으니, '문'을 완전히 닫고 무념무상의 상태로 있거나ㅡ씻기고,

먹이고, 휠체어에서 침대로 옮겨주어야 하는 객체로만 존재하는 공허한 상태—삶의 사소한 세부에 주의를 집중하는 것이다. 나는 주어지는 시간을 수동적으로 받아들이기보다는 시간 다루기의 달인이 되는 법을 깨쳤다. 빛이 떨어지는 위치를 외울 수 있게 된 후로, 나는 시계를 거의 보지 않고도 햇빛과 그림자가 떨어지는 모양만으로 시간을 파악하는 연습을 했다. 또한 여기서 보내는 일상에서 어김없이 찾아오는 정해진 시점들—오전 10시 아침 음료, 오전 11시 30분 점심, 오후 3시 오후 음료—을 이용해 시간 세는 기술을 완성했다. 연습할 기회는 차고 넘쳤다.

이제 나는 하루하루를 마주하며, 1분 혹은 한 시간 단위로 시간을 셀 수 있다. 침묵 속에서 숫자들이 내는 소리가 나를 가득 채운다. 부드러운 물결 같은 식스six와 세븐seven, 흡족한 스타카토로 소리를 내는 에이트eight와 원one. 이런 식으로 일주일을 보내고 나면, 햇살 가득한 땅에 산다는 사실에 감사할 따름이다. 내가 만일 아이슬란드에서 태어났다면 시간 정복하는 법을 결코 배우지 못했을 것이다. 아마도 끊임없이 씻겨 내려가는 해변의 조약돌처럼 야금야금 시간에 잠식당했겠지.

지금 내가 알고 있는 것들, 그러니까 아이슬란드는 극한의 빛과 어둠의 나라다, 혹은 사자 다음에는 하이에나가, 이어 독수리가 온다, 같은 지식을 어떻게 얻었을까? 풀 수 없는 수수께끼다. 텔레비전이나 라디오가 켜져 있을 때마다—꿈 같은 세상으로 나아가게 해주는 무지개 길 같은 소리들―정보를 얻었을 뿐, 따로 교육을 받은 적도 책을 읽은 적도 없다. 병들기 전에 얻은 지식일까? 궁금하다. 병이 몸을 점령했는지는 몰라도 정신만은 절대 정복하지 못한다. 단지 일정 기간 볼모로 잡아둘 뿐이다.

이제 하루의 절반이 흘렀다. 아빠가 오기까지 다섯 시간도 채 안 남았다는 뜻이다. 아빠가 나를 데리러 오는 5시가 하루 중 가장 찬란한 순간이다. 마침내 돌봄시설을 떠나기 때문이다. 엄마가 먼저 일을 마치고 2시에 도착하는 날이면 얼마나 마음이 들뜨는지, 이루 말로 표현할 수 없을 정도다.

지금부터 시간을 세려는데―초, 분, 그리고 시간―이렇게 시간을 세면 아빠가 좀 더 일찍 도착했으면 좋겠다.

1, 2, 3, 4, 5…….

나는 차 안에서 아빠가 라디오를 틀었으면 좋겠다. 그러면 집으로 가는 동안 함께 크리켓 중계를 들을 수 있을 테니까.

아빠는 공이 볼드bowled(타자가 공을 치지는 않았지만 수비 진영 위켓의 베일을 떨어뜨렸을 때 아웃당하는 것을 말한다-옮긴이)되면 이따금씩 이렇게 외친다.

"아웃 아니야?"

내 방에서 컴퓨터 게임을 하는 데이비드도 마찬가지다.

"성공, 다음 레벨로!"

손가락이 콘솔 위를 날아다니는 중간중간 데이비드는 이렇게 소리를 지르곤 한다.

아빠도 동생도 내가 이 순간들을 얼마나 잘 간직하고 있는지 알지 못한다. 6점이 나서 아빠가 환호할 때, 더 높은 점수를 올리지 못한 동생이 실망해서 눈썹을 찌푸릴 때, 나는 건네고 싶은 농담이나 함께 외치고 싶은 감탄사를 소리 없이 떠올린다. 적어도 그렇게 소중한 순간들만은 구경꾼으로 남아 있고 싶지 않다.

어서 아빠가 왔으면 좋겠다.

33, 34, 35…….

오늘따라 몸이 무겁게 느껴지고 나를 감은 끈이 옷으로 파고들어 피부를 압박하고 있다. 오른쪽 엉덩이가 아프다. 누군가 나를 돌려 눕혀서 이 고통을 덜어주었으면 좋겠다. 몇 시간이고 움직임 없이 가만히 앉아 있기란 생각처럼 편안한 일이 아니다. 만화를 보면 쿵! 소리와 함께 절벽에서 떨어져서 온몸이 산산조각으로 부서지는 사람이 나온다. 꼭 그런 느낌이다. 몸이 수백만 조각으로 쪼개져서 조각들 하나하나가 다 아픈 듯하다. 본래 용도대로 쓰이지 않는 몸을 끌어내리는 중력 때문에 참으로 고통스럽다.

57, 58, 59…… 1분.

네 시간이 지났다. 이제 59분이 남았다.

1, 2, 3, 4, 5…….

다른 데로 생각을 돌리려 해보아도 자꾸만 엉덩이의 통증에 온 신경이 쏠린다. 만화 속의 부서진 남자를 떠올려본다. 때로는 나도 땅

바닥에 떨어져 산산조각이 나버렸으면 좋겠다는 생각이 든다. 만약 그렇게 된다면 만화 속의 남자처럼 공중으로 튀어 올라 기적처럼 몸이 하나가 되어 뛰어다니게 될지도 모르니까.

심연 속으로

열두 살까지 나는 평범한 소년이었다. 다른 아이들보다 다소 수줍음이 많은 성격에 소란스럽기보다는 그저 쾌활하고 건강한 아이였다. 전자기기들을 가장 좋아했고 그걸 다루는 타고난 재주가 있어서 내가 열한 살 때부터 엄마는 전기 콘센트 고치는 일을 안심하고 맡겼다. 그런 재주가 있어 부모님의 낡은 컴퓨터에 리셋 버튼을 장착했고 남동생인 데이비드와 여동생인 킴에게서 침실을 사수하려고 경보 시스템을 설치했다. 동생들은 늘 레고로 가득한 나의 작은 왕국에 침범하려 들었지만 부모님을 제외하고 내 방 출입이 허용되는 유일한 생명체는 어디를 가든 나를 졸졸 따라다니던 작고 노란 개, 푸키였다.

　지난 수년간 무수히 많은 진료를 받는 동안 충분히 들었기에 내가 병상에 눕게 된 경위를 잘 알게 되었다. 1988년 1월 어느 날, 나는 목이 아파 학교에서 조퇴하고 집으로 왔는데, 이후 두 번 다시 학교로 돌아가지 못하게 되었다. 몇 주, 몇 달이 지나면서 음식을 먹지 않게 되었고, 매일 몇 시간이고 잠을 잤으며, 아파서 걷기가 힘들다고 호소했다. 내가 사용하지 못한 몸은 점점 약해졌고, 정신 역시 허약해졌다. 처음엔 일어난 사실들을 잊어버렸고, 다음에는 분재 화분에 물 주기와 같이 익숙한 일들을 잊어버렸고, 급기야는 사람들의 얼굴도 잘 기억하지 못하게 되었다.

부모님은 내가 기억을 보존할 수 있도록 가족사진이 든 액자를 가지고 다녔다. 엄마 존은 아빠 로드니가 출장을 가면 날마다 아빠의 모습이 담긴 영상을 보여주었다. 계속 반복해서 보여주면 내 기억이 사라지는 사태를 막아낼지도 모른다는 희망을 품었지만 이런 바람은 실현되지 않았다. 내가 마침내 자신이 누구이며 어디에 있는지를 잊어버리자 말하기 능력도 감퇴되었다. 아픈 지 1년이 되었을 때 나는 병원 침대에 누워서 엄마에게 말했다.

"언제 집에 가?"

이것이 마지막으로 한 말이다.

근육을 사용할 수 없고, 사지가 마비되고, 손발이 동물 발톱처럼 안으로 말리는데도 속수무책이었다. 몸무게가 곤두박질치자, 부모님은 아들이 굶어 죽는 비극은 막을 셈으로 음식을 먹였다. 아빠가 나를 일으켜 앉히면 엄마가 음식을 뜬 숟가락을 입안에 넣어주었고 나는 본능적으로 그걸 삼켰다. 무엇보다 나는 움직이지 않았다. 정말 아무런 반응이 없었다. 나는 깨어 있는 코마 상태에 빠졌고 의사들조차 원인을 찾지 못했다.

처음에 의사들은 심인성心因性 질환으로 여겼으므로 나를 정신병동으로 보냈다. 밥과 음료를 먹이는 데 실패해 내가 탈수 증세로 응급실에 실려간 후에야 의사들은 마침내 병의 원인이 육체적인 데 있음을 인정했다. 그래서 뇌 스캔, EEG, MRI 촬영, 혈액검사 등을 하게 되었고 결핵과 뇌막염 치료도 받았으나 아무런 효과가 없었다. 나는 의학이 설명해낼 수 없는 나라에 있었다. 용들이 사는 나라에서 길을 잃어 아무도 나를 구해줄 수 없었다.

부모님은 하루하루 자신들에게서 멀어져가는 나를 그저 지켜볼 수밖에 없었다. 두 분은 자식을 다시 걷게 하려고 애썼지만 나는 다리 힘이 점점 약해져서 부축을 받아야 했다. 부모님은 나를 데리고 남아프리카공화국 전역의 병원이란 병원은 다 찾아다녔다. 온갖 검사가 이어졌지만 아무것도 밝혀지지 않았다. 부모님은 미국, 캐나다, 영국에 있는 전문가들에게 간절한 편지도 보내봤지만 남아프리카공화국 의사들이 이미 해볼 만한 조치는 다 했을 거라는 대답이 돌아왔다.

1년이 지난 후, 의사들은 새롭게 시도해볼 치료법이 남아 있지 않다고 말했다. 내가 퇴행성 신경병을 앓고 있고 원인과 예후는 모른다며 요양기관으로 보내 경과를 지켜보라는 조언을 해줄 뿐이었다. 의료진은 매우 점잖으면서도 확고한 태도로 손을 뗐고, 부모님은 나의 죽음으로 모두 편안해지는 날을 기다리라는 말을 들었다.

그렇게 나는 집으로 돌아왔다. 방사선 촬영 기사로 일하던 엄마는 직장을 그만두고 나를 돌보기로 했다. 엔지니어로 일하던 아빠는 전보다 더 오랜 시간 일에 매달리는 바람에 데이비드와 킴이 잠자리에 들기 전까지 집으로 돌아오지 않는 날이 잦아졌다. 견디기 어려운 상황이 이어졌다. 그렇게 1년 정도를 집에서 보내고 열네 살이 되던 해에 나는 낮에는 돌봄시설에서 지내고 밤이면 집으로 돌아오는 생활을 시작하게 되었다.

암흑 속에서 세상과 단절돼 있는 동안 많은 시간이 흘렀다. 부모님은 가족의 유대를 위해 거실 바닥에 매트리스를 깔아보기도 했다. 엄마, 아빠, 킴, 데이비드 모두 나처럼 바닥 높이에서 지내보자고 생각했던 것이다. 하지만 나는 주변 사람이나 사물을 전혀 인식하지 못한 채 빈 껍데기처럼 누워만 있었다. 그러던 어느 날, 나는 다시 깨어나기 시작했다.

공기 중으로 올라오다

나는 바다 밑바닥에서 기어 다니는 해양 생물이다. 이곳은 어둡다. 춥다. 위아래, 왼쪽, 오른쪽, 사방에 온통 어둠뿐이다.

하지만 나는 머리 위에서 새어 나오는 한 가닥 빛을 보기 시작했다. 무엇인지는 아직 모른다.

무언가가 거기에 닿아야 한다고 말하고 있다. 그 힘에 이끌려 나는 저 멀리 수면을 가르는 빛의 파편들을 향해 솟아오르려고 힘껏 발길질을 한다. 빛의 파편들은 금빛과 그림자의 무늬를 빚어내며 춤을 춘다.

◆◆

눈의 초점이 모인다. 굽도리널(벽의 밑에 대는 좁은 널빤지-옮긴이)을

응시하고 있다. 틀림없이 보통 널빤지와는 생김새가 좀 다른데, 내가
이걸 어떻게 알고 있는지 모르겠다.

◆◆

　내 얼굴 위를 지나는 속삭임, 바람.

◆◆

　햇살의 내음이 느껴진다.

◆◆

　음악 소리, 양철 부딪는 시끄러운 소리. 아이들의 노랫소리가 들
린다. 아이들 목소리는 선명했다가 희미했다가, 커졌다가 작아졌다가,
이내 고요해진다.

◆◆

　양탄자가 보인다. 검은색, 흰색, 갈색으로 짜인 양탄자다. 나는 눈
의 초점을 맞추려 애쓰며 양탄자를 응시한다. 하지만 다시 어둠이 내
린다.

◆◆

　물수건이 얼굴에 차갑게 내려앉는다. 누군가의 손이 내 목을 잡
자 거부감에 볼이 달아오르는 느낌이 든다.
　'몇 초도 안 걸릴 거야.'
　누군가의 목소리가 들린다.
　'이제 깨끗한 아이가 될 거야, 그렇지?'

⁘

빛의 가닥이 더 밝아진다. 수면에 점점 더 가까워진다. 수면을 뚫고 나가고 싶지만 그럴 수가 없다. 나는 가만히 있는데 죄다 너무 빠르게 돌아간다.

⁘

무슨 냄새가 난다. 똥 냄새다.

나는 눈동자를 위쪽으로 굴린다. 눈동자가 아주 무겁게 느껴진다.

어린 소녀가 내 앞에 서 있다. 허리 아래로 아무것도 입지 않았다. 손이 갈색으로 얼룩져 있다. 소녀는 웃으면서 문을 열려고 한다.

"어디 가려고 그러니, 메리?"

누군가 그렇게 물을 때 두 개의 다리가 내 눈에 보인다.

문이 닫히는 소리가 들리고 곧 한탄 섞인 목소리가 뒤따른다.

"다시는 안 돼, 메리!" 누군가 외친다. "내 손 좀 봐!"

어린 소녀는 웃는다. 즐거움이 담긴 소녀의 웃음은 인적 없는 해변을 스쳐 지나며 모래에 슬며시 움푹한 원을 그리는 잔잔한 바람 같다. 나는 내 안에서 진동하는 웃음을 느낄 수 있다.

⁘

목소리. 누군가 말하고 있다. 두 단어가 들린다. 열여섯, 그리고 죽음. 무슨 의미인지는 잘 모르겠다.

⁘

밤이다. 나는 잠자리에 누워 있다. 집이다. 어둑어둑한 방 안을 둘러본다. 내 옆으로는 테디베어 인형들이 나란히 누워 있고 발에도 무언가가 누워 있다. 바로 푸키다. 하지만 익숙한 무게감이 사라지면서 몸이 솟아오르는 기분이 든다. 혼란스럽다. 나는 바다 밑에 있지 않다. 이제는 현실 세계에 있다. 그러나 여전히 떠 있는 느낌이다. 내 몸을 벗어나서 침실 천장을 향해 떠오르는 듯하다. 불현듯 나는 혼자가 아니라는 사실을 깨닫는다. 마음을 평온하게 해주는 존재들에 에워싸여 있다. 그들은 내 마음에 안식을 준다. 나더러 따라오라고 손짓한다. 나는 여기 머물러 있을 이유가 없음을 인식한다. 수면에 닿으려고 발버둥치는 데 지쳤다. 이제는 그만 벗어나고 싶다. 심연 속으로 돌아가든 아니면 지금 함께 있는 존재들에게 가든, 둘 중에 무엇이든 먼저 마음을 끄는 쪽을 택하고 싶다.

그런데 한 가지 생각이 나를 채운다. 가족들을 떠날 수는 없다.

내 가족들은 나 때문에 마음이 아픈 사람들이다. 그들의 슬픔은 물결의 표면을 돌파하고 나올 때마다 나를 감싸는 장막처럼 느껴진다. 만약 내가 떠난다면 가족들은 힘을 잃고 더는 버틸 수 없게 되리라. 나는 떠날 수 없다.

숨이 폐 속으로 밀려든다. 나는 눈을 뜬다. 다시 혼자다. 나와 함께 있던 존재들이 가고 없다.

천사들.

나는 머물러 있기로 했다.

상자

의식이 돌아오긴 했지만, 나는 무슨 일이 벌어졌는지를 온전히 이해하지 못했다. 아기들이 자기가 움직일 수 있고 말할 수도 있음을 알지 못한 채 태어나듯이, 나는 내가 무엇을 할 수 있는지, 혹은 할 수 없는지를 알지 못했다. 말하는 것은 생각도 해보지 못했고, 경련을 일으키거나 한 치도 움직이지 못하는 몸이 바로 내 몸이라는 사실도 깨닫지 못했다. 수많은 사람들 속에서 내가 완벽하게 혼자라는 사실을 이해하기까지는 꽤 오랜 시간이 걸렸다.

　의식과 기억이 서서히 한데 엮이고 정신이 점차 몸과 연결되는 동안, 남들과 내가 다르다는 점을 인식하기 시작했다. 아빠가 체조 경기를 시청할 때 나도 소파에 앉아 텔레비전을 보면서, 애쓰지 않아도 물 흐르듯 움직이는 선수들의 몸과 비틀고 돌리는 순간마다 드러나는 힘과 탄력에 매료되었다. 그런 다음 나는 종종 보아왔고 내 몸으로 인식하게 된 두 발을 내려다보았다. 하지만 제멋대로 떨리는 두 손과 다를 바 없었다. 나의 일부임에도 전혀 제어할 수 없는 발.

내 몸은 마비되지 않았다. 움직이긴 했는데, 내 뜻과는 무관하게 움직였다. 나의 사지는 경련성 마비 상태로, 팔다리는 콘크리트 속에 파묻혀 있기라도 하듯 실감이 안 났고, 뜻대로 통제할 수도 없었다. 사람들은 부단히 애를 썼지만—물리치료사들은 근육을 쓸 수 있도록 다리를 굽혔다 폈다 해주었는데 사지가 비틀려 매우 고통스러웠다—나는 남들의 도움 없이는 움직일 수가 없었다.

비록 걷는다 해도, 누군가 내 몸을 잡아주어야 비틀거리며 고작 몇 걸음을 옮길 따름이었다. 그나마 붙잡아주는 사람이 없으면 바닥에 풀썩 쓰러지고 말았다. 혼자서 식사를 하려고 하면, 뺨 주위에 온통 음식만 묻혀놓을 뿐이었다. 팔은 내가 넘어지는 순간에도 본능적으로 몸을 보호하는 자세를 취하지 못했다. 그래서 나는 땅바닥에 얼굴을 가장 먼저 부딪혔다. 침대에 누워 있을 때에는 스스로 몸을 굴릴 수가 없어서 누군가 몸을 돌려주지 않으면 몇 시간이고 꼼짝없이 같은 자세로 누워 있어야만 했다. 대신 나의 사지는 달팽이처럼 껍질 속으로 말려들려고만 했다.

마치 사진사가 상이 또렷해질 때까지 세심하게 카메라 렌즈를 조정하듯이, 나는 정신을 한곳에 집중하는 데도 시간이 걸렸다. 몸은 비록 끝없는 싸움에 갇혀 있었지만, 정신은 의식의 조각들이 끼워 맞춰지는 사이 점차 강해졌다.

나는 서서히 하루하루, 매 시간을 인지하게 되었다. 대부분은 잊힐 만한 시간이었지만 역사적인 순간들은 뇌리에 남았다. 1994년 넬슨 만델라의 대통령 당선은 희미한 기억으로 남아 있는 반면, 1997년 다이애나 황태자비의 죽음은 지금도 또렷하게 기억이 난다.

나는 열여섯 살 무렵에 의식이 깨어나기 시작했고 열아홉 살에 이르러서는 완전히 예전처럼 의식을 되찾은 듯했다. 내가 누구이고 어디에 있는지 알았고, 나의 진짜 인생을 박탈당했다는 사실도 이해했다. 이글루 안에서 잠들어 있다가 깨어났다고 생각했지만 막상 정신이 들어 보니 빙하 속에 묻혀 있었다. 완전히 무덤 속이었다.

그게 6년 전 일이다. 처음에 나는 헨젤과 그레텔이 길을 찾으려고 떨어뜨려놓은 빵 조각처럼 작은 표시라도 남겨 운명에 맞서려 했다. 하지만 그런 노력만으로는 충분치 않다는 사실을 깨닫게 되었다. 나는 다시 살아나고 있었지만, 무슨 일이 벌어지고 있는지 아는 사람은 아무도 없었다.

나는 서서히 목을 가누게 되어 머리를 아래쪽과 오른쪽으로 덜덜 떨며 움직였고, 이따금씩 목을 들거나 미소를 지었지만 사람들은 이런 움직임이 뜻하는 바를 알지 못했다. 사람들은 기적이 두 번 일어날 수 있다고는 생각하지 않았다. 사지가 막대기 같고 눈동자엔 초점이 없는 상태로 턱에 침을 줄줄 흘리는 젊은이가 때로 머리를 들어 올려 보여도 뭔가를 알아채지 못했다. 나는 곧 죽고 말 거라는 의사들의 예측에도 불구하고 이미 살아남았기에 누구도 신의 손길이 두 번이나 임재하리라 믿지 않았다. 내가 고개를 돌리거나 미소 짓는 식으로 간단한 질문에 "예" 또는 "아니요" 하고 '대꾸'하기 시작했을 때, 사람들은 아주 조금 나아졌다고만 생각했다. 그렇게 나아진 반응을 보고 어쩌면 지능이 손상되지 않았는지도 모른다고 여기는 사람은 아무도 없었다.

그래서 나는 돌봄은 받았지만―먹이고, 닦이고, 씻기고―제대로 된 관심은 결코 받은 적이 없었다. 나는 말을 안 듣는 사지에게 제발 내가 아직 여기 있다는 사실을 알릴 수 있게 해달라고 수도 없이 간청했지만 팔다리는 말을 들어주지 않았다.

나는 침대에 누워 있다. 아빠가 옷을 벗겨주는 동안 심장이 쿵쾅거리고 있다. 아, 아빠가 알아주었으면 좋겠다. 내가 다시 아빠에게로 돌아왔다는 사실을. 아빠는 나를 보아야만 한다!

나는 내 팔을 응시하며 움직여보려고 애쓴다. 이 순간, 온몸의 세포들이 집결한다. 나는 내 팔을 바라본다. 애원도 해보고, 졸라도 보고, 가르쳐도 보고, 빌어도 본다. 바람대로 팔이 반응하는 느낌에 심장이 요동친다. 내 팔은 머리 위에서 흔들리고 있다. 마침내 나는 오랫동안 시도해온 신호를 보냄으로써 나 자신에게 돌아가려는 것이다.

하지만 아빠를 바라보니, 충격이나 놀라움의 기색이 전혀 없었다. 묵묵히 내 신발을 벗기고 있을 뿐이다.

'아빠! 나 여기 있어요! 안 보여요?'

하지만 아빠는 알아채지 못한다. 나의 시선은 하릴없이 내 팔로 미끄러진다. 그제야 나는 팔이 움직이고 있지 않다는 사실을 깨닫는다. 너무나 간절한 바람과는 달리, 겉으로 보이는 팔의 움직임은 팔꿈치 언저리에 일어나는 근육의 경련뿐이다. 그나마 너무 미미해서 아빠가 알아챌 가능성은 없어 보인다.

분노가 치밀어 오른다. 나는 폭발해버릴 것이다. 숨을 씩씩거린다.

"괜찮니, 애야?" 아빠가 거친 숨소리를 듣고 이렇게 물으며 내 얼굴을 올려다본다.

나는 그저 아빠를 바라본다. 소리 없는 절망이 어떻게든 전해지기를 빌 뿐, 할 수 있는 일이 없다.

"이제 침대에 눕자꾸나."

잠옷 상의가 머리 위로 입혀지고 나의 몸이 누여진다. 노여움이 가슴에 사무친다. 화를 삭여야만 한다. 그러지 않으면 너무나 고통스럽기 때문이다. 무념무상의 상태로 나를 내려놓지 않으면 미쳐버리고 말 것이다.

어느 때에는 신음 소리를 내려고 애쓰기도 했다. 누군가 이게 무슨 의미인지 궁금해하지 않을까, 생각했기 때문이다. 하지만 나는 결코 소리를 낼 수 없었다. 최근 몇 년간 때때로 말을 해보려고 했지만 언제나 침묵할 수밖에 없었다. 펜을 손에 쥐고 하고 싶은 말을 휘갈겨

쓰거나, 도와달라고 중얼거릴 수도 없었다. 나는 자신이라는 섬에 고립되어 있었다. 내 안에 있던 희망이 잦아들었고 나는 결코 구출될 수 없음을 깨달았다.

살아남기 위해 내 안으로 숨어들자 처음에는 공포가 찾아왔고, 이어 쓰디쓴 실망이 밀려왔다. 껍데기 속으로 틀어박히는 거북이처럼, 나는 현실을 떠나 환상으로 도피하는 법을 배웠다. 남은 인생도 지금처럼 무력하게 보내리란 사실을 알았고, 마침내 더 이상 애쓰지 않고 멍한 표정으로 세상을 응시하며 하루하루를 보냈다.

다른 사람들의 눈에 나는 화분에 담긴 식물과 같았다. 물을 주어야 하며 한쪽 구석에 놓여 있는. 없는 사람이나 마찬가지인 상태에 모두들 익숙해진 탓에 내가 다시 실재하기 시작했어도 아무도 알아채지 못했다.

그렇다, 나는 오래전부터 상자에 담겨진 상태였다. 어쩌면 우리 모두가 그럴지도 모른다. 혹시 당신은 '까다로운' 아이, '가식적인' 연인, '따지기 좋아하는' 형제자매, 혹은 '무던한' 배우자라는 상자에 들어 있지 않은가? 상자를 통해 쉽게 식별되지만, 가까운 이들이라 해도 어떤 연유로 그렇게 되었는지 모르기 때문에 사람들은 결국 나 같은 아이들을 상자 안에 가두고 만다.

우리는 모두 고정관념에 갇혀 살아간다. 자신이 보고 있는 것이 진실과는 거리가 멀다 해도 말이다. 그래서 '차 마실래?'와 같이 간단한 질문에 머리를 돌리거나 미소를 짓는 식으로 대답할 만큼 내 상태가 호전되었어도 누구 하나 이런 행동의 의미가 무언지 궁금해하지 않았다.

　나를 만났던 대부분의 사람들에게 나는 그저 일거리였다. 요양사들에게는 수년간 같은 곳에 머물러서 관심이 가지 않는 익숙한 붙박이 가구였다. 부모님이 집을 떠나 있어야 할 때 나를 보냈던 돌봄시설의 복지사들에게는 스쳐 지나가는 환자였다. 나를 진료한 의사들에게는 '할 수 있는 일이 별로 없는' 대상이었다. 어느 의사가 동료에게 엑스레이 촬영대에 누워 있는 내 모습이 마치 불가사리 같다고 말했듯이.

　부모님은 파트타임이 아닌 정규직으로 일하고 있었고 나 말고도 돌볼 아이들이 두 명이나 있었지만 내 기저귀를 갈아주는 일부터 발톱을 깎아주는 일까지 모든 일을 전부 해냈다. 나의 신체 욕구에 응하려면 많은 시간과 에너지가 필요했다. 그렇다 보니 과연 내가 의학적 한계를 이겨내고 가히 기적과 같은 회복 단계에 도달할 수 있을지를 두고 엄마 아빠는 끊임없이 의문을 품었다.

　그래서 나는 오래전부터 상자 안에 담긴 채로 머물러 있었다. 이 상자를 이르는 한 단어는 바로 '머저리'였다.

다른 사람들의 눈에 나는
화분에 담긴 식물과 같았다.
물을 주어야 하며 한쪽 구석에 놓여 있는.
없는 사람이나 마찬가지인 상태에
모두들 익숙해진 탓에
내가 다시 실재하기 시작했어도
아무도 알아채지 못했다.

버나

버나가 내 팔을 마사지할 때 풍기는 만다린 오일의 향기가 톡 쏘면서
도 달콤하다. 버나의 두 손은 무거운 근육들을 누르며 쉴 새 없이 움
직인다. 내가 응시하면 그녀는 머리를 들어 미소를 지어 보인다. 내 인
생에 처음으로 희망이 다가온 순간을 어째서 단박에 알아채지 못했는
지 나는 새삼 궁금해진다.

처음에 알게 된 사실은, 버나는 웃을 때 결코 치아를 보이는 법
이 없고 의자에 앉을 때면 다리를 꼰 채 신경질적으로 떤다는 것이
다. 버나는 얼마 전부터 내가 머무는 돌봄시설의 간병인으로 일하고
있다. 그녀의 사소한 버릇들을 파악하게 된 이유는 이러하다. 사람들
이 아무도 말을 걸지 않으면 당신은 그들을 관찰하게 마련이다. 처음

엔 버나도 그럴 줄 알았다. 하지만 버나는 다른 간병인과 달리 말을 걸기 시작했고, 나는 결코 잊지 못할 사람을 만나게 되었음을 직감했다. 대부분의 사람들이 내 주변에서, 내 위쪽에서 물체인 양 내 이야기를 하는 상황에서 나를 뿌리식물 이상의 존재로 대하는 사람을 잊지 못하는 것은 당연하리라.

어느 날 오후 버나는 배가 아프다고 말했다. 지난 수년간 주위에 있던 사람들이 나의 존재를 의식하지 않고 생각 없이 내뱉던 말들과 별반 다를 바 없는 소리였다. 잘 모르는, 간병인들의 건강 문제에는 관심을 기울일 필요가 없었다. 어떤 사람은 남편이 알츠하이머를 앓고 있었고, 어떤 사람은 간이 좋지 않았으며, 어떤 사람은 자궁에 생긴 종양 때문에 아이를 가지기가 힘들었다.

하지만 버나가 한 말은 뭔가 달랐다. 다른 사람들처럼 혼잣말을 하거나, 불특정 대상 혹은 빈 방에 대고 말을 한 게 아니었다. 나에게 말하고 있었다. 햇빛 속에 떠다니는 먼지처럼 마음속에 떠오르는 생각들을 또래 친구에게 스스럼없이 이야기하는 느낌이었다. 내가 한 번도 경험해본 적이 없는, 이십대 친구들끼리 흔히 나누는 일상 대화였다. 머지않아 버나는 몸이 편찮은 할머니 때문에 속상해서 새로 데려온 반려견, 데이트할 생각에 설레는 남자친구의 존재에 이르기까지 온갖 이야기를 들려주기 시작했다. 생전 처음으로 친구가 생긴 기분이었다.

그렇게 해서 나는 버나를 바라보기 시작했다. 예전에는 좀처럼 하지 않던 행동이었다. 머리를 들려고 하면 내 머리는 꼭 브리즈 블록(모래, 석탄재를 시멘트와 섞어 만든 가벼운 블록-옮긴이)처럼 느껴졌다. 나는 늘 의자에 앉아 있거나 누워 있기 때문에 사람들과 눈 맞추기를 포기한 채 날이면 날마다 몇 시간이고 멍하니 허공을 바라보며 앉아 있었다. 그러나 버나가 나와 다른 아이들의 뒤틀린 사지를 풀어주려고 아로마 테라피 마사지를 해주면서 상황이 바뀌었다. 버나가 욱신거리는 근육을 주무르는 동안 나는 등을 대고 누운 채 내게 말하고 있는 그녀의 모습을 응시했다. 그리고 웅크린 내 몸을 감싸고 있는 껍질 밖의 세상을 조금씩 내다보기 시작했다.

버나는 나를 제대로 바라보았다. 오랫동안 누구도 하지 않던 일이었다. 내 눈이 영혼으로 통하는 창이라는 사실을 알아보았고 내가 자기 말을 알아듣는다고 확신했다. 하지만 아무런 반응도 보이지 않는 유령 소년이 그럴 수 있다는 사실을 어떻게 납득시킬 수 있을까? 다른 사람들은 믿지 않을 터였다.

몇 개월이라는 시간이 1년이 되고, 다시 2년이 되었다. 6개월 전쯤 버나는 텔레비전에서 뇌졸중으로 쓰러진 뒤 말을 못하게 되었다가 의사소통하는 방법을 배우게 된 여성의 일화를 보고 들었다. 얼마 뒤에는 가까운 돌봄시설의 개소식에 참석해 말을 할 수 없는 환자들을 돕는 방법에 관한 강연을 듣고 왔다. 그녀는 상기된 모습으로 들은 내용을 이야기했다.

그녀가 말했다.

"스위치와 전자기기를 이용해서 사람들이 의사소통을 할 수 있도록 돕는대. 너도 할 수 있지 않을까, 마틴? 나는 분명히 가능하다고 생각해."

다른 간병인들도 개소식에서 강연을 들었지만 내가 그럴 수 있다고 확신한 사람은 없었다. 버나를 빼고는.

버나가 나도 의사소통을 할 수 있을 거라고 이야기하자 누군가 버나에게 물었다.

"너는 정말 그가 저 안에서 깨어 있다고 생각하니?"

버나는 얼굴에 웃음을 띠고 몸을 굽혀 나를 들여다보았다. 나는 버나의 말을 이해하고 있음을 보여주려고 웃음을 지어 보였다. 하지만 나의 두 가지 동작—머리를 아래쪽에서 오른쪽으로 비틀기와 미소 짓기—은 생후 6개월 된 아기도 할 수 있는 무의식적인 반응으로 여겨질 뿐이라 그녀는 별다른 관심을 보이지 않았다.

웃음을 거두고 한숨을 쉬는 버나가 자신의 숨결에서 좀 전에 마신 쌉쌀한 커피의 향이 풍긴다는 사실을 아는지 궁금했다.

버나가 자리를 뜨자 누군가 말했다.

"얼마나 우스꽝스러운 일이야? 저 사람들이 어떻게 의사소통을 할 수 있겠어."

둘은 방 안을 둘러보았다.

"혹시 게르체라면 가능할까?"

그들은 가까이에서 장난감 자동차를 가지고 놀던 어린 소년을 바라보았다.

"그래도 게르체가 좀 낫지, 안 그래?"

그들은 잠시 침묵하다가 내 얼굴을 물끄러미 바라보았다. 휠체어에 앉아 있는 나를 보고는 아무 말도 하지 않았다. 굳이 말할 필요가 없었다. 나는 입원 요건이 겨우 IQ 30 이하인 이곳에서도 신체 기능이 가장 떨어지는 존재로 여겨졌기 때문이다.

온갖 의구심에도 불구하고 버나는 좀처럼 흔들리지 않았다. 신념이 불꽃같이 타올랐는지 내가 사람들의 말을 이해하는 것 같다고 이 사람 저 사람에게 말하고 또 말한 뒤에, 나의 부모님에게 검사를 해보자고 말했다. 부모님도 응하기로 했다. 드디어 내일이면 어쩌면 감옥 문을 잠글 열쇠를 얻을 곳으로 부모님이 나를 데려갈 것이다.

버나가 나를 보며 말한다.

"최선을 다하는 거야, 알았지?"

나는 걱정하는 그녀의 마음을 느낄 수 있다. 화창한 날 수평선 너머로 모락모락 피어오르는 구름처럼 그녀의 얼굴에도 의구심이 피어오르고 있었다. 나는 내게 오리라 생각지 못했던 단 한 번의 기회를 붙잡기 위해서라면 온몸의 조직 하나하나까지 다 활용할 셈이었고 그런 의지가 전해지기를 바라며 버나를 마주 보았다. 처음으로 받는 이번 검사에서 내가 관심받을 가치가 있는 존재임을 알릴 수 있는 아주 작은 신호라도 보내려고 온 힘을 다할 것이다.

버나가 말한다.

"최선을 다해, 마틴. 네가 뭘 할 수 있는지 사람들에게 보여주는 것은 정말 중요한 일이야. 난 널 믿어."

나는 버나를 바라본다. 그녀의 눈가에 맺힌 눈물이 은빛으로 반짝인다. 버나의 굳센 믿음에 나도 반드시 부응하고 싶다.

깨어나다

두 개의 유리문이 쉬익 소리를 내며 스르르 열린다. 지금껏 이런 문은 본 적이 없다. 나는 다시 바깥 세상에 놀라게 된다. 달리는 차 안에 앉아 차창 밖으로 스쳐 지나는 세상을 바라볼 때를 제외하면 세상과 동떨어져 있다. 언뜻언뜻 눈에 들어온 세상은 언제나 호기심을 불러일으킨다. 한번은 의사 선생님의 벨트에 걸린 휴대전화를 보고는 온종일 그 휴대전화 생각을 하며 시간을 보내기도 했다. 아빠의 휴대전화보다 훨씬 작아서 어떤 종류의 배터리로 구동되는지 궁금해서 견딜 수가 없었다. 알고 싶은 것들이 정말 많다.

아빠가 내 휠체어를 밀면서 프레토리아 대학 보완대체의사소통센터로 들어간다. 2001년 7월, 그러니까 내가 처음 아프고 나서

13년 반이라는 시간이 흐른 때였다. 바깥에는 햇살을 받으며 학생들이 걷고 있고 자카란다나무의 가지가 머리 위로 드리워져 있다. 건물 내부는 고요하다. 복도에는 푸르스름한 녹색 카펫 타일(카펫 재료로 만든 타일-옮긴이)이 깔려 있고 벽은 뭔가를 알리는 포스터로 가득하다. 우리는 여기 미지의 세계에 들어온 작은 탐험대다. 부모님, 남동생 데이비드, 버나, 그리고 지난 수년간 나를 알고 지내온 간병인 마리에타와 물리치료사 엘리즈.

"피스토리우스 부부시죠?"

누군가의 목소리가 들려와 나는 눈을 들어 한 여성을 바라본다.

"저는 샤킬라라고 해요. 오늘 제가 마틴을 검사할 겁니다. 잠시 후면 검사실에서 준비를 마칠 거예요."

두려움이 밀려든다. 주위 사람들의 얼굴을 똑바로 볼 수가 없다. 말없이 기다리는 동안 그들의 눈동자에 담겨 있는 의구심 또는 기대감을 마주하고 싶지 않다. 우리는 야스민이라는 여성이 기다리고 있는 작은 방으로 안내된다. 나는 그들이 부모님과 이야기하는 동안 머리를 내리깔고 있다. 뺨의 안쪽이 아파온다. 오늘 점심을 받아 먹다가 그만 입안을 깨물고 말았다. 피는 멈추었지만 아직도 너덜너덜한 느낌이 든다.

샤킬라가 부모님에게 나의 병력을 묻는다. 부모님이 지금 무슨 생각을 하고 있을지 궁금해진다. 부모님도 나만큼 두려울까?

"마틴?"

나를 부르는 음성이 들리고 내 휠체어가 방 안으로 움직인다.

우리는 금속 스탠드에 매달린 커다란 아크릴 판 앞에 멈춰 선다. 빨간 선들이 스크린 위를 십자형으로 가로지르고 작은 흑백 그림이 그려진 상자들로 스크린이 나뉘고 있다. 선으로 이루어진 이 그림들은 공, 물이 나오는 수도꼭지, 개 등의 단순한 형상이다. 샤킬라는 그림들을 바라보는 나를 주의 깊게 지켜보며 스크린의 다른 편에 서 있다.

샤킬라가 말한다.

"공 그림을 바라보렴, 마틴."

나는 머리를 약간 들고 눈으로 스크린을 훑어본다. 이쪽에서 저쪽으로 적당히 움직일 수 있을 만큼 머리를 제어할 수가 없다. 내 몸에서 오직 눈동자만을 마음대로 움직일 수 있다. 눈동자가 그림들을 지나며 앞뒤로 미끄러지다가 마침내 공을 찾는다. 나는 눈을 고정한 채 공을 응시한다.

샤킬라가 나를 바라보며 부드럽게 말한다.

"좋아, 마틴. 아주 잘했어."

갑자기 무서워진다. 내가 그림을 제대로 찾은 걸까? 내 눈동자가 정말 공에 고정돼 있는 걸까? 혹시 다른 기호를 쳐다보고 있는 것은 아닐까? 나는 확신할 수가 없다.

"이제 개를 바라보렴."

샤킬라의 말에 나는 다시 그림을 찾기 시작한다. 실수를 하거나 그림을 놓칠까 봐 눈동자를 느릿느릿 움직인다. 나는 천천히 검색하다가 이윽고 스크린 왼쪽에서 만화 같은 개 형상을 찾아내 바라본다.

샤킬라가 말한다.

"이번에는 텔레비전을 보렴."

나는 곧 텔레비전 그림을 찾는다. 그러나 샤킬라에게 지시한 대상을 찾았음을 보여주기 위해 텔레비전을 응시하려 하는데도 자꾸만 턱이 가슴 쪽으로 처진다. 나는 테스트를 통과하지 못하게 될까 봐 겁에 질리지 않으려 애쓴다.

"우리 이번에는 좀 다른 걸 해볼까?"

샤킬라의 음성이 들리고, 내 휠체어는 카드로 덮인 테이블을 향해 다가간다. 각각의 카드에는 낱말 하나와 함께 그림 하나가 그려져 있다. 공황 상태에 빠질 것 같다. 나는 글자를 읽을 줄 모른다. 저 글자들이 무엇을 나타내는지 모른다. 저 글자들을 읽지 못하면 테스트에 떨어지는 걸까? 만약 테스트에 떨어지면, 돌봄시설로 돌아가 평생 앉아만 있게 되는 걸까? 심장이 고통스럽게 방망이질 친다.

또 다른 언어치료사인 야스민이 묻는다.

"엄마라는 말을 가리킬 수 있겠니, 마틴?"

나는 비록 '엄마'라는 낱말이 어떻게 생겼는지 알지 못하지만 지시 사항을 이해했다는 사실만이라도 알리려고 오른손을 응시하며 작은 신호를 만들어 보내려 한다. 무릎 위로 들어 올리려 하자 손이 세차게 떨린다. 천천히 팔을 공중으로 드는 동안 실내는 쥐 죽은 듯 조용하다. 그러나 팔은 곧 이쪽에서 저쪽으로 미친 듯이 흔들거린다. 내 팔이 원망스럽다.

샤킬라가 말한다.

"한 번 더 해보겠니?"

그림을 구별해 가리켜보라는 지시에 따르는 나의 움직임은 고통스럽도록 느리다. 나는 이 쓸모없는 몸뚱이가 창피한 동시에 누군가 처음으로 내게 무언가를 해달라고 요청한 이 순간 더 잘해낼 수 없다는 사실에 화가 난다.

샤킬라가 커다란 서랍장으로 다가가더니 작은 사각형 다이얼을 꺼낸다. 다이얼 위에는 더 많은 기호들이 있고 중앙에는 커다란 빨간색 포인터가 있다. 샤킬라가 테이블에 다이얼을 놓더니 유연하게 구부러지는 스탠드 끝에 고정된 노란 판에서 나온 전선을 전원에 연결한다.

야스민이 설명한다.

"이건 다이얼 스캔과 헤드 스위치란다. 노란 스위치를 사용해서 다이얼 스캔 위의 포인터를 조정할 수 있어. 포인터를 이리저리 움직이다가 원하는 기호를 찾으면 멈추는 거야. 내 말 이해하니, 마틴? 스캔 위의 기호를 볼 수 있니? 우리가 기호를 하나 찾아보라고 할 텐데 포인터가 기호에 도달하면 머리를 스위치 쪽으로 움직여보는 거야. 할 수 있겠어?"

나는 기호들을 바라본다. 어떤 것은 수도꼭지에서 나오는 물을, 또 어떤 것은 비스킷이 담긴 쟁반을, 또 다른 것은 찻잔을 나타낸다.

다 합해서 여덟 개의 기호가 있다.

야스민이 말한다.

"포인터가 수도꼭지에 도달하면 멈춰보겠니?"

빨간색 포인터가 다이얼 주위에서 서서히 움직이기 시작한다. 움직임이 하도 더뎌서 과연 수도꼭지까지 도달할 수나 있을까 하는 생각이 든다. 포인터는 천천히 다이얼 주위에서 제 갈 길로 나아간다. 나는 포인터가 수도꼭지에 가까워질 때까지 지켜보고는 머리를 스위치 쪽으로 흔든다. 포인터가 바로 그 자리에서 멈춘다.

누군가 내게 말한다.

"잘했어, 마틴."

경이로움이 차오른다. 지금껏 나는 무언가를 제어해본 적이 없었다. 어떤 물체도 원하는 대로 움직이지 못했다. 늘 환상 속에서 꿈만 꿔왔을 뿐 절대 포크를 입까지 들어 올리지 못했고, 컵으로 물을 마시지 못했으며, 텔레비전 채널을 바꾸지 못했다. 신발을 신을 수도, 공을 찰 수도, 자전거를 탈 수도 없었는데 다이얼 위의 포인터를 멈추게 하자 벅찬 승리감이 밀려왔다.

그후 한 시간 동안, 야스민과 샤킬라는 여러 가지 스위치를 사용해보게 하면서 스위치를 제대로 쓸 수 있을 정도로 제어 가능한 신체 부위를 찾아내려 애쓴다. 나의 머리, 무릎, 제멋대로인 사지는 모두 이 스위치들과 충분히 가까이 있다. 맨 처음에는 테이블 한쪽에 놓인 검정 상자가 주어진다. 상자에는 요동 스위치라는 기다란 흰색 스위치가 달려 있다. 나는 오른팔을 위로 들어 올려 보지만 팔은 이내 심하게 흔들리며 아래로 떨어진다. 스위치를 만지고 싶긴 하지만 설령 만진다고 해도 내 판단이 아니라 운이라는 것을 알 수 있다. 다음에는 접시처럼 크고 둥그런 노란색 스위치가 주어진다. 나는 말을 안 듣는 오른손을 스위치 가까이에서 휘젓는다. 거의 아무 짝에도 쓸모없는 왼손보다는 낫기 때문이다. 그후로도 계속해서 야스민과 샤킬라는 스위치를 사용해서 간단한 그림들을 구별해보라고 지시한다. 칼, 욕조, 샌드위치같이 알기 쉬운 그림들로, 바보들도 구별할 법한 물건들이다. 나는 때로 오른손을 사용하려고 노력하지만 고르라는 지시를 받은 그림을 빤히 응시하는 경우가 더 잦다.

영겁 같은 시간이 흐른 후, 샤킬라가 마침내 내게 고개를 돌린다. 나는 커다란 노란색 소용돌이를 나타내는 그림에 시선을 고정하고 있다.

샤킬라가 내게 묻는다.

"맥도널드 좋아하니?"

무슨 말일까? 질문을 이해하지 못한 탓에 나는 "예" 또는 "아니요"로 대답하기 위해 고개를 돌리거나 미소를 지어 보일 수가 없다.

"햄버거 좋아하니?"

나는 그렇다는 뜻으로 샤킬라에게 미소를 지어 보이고, 그녀는 자리에서 일어나 커다란 서랍장으로 가더니 검정 상자를 꺼낸다. 상단에는 플라스틱 틀로 구획된 작은 네모들이 있고, 각 네모들에는 그림이 하나씩 그려져 있다.

샤킬라가 부드러운 음성으로 말한다.

"이건 마코라는 의사소통 기구란다. 네가 스위치를 사용하는 법을 배우면, 언젠가 이 기구를 사용할 수 있게 될 거야."

나는 상자를 바라본다. 샤킬라가 전원을 켜자 네모 하나하나의 가장자리에서 조그마한 빨간 불빛이 차례로 반짝거린다. 네모 안에 그려진 그림들은 카드에 있던 그림과 달리 흑백이 아니다. 밝은 색으로 그려져 있고 그림 옆에는 글자들이 쓰여 있다. 나는 찻잔 그림과 태양 그림을 보았는데, 샤킬라가 스위치를 눌러 그림을 선택한 다음 어떤 반응이 나타나는지 확인하는 모습을 지켜본다.

"나는 피곤해요."

갑자기 녹음된 음성이 들린다.

상자에서 흘러나온 여성의 목소리다. 나는 마코를 바라본다. 이 작은 검정 상자가 내게 목소리를 줄 수 있을까? 내가 이걸 사용할 수 있다고 생각해주는 사람이 있다니, 잘 믿기지 않는다. 내가 카드에 굵은 검정 선으로 그려진 어린아이의 공을 가리키는 일 말고도 더 많은 것을 할 수 있음을 알아본 걸까?

내 앞에 앉으며 샤킬라가 말한다.

"너는 확실히 우리가 하는 말을 이해하는 것 같구나. 눈동자가 움직이는 모습에서 네가 우리가 지시한 그림을 구별할 수 있을 뿐 아니라 손으로도 그렇게 하려고 애쓴다는 사실을 알 수 있었어. 난 우리가 분명 너의 의사소통을 도울 방법을 찾을 수 있다고 믿어, 마틴."

나는 땅바닥을 보고 있다. 오늘은 더 이상 움직일 수가 없기 때문이다.

샤킬라가 온화한 목소리로 말한다.

"다른 사람에게 네가 피곤하다거나 목이 마르다고 말할 수 있다면 좋지 않을까? 빨간 점퍼 대신에 파란 점퍼를 입고 싶다고, 아니면 잠을 자고 싶다고 말할 수 있다면 좋겠지?"

잘 모르겠다. 지금껏 누군가에게 내가 원하는 것을 이야기해본 적이 없다. 사람들이 내 입에 빨대를 물릴 때, 앞으로 몇 시간 동안 뭔가를 마실 수 있는 유일한 기회임을 알기에 뜨거운 차를 황급히 들이켜는 대신 차가 좀 식을 때까지 놓아두고 싶다고 말할 수 있게 될까? 무엇을 먹을지, 무엇을 입을지, 어디로 갈지, 누구를 만날지 등등, 사람들은 날마다 수천 가지 결정을 한다. 그런데 내가 단 한 가지라도 스스로 결정할 수 있을까? 잘 모르겠다. 나더러 뭔가를 결정하라는 것은 마치 사막에서 자란 아이에게 바다 속으로 뛰어들라고 하는 얘기나 마찬가지다.

부모님

나에 대한 아빠의 믿음이 거의 한계점에 도달하긴 했어도 그 믿음이 완전히 사라진 적은 없었던 것 같다. 아빠는 소아마비에서 완쾌된 남자를 만난 적이 있었다. 병이 낫기까지는 10년이라는 세월이 걸렸다지만 아빠는 이제 불가능은 없다는 확신을 얻었다. 아빠는 매일 씻기기, 먹이기, 옷 입히기, 안기, 또 밤새 움직일 수 없는 내 몸을 돌려주려고 두 시간마다 일어나기와 같은 활동을 하면서 자식에 대한 믿음을 일깨운다. 산타 할아버지처럼 텁수룩한 잿빛 수염을 기른 큰 곰 같은 사내지만, 아빠의 손길은 언제나 부드럽다.

　아빠가 나의 모든 신체 욕구를 오롯이 해소해주는 가운데 엄마는 거의 얼씬도 하지 않았다는 사실을 깨닫기까지는 상당한 시간이 필요했다. 나를 돌볼 때면 엄마는 이 지경에 이른 현실을 곱씹으며 분노와 울분을 감당하지 못했다. 시간이 흐르면서 나는 내 가족이 크게 둘―한편으로는 아빠와 나, 다른 한편으로는 엄마, 데이비드, 킴―로 나뉘었으며, 한때는 아주 행복했던 한 가족의 가슴에 무거운 멍에가 드리워졌음을 알게 되었다.

엄마, 아빠가 다투는 소리를 들으면 나는 죄책감에 사로잡혔다. 모두가 나 때문에 고통받고 있었다. 부모님이 늘 같은 이유로 길고 긴 말다툼을 벌일 때마다, 나는 온갖 좋지 않은 감정을 제공하는 근원이었다. 엄마는 의사들이 권유한 대로 나를 재택 요양시설에 보내려고 했으나, 아빠는 원하지 않았다. 엄마는 내 상태가 영원히 변치 않으리라 믿었고 세심하고 특별한 보살핌이 필요한 내가 집에 있으면 데이비드와 킴에게 나쁜 영향이 미칠까 봐 걱정했다. 반면 아빠는 여전히 내가 점차 나아질 거라는 희망을 품었고 나를 돌봄시설로 보내버리면 그럴 가능성이 완전히 사라진다고 생각했다. 이것이 바로 수년간에 걸친 갈등의 원인이었고 이러한 대립은 때로는 고성과 고함으로, 때로는 무거운 침묵으로 분출되었다.

꽤 오랜 시간 동안 나는 어째서 엄마가 아빠와 그렇게까지 달리 생각했는지 이해하지 못했다. 하지만 모든 정황을 파악해보니 이제는 납득이 간다. 엄마는 내 병으로 인해 거의 망가진 상태였고 나와 비슷한 운명으로부터 데이비드와 킴을 보호하려 했던 것이다. 엄마는 자식을 하나 잃은 셈이었고, 남아 있는 건강한 아들과 딸이 어떤 식으로

든 상처받는 사태를 원치 않았다.

　처음부터 그러진 않았다. 내가 아프게 되자 2년 동안은 엄마도 서서히 죽어갈 뿐 아니라 하루가 다르게 자신들에게서 멀어져가는 아들을 살리려고 치료법을 찾아 헤맸다. 나는 엄마, 아빠가 겪은 모든 일을 상상하기조차 힘들다. 건강하던 아들이 시들어가는 모습을 지켜보고, 의사들에게 매달리고, 뇌결핵에서 유전자 질환의 숙주에 이르기까지 온갖 검사를 다 한 끝에 결국 아무것도 도움이 안 된다는 말을 들었을 때는…….

　주류 의학에서 답을 구하지 못했을 때도 엄마는 포기하지 않았다. 의사들이 나를 어떻게 치료해야 할지 모르겠다고 털어놓자 1년간 나를 위해 신앙 요법에서 집중적인 비타민 식단에 이르기까지 도움이 될 법한 거라면 무엇이든 시도해보았다. 그러나 아무 효과가 없었다.

　엄마는 나를 구하지 못했다는 자책감에 시달렸다. 자식을 치유하는 데 실패했음을 느꼈고 친구들과 친척들이 멀어져갈수록—어떤 이들은 원인 불명의 질병이 두려워서, 또 다른 이들은 부모로서 최악의 비극에 직면한 사람들을 어떻게 위로해야 할지 몰라서—점점 더 깊은 절망감에 빠져들었다. 이유야 어찌됐든, 사람들은 엄마, 아빠와 거리를 둔 채 건강한 자녀들을 꼭 끌어안으며 아이들의 안녕에 감사했고 우리 가족은 점점 더 고립되었다.

　엄마의 우울감은 곧 걷잡을 수 없는 상태로 치달았고 내가 몸져 누운 지 2년쯤 지난 어느 날 밤 엄마는 자살을 시도했다. 죽으려고 약을 한 움큼 삼킨 다음, 자리에 누운 엄마는 갑자기 외할아버지가 심장 마비로 갑자기 세상을 떠났을 때 외할머니가 했던 말이 떠올랐다고 한다. "아버지가 작별 인사도 없이 떠났어." 이 생각이 든 엄마는 절망에 휩싸인 상황에서도 마지막으로 아빠에게 우리 모두를 사랑했다고 말하고 싶었고, 이로써 살 수 있었다. 자살 시도를 발견한 아빠는 엄마를 차로 옮기고, 데이비드, 킴, 나, 그리고 하룻밤 놀러온 데이비드의 친구까지 모두 태운 다음 병원으로 내달렸다.

의사들이 엄마의 위를 세척했다. 그날 밤 이후 데이비드의 친구들은 다시는 우리 집에서 하룻밤 자고 갈 수 없게 되었고 부모님의 고립감이 동생들에게도 전염되기 시작했다. 엄마가 정신병동에서 치료를 받는 동안 동생들도 함께 고통받았다. 이윽고 엄마가 집으로 돌아올 즈음, 엄마의 주치의는 더 이상 나를 돌보는 일은 하지 말 것을 권고했다. 의사들의 말로는, 엄마는 아들을 잃은 슬픔에 잠겨 있는 상태였고 이러한 감정의 심화를 막으려면 나와 접촉하는 시간을 최소한으로 줄여야 했다. 아픔과 슬픔, 그리고 절망에 빠져 있던 엄마는 의사들의 권고에 따라 건강한 다른 두 아이를 돌보는 데 집중했고 예전처럼 다시 전일제 직장에 나갔다. 한편 아빠는 격무에 시달리면서도 혼자서 나를 돌보았다.

이렇게 수년이 지나자 엄마의 상태가 꽤 안정되었고, 나를 돌보는 일에 좀 더 많은 시간을 들이게 되었다. 엄마는 이제 아빠와 거의 비슷한 정도로 나를 돌보고, 스파게티를 만들고, 내가 좋아하는 복숭아 처트니를 갈아주며, 당신 무릎에 내 머리를 누이기까지 한다. 오랫동안 멀리 있던 엄마의 손길과 마음을 이제는 느낄 수 있다는 사실에 나는 행복했다. 하지만 엄마가 늦은 밤 음악을 들으면 옛 생각이 떠올라 슬픔에 젖는다는 사실을 알기에 내 마음은 슬퍼진다.

슬픔은 아빠를 생각할 때도 찾아왔다. 야망을 가슴에 묻고 나를 돌보느라 승진 기회를 잃고 좌천당한 아빠. 가족들—엄마, 아빠, 남동생, 그리고 여동생—은 모두 나의 병으로 인해 커다란 대가를 치렀다. 확신할 수는 없지만, 이따금 나는 그런 생각을 한다. 이런 상황에서 꿈과 희망을 모두 잃어버렸기 때문에 아빠처럼 똑똑한 사람이 자신의 감정을 꽁꽁 숨기는 법을 배우게 되지 않았을까.

변화들

나비효과, 나비의 가냘픈 날갯짓이 엄청난 변화를 초래하는 현상을 가리킨다. 가끔 내 삶의 어느 길목에서도 나비가 두 날개를 힘껏 펄럭이고 있다는 생각이 든다. 검사를 받았지만 별반 달라진 것은 없다. 나는 여전히 아침마다 돌봄시설에 가고, 오후가 막바지에 이를 무렵이면 감사한 마음으로 한숨을 내쉬며 집에 돌아와서는, 먹이고 씻기고 침대에 눕히는 손길에 몸을 맡긴다. 그러나 삶이 단조로울수록 미세한 변화가 감지되기 쉽다.

요양시설에서 만나는 요양사들은 내가 곧 의사소통을 할 수 있을 거라고 한 전문가의 말에 별로 기대하는 기색을 보이지 않는다. 오히려 그들 중 몇몇은 크게 신경 쓰지 않아 나는 망연자실했다. 하지만 나는 언어치료사에게 검사 결과를 들은 후 부모님의 태도에서 분명한 변화를 느낀다. 밥을 먹이다가 배불리 먹었느냐고 물을 때, 엄마는 내 머리가 아래쪽으로 흔들리는지 아니면 내 입이 미소를 짓는지 확인하려고 전보다 오래 기다려준다. 아빠는 밤에 내 이를 닦아줄 때, 점점 더 이야기를 많이 한다. 알 듯 모를 듯 작은 변화들인지라 어쩌면 부모님은 느끼지 못할 수도 있지만 나는 처음으로 희망의 조짐을 느낀다.

만약 내가 의사소통을 제대로 한다고 해도 아주 기본적인 수준에 머물 거라는 이야기는 충분히 많이 들었다. 이것은 깔끔한 해피엔딩이 있는 할리우드 영화도, 벙어리가 말을 하는 기적이 일어나는 루르드 성지 순례 간증도 아니다. 언어치료사들은 엄마와 아빠에게 아주 사소한 방식으로라도 나와 의사소통을 시도해보라고 권했다. 머리 흔들기와 미소 짓기는 분명 내 생각보다 안정돼 있지 못하므로, 나는 좀 더 일관된 방식으로 "예" 또는 "아니요"를 표현하는 법을 배워야 한다. 나의 두 손은 무엇을 가리키기에는 너무 제멋대로 움직이기 때문에 '말하기'를 시작할 수 있는 최선의 방법은 그림들을 응시하는 것이다.

나는 읽고 쓸 줄 모르기 때문에 지금으로선 문자는 아무 의미가 없다. 그래서 그림을 사용한다. 그림에 담긴 언어를 삶의 일부로 여기고 공기처럼 들이마실 것이다. 부모님은 단어와 그에 걸맞은 그림이 짝 지어진 파일을 만들어주라는 권고를 받았다. "안녕Hello"은 손을 흔들고 있는 막대기 같은 사람의 그림이다. "좋아like"는 함박웃음을 띤 사람의 얼굴이다. 그리고 "고마워Thank you"는 두 손으로 턱을 받치고 있는 달걀 모양의 얼굴이다.

엄마와 아빠는 페이지마다 나의 이름과 주소가 적힌 종이에 내가 점퍼를 입기를 원한다거나 햇빛을 피할 수 있게 조금 이동하기를 원한다는 등의 내용과 연관된 그림을 그려 파일에 끼워 넣었다. 그렇게 만들어둔 폴더를 가지고 나와 이야기하는 사람이 천천히 페이지를 넘기면 나는 선택하려는 그림을 힘주어 응시하는 식으로 의사 표현을 한다. 식사 시간에 부모님에게 음식이 너무 뜨겁거나 차갑거나 싱겁다는 것을 알리려면, 내가 머무는 곳에 늘 비치해둔 A4 용지 중 하나를 응시하면 된다.

물론 한 번도 시도해본 적이 없었기 때문에 내 이해력이 어느 정도인지 아무도 모른다. 검사를 통해 간단한 명령에 따를 수 있음을 증명했지만 사실 걸음마 수준이다. 그렇기에 나를 가르치는 사람들에게 내가 훨씬 더 많은 일을 할 수 있다는 사실을 보여주어야 한다.

시간이 많이 필요하겠지만, 사람들에게 내가 사리 분별을 할 수 있다는 사실을 보여줄 길이 열린 것이다. 말 못하는 아기들은 날마다 퓌레로 만든 음식을 아무 불평 없이 먹을지 몰라도, 나는 곧 누군가에게 소금을 건네달라고 부탁할 수 있을 것이다. 생전 처음으로 내가 먹는 음식에 간을 할 수 있게 되다니!

시작과 끝

병이 든 뒤부터 내가 다니고 있는 돌봄시설의 이름은 알파와 오메가다. 시작과 끝이라는 뜻이다. 하지만 이곳에서 나는 시작도 끝도 찾아보기가 힘들다. 하루에 떠밀려 또 다른 하루가 썰물처럼 빠져나가는 단조로운 나날의 연옥에 갇혀 있는 신세니까.

돌봄시설에는 밝고 통풍이 잘되는 교실 두 개와, 작은 물리치료실 하나가 있고 정원도 딸려 있다. 이따금씩 휠체어에 태워져 햇빛이 드는 공간으로 나갈 때도 있지만 나는 주로 방 안에 머무른다. 병실에서는 의자에 앉은 자세에서 바닥 매트에 누운 자세로 번갈아 옮겨지곤 한다. 대부분 옆으로 비스듬히 눕거나 등을 대고 똑바로 누운 채지내지만, 커다란 쐐기 모양 쿠션에 얼굴을 묻는 자세를 취하고 있을 때도 있다. 요양사가 손등으로 내 머리를 두드려 고개를 위로 들어 올리도록 유도하는 자세다. 그러지 않으면 보통 기력 없이 누워서 민트색 벽을 바라보거나 일상의 배경음인 텔레비전과 라디오 소리를 듣는다. 둘 중에서는 라디오가 켜져 있는 쪽이 더 좋다. 텔레비전을 보려면 여간 힘이 드는 게 아니기 때문이다. 가끔은 갈색 카펫 타일을 응시하거나 복도의 리놀륨 바닥에 저벅저벅 울리는 발자국 소리를 듣기도 한다.

이곳에서는 학교의 용어를 사용해야 한다. 여기엔 학교 교육을 받을 만한 아이가 아무도 없는데 왜 그렇게까지 하는지 의아하다. 이유야 어찌되었든, 나와 병실 친구들에게는 '선생님'이 있고, 우리는 무작위로 두 '반'으로 나뉘어 있다. 시시때때로 바뀌지만. 때로는 걸을 수 있는 아이들과 걸을 수 없는 아이들로 분류된다. 잘 지내지 못하는 아이들을 분리하려고 그러는 경우도 있다. 한번은 지능지수에 따라서 반이 갈렸다. 사실 모든 아이들이 지능지수 30 이하로 간주되는 상황에서는 부질없는 일로 느껴졌다.

보통 여섯 명 정도의 요양사들이 우리를 매일 돌보는데, 다리를 쭉쭉 늘리는 스트레칭 체조라든지 물감을 묻힌 손을 종이에 문지르는 따위의 활동을 한다. 몇몇 아이들은 미약하게나마 이런 활동에 참여할 수 있지만 대부분은 나처럼 몸을 제대로 가누지 못한다. 나는 차가운 빨간색 물감이 발린 내 손이 종이 위로 끌어당겨지는 모습을 물끄러미 바라보며 과연 누구를 위한 활동인지 궁금해졌다. 우리에게 좋은 걸까, 아니면 우리의 부모들에게 좋은 걸까? 요양사가 우리의 손을 이용해서 그림을 그리면 우리는 거짓말에 공모하도록 강요당하는 걸까? 나는 그림을 받아든 부모들이 자기네 아이가 그렸을 리 없음을 뻔히 알면서도 아무 말도 하지 않는 모습을 무수히 보았다.

딱 한 번, 어떤 엄마가 정말 자기 아들이 그렸느냐고 물었다. 요양사는 소리 없이 미소만 지어 보였다. 우리 주위에 둘러쳐진 거짓 희망의 울타리를 부디 망가뜨리지 말아달라는 듯이. 나는 부모들이 너무나 깨지기 쉬운 한 가닥 희망의 끈을 차마 놓지 못하는 이유를 이해한다. 그런 활동들로 단조로운 일상을 보내는 우리 같은 아이들도 신체 접촉의 기회를 얻고 위안의 말을 들어서 즐거워할 수도 있지 않은가. 하지만 날 좀 그냥 내버려두었으면 좋겠다는 생각만 든다.

나는 누군가 미소 지으며 나를 방해하려고 다가오면 라디오를 들으려고 노력하는 편이다. 그런 활동의 의의는 충분히 이해하지만 나는 여기서 가장 나이가 많고, 그런 활동들은 훨씬 어린 아이들에게 적합하니까. 아무리 지능에 손상을 입었다 해도 나이가 들면서 변할 수 있다는 점을 고려해주는 이는 아무도 없는 듯하다.

그럼에도 불구하고, 나는 경험상 알파와 오메가가 다른 데보다 훨씬 좋은 요양시설임을 알고 있다. 지난 수년간, 사람들이 충격 받은 음성으로 다른 돌봄시설에서 목격한 일을 속닥거리는 걸 종종 들었다. 사람들이 놀라는 것은 당연하다. 내 눈으로도 직접 보았기 때문에 잘 안다. 아빠가 출장을 가면 엄마 혼자서 나를 돌볼 자신이 없어서, 혹은 나를 돌보는 의무에서 벗어나 잠시 휴식이 필요했던 가족들이 휴가를 떠나면서 다른 돌봄시설에 맡긴 적이 있기 때문이다.

혼자 남겨질 때마다 나는 다시는 집으로 돌아가지 못하게 될까봐 공포에 떨었다. 일단 공포에 사로잡히면 불안감은 날이면 날마다 커져만 갔다. 가족이 나를 데리러 오기로 한 날에는 엄마, 아빠의 익숙한 음성을 기다리는 내내 1분이 마치 1년처럼 느껴졌다. 나에게 가장 무서운 일은 아무런 상호작용도 자극도 없이 하루 종일 가만히 앉아만 있는 시설에 남겨지는 것이다. 살아 있지만 시체와 다름없는 최악의 삶이다.

그래서 우리의 삶에 조금이나마 질감을 더해주는 이곳 요양사들에게 감사하고 있다. 아무나 이런 데서 일을 할 수는 없기 때문이다. 그동안 숱한 요양사들이 들고 나는 모습을 지켜봤다. 오자마자 떠나가는 사람들도 꽤 많다. 나는 거부감에 가득 찬 혼란스러운 표정을 그들 자신보다 먼저 알아보곤 했다. 이해한다. 그들 중 몇몇은 자신도 정체를 알 수 없는 두려움을 느낀다. 다운증후군을 앓는 아이의 요정을 닮은 외모, 뇌성마비를 앓는 아이의 뒤틀린 사지, 뇌 손상을 입은 아기의 초점 없는 시선을 보면 심기가 불편해지는 것이다.

이 일을 버텨내지 못하는 많은 사람들에 반해, 소명으로 여기는 사람들도 있다. 먼저, 교장을 맡은 리나 선생님이 있다. 웃음 띤 둥근 얼굴로 나를 돌보는 사람들이 어떤 이들인지를 알게 해줬다.

몇 해 전, 교장이 아닌 교사였을 때 리나 선생님은 중증 뇌성마비를 가지고 태어난 샐리라는 여자 아기를 매우 아꼈다. 리나는 샐리를 사랑했다. 샐리가 좋아하는 잼 스쿼시를 먹여주고, 두 팔에 꼬옥 안아 재우고, 늘 샐리를 웃음 짓게 하는 음악을 틀어주었다. 샐리에 대한 애착이 컸던 만큼, 샐리가 여섯 살 나이에 폐렴으로 죽던 밤에도 병원에서 곁을 지켰다.

그날 이후, 리나 선생님의 눈동자는 빛을 잃은 것 같았다. 그녀가 샐리를 사무치게 그리워하는 모습을 보면서 나와 같은 아이도 직업상 어쩔 수 없이 대해야 하는 존재 이상이 될 수 있음을 깨달았다. 수년이 흐르는 동안, 냄비에 닭을 집어넣듯이 나를 시체 취급하던 숱한 사람들을 겪는 동안 유일하게 위안이 되어준 생각이었다. 대부분의 요양사들은 감자 자루를 나르듯 내 몸을 옮기고서는, 얼음처럼 찬 물로 서둘러 씻긴다. 그럴 때면 아무리 질끈 눈을 감아도 비눗물이 눈에 들어오기 일쑤다. 그런 다음 그들은 너무 차갑거나 뜨거운 음식을 무심하게 입안으로 밀어 넣는다. 그러는 사이 빤히 쳐다보는 시선과 마주치기라도 할세라 말 한마디, 미소 한 번 건네는 법이 없다.

이보다 고약한 이들은 무신경을 무신경하게 내보이는, 무늬만 요양사인 사람들이다. 우월감을 즐기고 싶어 하는 사람들은 나에게 '장애물', '당나귀', '쓰레기'라고 불렀지만, 그럴수록 더욱더 자신의 추악함을 드러낼 뿐이다. 지적으로 한계가 있으면 사람의 손길에 묻어나는 악독함도 느끼지 못하고, 목소리에 배어 있는 분노도 구분하지 못하리라고 생각하는 걸까? 나는 낮잠을 자다가 요양사가 성급하게 이

불을 걷어 젖히는 바람에 밀려드는 차가운 냉기에 잠을 깼던 순간을 기억한다. 또한, 임시직 직원이 나를 거칠게 의자에 던진 나머지 의자가 뒤로 넘어가서 머리를 바닥에 찧었던 일도 기억한다.

그런 경험들에도 불구하고, 나는 나 같은 아이들을 돌보는 사람들 중에는 나쁜 사람보다는 좋은 사람이 훨씬 더 많다는 결론에 이르게 된다. 지난 시간을 돌이켜보면 웃는 얼굴들이 연달아 눈앞에 떠오르기 때문이다. 코가 늘 반질거려서 항상 땀을 흘리는 것처럼 보이던 우나가 있었고, 쾌활한 에너지로 가득해서 신경질적으로 입술을 빨아대는 혀마저도 가만히 있는 법이 없던 헤일라도 있었다. 오늘은 〈우리 생애 나날들〉이란 드라마를 즐겨 보는, 차분한 외양과 달리 성미가 불 같은 마리에타가 있고, 나를 간질이며 깔깔거리는, 손톱 한가운데에 흑갈색 줄무늬를 아로새겨 좀처럼 눈을 뗄 수 없게 만드는 헬렌이 있다. 그리고 내가 제일 좋아하는 도라―중년의 나이에 살집이 있고 인상이 좋은―도 있다. 차분한 도라와 함께 있으면 마음이 편안해진다. 부드럽고 촉촉한 갈색으로 물든 그녀의 눈매에서는 친절한 성품이 배어나온다.

성격도 외모도 제각각이지만, 이들은 모두 수다 떨기를 좋아하고, 서로의 소식을 나누며 고민 들어주기를 즐기는 사람들이다. 나는 한밤중에 집 안으로 기어들어온 뱀이 용감한 남편에게 맞아 죽은 이야기를 들었고, 물이 새는 바람에 집 안이 물바다가 되어 천장까지 내려앉을 뻔했다는 이야기를 들었으며, 어떤 노래만 나오면 미친 듯이 침대 위에서 뛰노는 손주 녀석들 이야기도 들었다. 또한 알츠하이머를 앓는 부모를 대할 때 어떤 고민을 하는지, 아픈 친척을 돌보면 어떤 어려움을 겪는지, 그리고 제멋대로인 전 남편에게 생활비를 받아내기는 또 얼마나 힘든지를 알고 있다.

그래서 나는 어떤 이야기가 오가든지 간에, 여자들의 대화에서 끝없이 되풀이되는 주제는 세 가지임을 알게 되었다. 바로 종종 실망감을 안겨주는 남편, 대개 신통하고 대견한 아이들, 그리고 늘 수치가 높게 나오는 체중이다. 날이면 날마다, 그들은 남편을 좀 더 책임감 있게 만드는 일이 얼마나 어려운지, 효과적인 체중 감량이 얼마나 힘든지를 이야기하며 서로를 위로한다. 남편 문제는 잘 알 수 없지만, 칼로리 계산에 대한 이야기를 들을 때면 나는 가슴이 내려앉는 기분이 든다. 여자들은 더 행복해지기 위해서 다이어트를 한다고 믿는 모양이지만, 내 경험으로 볼 때 실은 그렇지 않다. 자신 있게 말하건대, 여자들은 적게 먹을수록 불만이 많아지고 많이 먹을수록 불만이 적어진다.

날마다

무엇을 어떻게 해야 아들에게 가장 좋을까를 두고 부모님이 고민하면서부터 마침내 내 인생이 열리기 시작했다. 이제 부모님이 내게 거는 기대는 종이 그림 차원을 훨씬 넘어섰다. 부모님은 검사 때 보았던 검정 상자같이 생긴 전자 의사소통 기기를 사주기로 결정했다. 회복할 수 있다는 믿음을 의미하는 선물이라 정말 감사드린다. 내가 의사소통 기기를 사용할 수 있을지 확신할 수 없지만 부모님은 기꺼이 시도해보려 한다. 검사를 통해 작으나마 희망의 불꽃이 피어났기 때문이다.

우리는 지금 보완대체의사소통이라는 새로운 세계를 발견하고 있다. 이 세계에서는 다른 사람이 들고 있는 그림을 가리키거나, 눈을 깜빡이거나, 무언가를 응시하는 등 가장 기본적인 의사소통 방식부터 첨단 기술을 이용한 발화 기기, 혼자 사용하는 컴퓨터 프로그램에 이르기까지 온갖 수단을 통해 벙어리도 제 목소리를 찾을 수 있다.

혼자서 기기를 작동하려면 스위치를 사용할 줄 알아야 한다. 그래서 엄마는 언어치료사 샤킬라와 물리치료사 질에게 나를 데려간다. 한 번 더 검사를 한 다음, 그들은 내가 사용하기에 가장 좋은 스위치 두 가지를 파악한다. 그중 하나인 롤리 스위치는 작은 사각형 상자 모양으로 손바닥에 놓고 손가락을 말아 버튼을 누르게 되어 있다. 또 다른 하나인 요동 스위치는 정교하게 제어하지 못하는 내 오른손을 오른쪽으로 휘저어도 작동시킬 수 있을 만큼 충분히 길이가 긴 스위치이다.

처음에 부모님이 기기를 사주기로 결정했을 때 나는 그야말로 흥분에 휩싸였다. 하지만 검정 상자에 겨우 250개의 단어와 어구들이 저장되어 있다는 사실에 크게 실망했다. 내 안에 있는 말들은 무한대처럼 느껴지는데 실제로 표현할 수 있는 말은 별로 없어 보였기 때문이다.

하지만 갑자기 남아프리카공화국의 화폐 가치가 급락하면서 기기 값이 거의 두 배로 뛰자 부모님은 주문을 취소하기에 이른다. 대신 의사소통 소프트웨어가 설치된 컴퓨터를 사주기로 결정한다. 남아프리카공화국에 이걸 사용하는 사람이 아무도 없다는 점에서 실로 대담한 결단이다. 언어치료사는 우리를 도와줄 수 없다. 도와줄 수 있는 사람은 아무도 없다. 사용하려고 뭔가 배우려 할 경우 이는 오롯이 나와 부모님의 몫이다. 그리고 부모님은 내가 컴퓨터를 사용할 수 있을지도 잘 모른다.

지금, 부모님은 나에게 어떤 소프트웨어를 사줄지 결정해야 한다. 무엇을 선택하느냐에 따라 내 삶은 완전히 달라질 수 있다. 온 신경이 곤두서지만 나는 한껏 들떠 있다. 둥지 안의 아기 새처럼 감정이 꿈틀대며 마음속을 가득 채운다. 의사소통하는 방법을 배울 생각에 흥분감이, 검정 상자를 사지 않게 되어 오히려 기쁘다 싶어 죄책감이, 그리고 부모님이 기기를 주문할 만큼 나를 믿어주었는데 이런 생각을 하고 있다니 싶어 양심의 가책이 밀려온다. 이러한 감정에서 오는 느낌도 서로 다르다. 흥분감에 가슴은 떨리고, 죄책감에 속 깊은 데서 살짝 토할 것만 같은 느낌이 일고, 양심의 가책에 마음이 무겁다. 오랫동안 익숙해진 감정과는 사뭇 다르다. 나는 어제 오늘이 분간되지 않는 똑같은 나날을 살며 어찌하지 못하는 자신의 무기력에 미쳐버릴까 봐, 늘 어중간하게 감정을 억눌러왔고 이를 자기 방어의 수단으로 삼아왔다.

"안녕, 아들."

매일 아침 6시에 내 방으로 들어오며 아빠가 건네는 말이다.

아빠는 나를 깨우러 올 때 항상 이미 옷을 차려입었다. 나를 씻기고 옷을 갈아입힌 다음 휠체어에 태워 주방으로 데려간다. 아빠는 내게 시리얼 한 그릇을 먹이고, 빨대로 커피도 마시게 해준다. 그렇게 간단히 식사를 마치고 우리는 곧 돌봄시설로 출발한다. 아빠는 매일 아침 출근길에 나를 데려다준다. 집을 나서기 직전에 내가 하루 동안 입을 깨끗한 옷, 요실금 패드, 턱받이가 든 가방과 먹을거리와 음료수가 든 냉장 가방을 내 무릎 위에 올려놓는다.

현관문이 열리는 순간 나는 늘 짜릿함을 느낀다. 오늘 날씨가 어떨지 실로 궁금하기 때문이다. 변덕스러울까, 아니면 구름이 끼었을까? 이곳은 볕 좋은 날이 많은지라 날씨는 별 관심거리가 아니지만, 나는 아빠가 문을 열 때의 짧은 긴장감을 한껏 즐긴다.

아빠는 나를 차에 태우고 휠체어를 접어 트렁크에 넣고 나서 자리에 앉아 라디오를 켠 다음 말없이 차를 운전한다. 30분쯤 달려 우리는 돌봄시설에 도착한다. 아빠는 나를 차에서 내려 휠체어에 앉힌 다음 내 무릎 위에 가방을 올리고 알파와 오메가의 입구로 통하는 갈색 문을 향해 휠체어를 민다. 복도를 지나 교실 앞에 다다르면 휠체어는 멈추고, 나는 '또 하루 동안 혼자 남겨지는구나'라고 생각한다. 아빠는 보통 7시 15분에서 8시 10분 사이에 회사로 떠난다. 아빠를 다시 만날 때까지 열한 시간을 기다려야 한다는 뜻이다.

"안녕, 아들."

아빠는 몸을 굽혀 내게 키스하고, 나는 복도를 울리며 점차 사라지는 아빠의 발걸음 소리를 듣는다.

돌봄시설의 하루는 9시 30분이 되어서야 본격적으로 시작된다. 그때까지 나는 의자에 앉아 있다. 빈백 체어에 앉아 있을 때도 있는데,

내 몸을 잘 받쳐주는 의자라서 좋아한다. 오전 내내 눕거나 앉아서 시간을 보내면 때로 누군가 내 몸을 일으켜 스트레칭, 아니면 다른 활동을 하게 한다. 오전 중간쯤 차를 한 잔 마시고 나서 요양사의 손에 이끌려 바깥 공기를 쐬러 나간다. 그로부터 한 시간 반이 지나면 점심시간이다. 메뉴는 대개 과일 스튜와 요구르트이고, 오렌지나 구아바 스쿼시가 후식으로 나온다. 정오에는 다른 아이들과 함께 잠을 자도록 누군가의 손이 나를 침대에 눕힌다. 소중한 세 시간이 낮잠을 자는 사이 흘러간다. 나는 깨어나서 오후 음료수를 마신 후 다시 휠체어에 앉혀진 채로 아빠를 기다린다.

하루 중 이때가 가장 힘겹게 느껴진다. 돌봄시설에서 나와 집으로 돌아가는 시간이 5시 15분인데, 아빠는 보통 5시 20분에서 6시 30분 사이에 당도한다. 일찍 일을 끝내고 나올 수가 없어서 차가 막히는 퇴근길에 출발하기 때문이다. 그걸 싫어하는 일부 요양사들이 아빠를 욕하는 소리를 종종 듣는다. 나는 아빠가 일찍 오려고 최선을 다하고 있음을 알기에 그럴 때마다 기분이 상한다.

"안녕, 아들."

마침내 아빠가 교실로 들어와 웃음 지으며 말을 건넨다. 마침내 또 하루가 지났다는 생각에 나는 안도의 한숨을 내쉰다.

다시 가방이 무릎에 올려지고, 나의 휠체어는 차를 향해 움직인다. 휠체어가 접혀 트렁크에 넣어지고, 우리는 라디오를 들으며 집을 향해 달린다. 차에서 내려 집 안으로 들어가면, 보통 엄마가 요리하는 모습을 보게 된다. 우리는 식탁에 둘러앉아 저녁을 먹는다. 식사 후 밀크 커피 한 잔을 마신 나는 텔레비전 앞 거실 소파에 누여진다. 아빠는 대부분 안락의자에 앉아 텔레비전을 보다가 잠이 든다. 그러다 깨어나면 나를 휠체어에 도로 앉혀 화장실로 밀고 가서 이를 닦아주고 침실로 데려가 옷을 벗겨준 다음 침대에 눕힌다.

주말에는 매일 똑같은 일과에 변화가 생긴다. 집에서 지내는 주말에는 엄마나 아빠가 나를 들어 올려 거실로 데려갈 때까지 실컷 늦잠을 잘 수 있다. 그리고 거실에서 눕거나 앉아서 하루를 보낸다. 하지만 적어도 가족들이 곁에 있으니 모두가 말하는 소리를 들을 수 있다. 주말은 내게 또 한 주를 버텨낼 힘을 주는 시간이다. 엄마, 아빠, 데이비드와 함께 있어 기분이 좋기 때문이다. 물론, 킴이 영국으로 가기 전까지는 그녀와 함께 있는 것도 좋았다. 그래서 일요일 밤에 아빠가 나를 목욕시키고 머리를 감기며 돌봄시설에서 새로운 한 주를 보낼 준비를 시킬 때면 어김없이 슬픔에 사로잡힌다. 2주 혹은 3주에 한 번씩 아빠는 내 손톱을 깎아주는데 이게 참 싫다.

여기까지가 내가 기억하는 한 지금까지 쭉 지속되어온 일상이다. 이러니 엄마, 아빠의 말 한마디 한마디에 집착하면서 이제껏 생각해본 적이 없는 미래를 꿈꿀 수밖에 없다.

가엾은 녀석

3년 전 처음 만난 버나는 침묵에 잠긴 자아에 바깥 세상으로 통하는 안전한 다리를 놓아준 유일한 사람이었다. 요즈음 그림과 다이얼, 스위치와 화면 등으로 나와 소통하려는 사람들과 달리, 버나는 오로지 직관에 의지했다. 내가 이따금씩 무의식적으로 남겨놓은 단서를 찾아내는 베테랑 탐정처럼, 결정적인 증거 하나를 찾으려 하기보다는 조그만 단서 조각들을 긁어모아 전체를 완성할 줄 알았다.

그러는 데에는 상당한 시간이 필요했다. 처음엔 누군가 나와 소통하기를 원한다는 사실 자체를 인정하려 들지 않았다. 그렇게 믿기가 두려웠다. 하지만 버나가 쉽게 포기하지 않으리란 생각이 들자 서서히 마음을 열었고 몇 달, 몇 해를 보내는 사이 우리는 친구가 되었다.

일주일에 한 번씩 나에게 마사지를 해주는 버나는 알파와 오메가의 작은 방으로 들어서며 이렇게 묻는다.

"오늘은 기분이 좀 어때, 마틴?"

가슴을 대고 누운 채, 나는 버나가 늘 가지고 다니는 오일이 든 작은 가방의 지퍼를 여는 모습을 본다. 병뚜껑이 열리는 소리가 들리면, 어떤 향기가 방 안을 채울지 궁금해진다. 시트러스 향이 날 때도 있고, 민트나 유칼립투스 향이 날 때도 있다. 하지만 어떤 향이 되었든 내 코에 향기가 와 닿을 때마다, 나는 캔자스에서 오즈까지 날아간 도로시가 된다.

버나가 말한다.

"오늘은 다리부터 해준 다음 등을 해줄게. 2~3주 동안 안 하다 하는 거라 좀 아플 거야."

버나는 탐구심 많은 눈으로 나를 바라본다.

버나는 아담하고 가냘픈 체격에 딱 어울리는 목소리를 가지고 있다. 나는 버나가 상냥한 사람이라는 사실을 잘 안다. 처음 내게 말을 걸 때 목소리에서 이를 느꼈고 사용하지 않아 오래도록 뭉쳐 있는 근육을 풀어주는 손길에서 여전히 느끼고 있다.

버나를 보면 가슴이 부풀어 오른다. 지금 우리는 45분 동안 함께 있는 중이다. 해변에서 하루 종일 주운 조개껍데기를 세어보는 아이처럼, 나는 다시 이 시간을 곱씹을 것이다. 이 순간을 허투루 보내지 않도록 주의해야 한다. 나중에 다시 돌아볼 수 있도록 매 순간을 느긋

하게 보낼 것이다. 이 시간들이 지금의 나를 지탱해주는 힘이기 때문이다. 버나는 나를 보아주는 유일한 사람이다. 무엇보다 그녀가 나를 믿어준다는 사실이 중요하다. 그녀는 나의 언어—의지대로 할 수 있는 행위의 전부인 미소, 응시, 끄덕임—를 이해한다.

버나는 마사지를 해주며 묻는다.

"가족들은 다들 잘 지내셔?"

등을 대고 누운 나의 시선이 버나의 움직임을 따른다. 나는 가족 중 한 사람이 아프다는 소식을 전하려고 굳은 얼굴을 하고 있다.

"아빠가 아프시니?"

나는 반응하지 않는다.

"엄마가 아프셔?"

다시 아무런 반응을 보이지 않는다.

"아니면 데이비드?"

나는 맞다고 대답하려고 어렴풋이 미소를 지어 보인다.

"그럼 데이비드가 힘들겠구나."

버나가 말한다.

"근데 어디가 아픈데? 감기에 걸렸니?"

나는 머리를 아래쪽으로 흔든다.

"아니면 편도선염인가?"

나는 힘을 싣지 못하는 목을 경련하듯 또 한 번 떤다. 그것만으로도 버나는 내 의도를 이해한다. 귀, 코, 목으로 내려온 버나의 손이 가슴에 닿는다. 나는 다시 어렴풋이 미소 짓는다.

"혹시 폐 감염이니?"

나는 그녀가 비슷하게 맞혔다는 사실을 알려주려고 눈썹을 찡긋거린다.

"아니면 폐렴?"

나는 코로 공기를 내뿜는다.

"그럼 또 뭐가 있지?"

우리는 서로를 쳐다본다.

"기관지염인가?"

미소 짓는 나의 가슴속에 행복감이 가득 차오른다. 지금 이 순간 나는 무하마드 알리, 존 매켄로, 프레드 트루먼이다. 나는 관중들의 우레 같은 환호를 받으며 경기장을 한 바퀴 돌고 있다. 버나가 내게 미소로 화답한다. 그녀는 내 말을 이해한다. 버나를 다시 만날 때까지 나는 이 순간을 떠올리고 또 떠올릴 것이다. 왜냐하면 이 순간—그녀와 함께하는 다른 순간들과 마찬가지로—은 나를 감싸고 있던 투명 망토에 마침내 구멍이 뚫리는 시간이기 때문이다.

여기서 더 나아가 버나는 내게 다른 이야기까지 하도록 북돋아준다. 특히, 내 여동생 킴에 대해 물어본다. 나는 킴이 나를 돌보아주었음을 잘 알고 있었다. 킴은 내가 그레이비를 좋아한다는 사실을 알고 자기 접시에서 음식을 덜어주었고, 푸키를 데려와 내 무릎에 앉혀주고, 텔레비전을 보는 동안 자기 곁으로 내 휠체어를 당겨주었다. 킴은 내가 버나의 말에 반응한다는 사실을 안 뒤로는 전보다 더 많이 나와 이야기하기 시작했다. 보통의 여동생과 오빠 사이처럼 자신의 생활에 대해 들려주었다. 대학에서 있었던 일을 이야기했고, 사회복지사가 되려면 수강해야 하는 수업에 대한 고민을 털어놓았으며, 자신을 기쁘게 하는 친구들과 그렇지 않은 친구들 이야기도 했다. 킴은 몰랐겠지만, 나는 여동생의 말을 한마디도 빠짐없이 이해했다. 또한 그녀가 졸업장을 받기 위해 연단으로 올라서는 모습을 보면 기쁨으로 가슴이 벅차오르리라 생각했다. 버나를 만나기 전까지 킴은 내가 좋아하거나 싫어하는 것을 추측해가며 내가 전달하려는 바를 이해할 수 있는 유일한 사람이었다.

그래서 1년 전 영국으로 떠난 킴을 나는 몹시 그리워했다. 하지만 지금 내게는 버나가 있다. 사람들은 나의 신체 욕구―체온이 높은지 낮은지, 피곤한지 아니면 배가 고픈지―를 두고 무자비할 정도로 대놓고 말하지만, 버나는 나를 빈껍데로 생각하지 않고 존중해준다. 또 사무적으로 대하지도 않는다. 다른 이들도 나를 씻겨주고, 닦아주고, 옷을 입혀주고, 먼지를 털어주지만, 어디까지나 월급을 받고 하는 일일 뿐이다. 유일하게 버나만이 아픈 몸을 달래주려고 내 몸을 만져주고, 위로해주고, 치유해주며, 나 자신이 혐오스러운 생명체가 아닌 살아 있는 존재로 느끼게 해준다.

나는 사람들이 나를 애정 어린 손길로 만지지 않는 이유를 이해한다. 두려운 것이다. 사실을 말하자면 나 역시 조금 두렵다. 거울에 비친 내 모습을 볼 때면 서둘러 시선을 돌려버린다. 게슴츠레한 눈동자, 흘러내리는 침을 받기 위한 턱받이, 뼈다귀를 달라고 애원하는 개의 발처럼 가슴께로 당겨진 두 팔…… 바로 거울 속의 내 모습이다. 나조차도 이 낯선 사내에게 좀처럼 적응이 되지 않으니 다른 사람들이 역겹게 느끼는 거야 이해할 만하다. 몇 해 전, 나는 가족 파티에 갔다가 구석에 앉아 있는 나를 보며 친척 중 한 명이 슬픈 목소리로 하는 말을 들었다.

"저 애를 좀 봐. 가엾은 녀석. 무슨 인생이 저러니?"

그녀가 멀어지는 모습을 보며 당혹감이 물밀듯이 밀려왔다. 그녀는 나를 보아 불편했고, 마땅히 누려야 할 파티의 즐거움을 내가 망치고 있었다는 사실을 나도 알았다. 놀라운 일은 아니었다. 그렇게 가엾은 꼴을 눈앞에 두고서 누군들 맘 편히 즐길 수 있겠는가?

죽느냐 사느냐

나는 의사소통이라는 암벽에 첫 번째 아이젠을 박을 준비가 되어 있다. 말을 대신 해줄 컴퓨터를 작동하는 데 쓰일 스위치가 도착했고, 나는 스위치 조작을 연습하기 시작했다. 이 기기는 나사나 플라스틱 디스크, 전선망 이상으로 복잡한 기계이다. 말하기, 잡담하기, 논쟁하기, 농담하기, 가십거리 나누기, 대화하기, 협상하기, 수다 떨기…… 이 모든 일이 스위치 덕분에 가능해졌다. 칭찬하기, 질문하기, 감사하기, 요청하기, 찬사 보내기, 부탁하기, 불만 토로하기, 토론하기…… 이런 일들도 내 마음대로 할 수 있다.

맨 처음 해야 할 일은 어떤 소프트웨어 프로그램을 구입할지 결정하는 일이다. 부모님은 테스트를 하려고 유럽과 미주 대륙에서 다양한 데모 CD를 구입했다. 엄마는 속도가 느린 인터넷으로 검색하느라 몇 시간씩 컴퓨터 앞을 떠나지 못하고 아빠는 직장에서 짬짬이 프린트한 프로그램 정보를 읽는 데 저녁 시간을 할애한다. 그러는 사이 몇 주가 지나고 몇 개월이 흐른다.

나는 이것저것 보고 들으며 어떤 프로그램이 생각을 표현하는 데 가장 좋을지 감을 잡기 시작한다. 캔버스에 조화로운 색상을 구현하기 위해 물감을 혼합하는 화가처럼, 최상의 소프트웨어를 선택해야 한다. 처음 검사를 받은 지 거의 6개월이 흘렀으므로, 부모님은 내게 어떤 프로그램을 원하는지 이야기해달라고 재촉한다. 부모님은 내가 더 이상 매 맞은 개처럼 머리를 흔들지 않고 흥미로운 것에 열중하는 모습을 보고 더욱 고무된 상태다. 내가 무엇을 할 수 있을지 가늠할 미세한 징후들을 발견하면서 엄마 아빠의 마음속에는 뜨거운 온천수처럼 희망이 용솟음치고 있다.

일단 소프트웨어를 결정하고 나면 내 삶이 어떻게 바뀔까, 계속 이 생각을 하고 있다. '나 배고파요'라고 말할 수 있다는 생각을 하면 경이롭기 그지없다. '텔레비전에서 지금 뭐해?'라고 물을 수 있으리라는 사실도 놀랍다. 이런 단순한 말들이 나에게는 에베레스트 등정과도 같은데, 내가 과연 이 에베레스트를 정복할 수 있을까? 상상하기도 어려운 일이다.

단어를 상징하는 몇몇 그림들은 자꾸만 보아도 감탄하게 된다. 물음표가 있는 텅 빈 얼굴은 '누구'를 뜻하고, 안에 물음표가 그려진 네모는 '무엇'을 뜻한다. 이런 말들은 내가 그동안 할 수 없었던 질문을 구성하는 기본 요소들이다. 빨간 블록을 향해 뻗은 두 손은 '나는 원해요'를 뜻하는 한편, 평행한 두 개의 굵은 선은 '나는'을 뜻한다. 모르긴 해도 이 '나는'이라는 그림을 가장 많이 사용하게 될 듯하다. 이 짧은 말을 한 뒤에 무슨 말을 해야 할지 잘 모르겠다. 나는…… 무엇을? 누구를? 나도 모르겠다. 지금까지는 알 수 있는 기회가 없었다.

이 질문에 답하기에 앞서, 나는 우선 문장을 만들기 위해 필요한 기본 사항―하나의 단어와 이를 상징하는 그림―을 숙지해야 한다. 주스, 차, 설탕, 우유, 헬로, 굿바이, 나, 너, 우리, 그들, 아니요, 예, 닭, 감자튀김, 고기, 그리고 머리카락, 입, 빵…… 말들을 익힌 다음에야 이를 한데 조합해 문장을 만들 수 있다.

'나는 오렌지주스 마실래요.'

'아니, 괜찮아, 고마워.'

'나 배고파.'

'자고 싶어.'

'추워요.'

'래디시와 잼 바른 토스트를 먹겠어요.'

우선 나는 부모님이 소프트웨어의 이름을 읽을 때 고개를 끄덕여 어떤 프로그램을 사고 싶은지 알려야 한다. 그런데 결정하기가 힘들다. 부모님은 내게 묻고 또 물었지만 나는 선택할 수가 없어서 몇 주째 결정 장애의 늪에 빠져 있다.

아빠는 며칠 전 내게 말했다.

"살다 보면 일단 앞으로 나아가야 할 때도 있는 법이란다. 결정을 내리고 확신하렴. 우리는 네가 어떤 소프트웨어를 사고 싶은지 알려주었으면 좋겠구나. 넌 분명히 무엇을 사고 싶은지 알고 있어, 마틴."

말없이 쳐다보는 나를 아빠가 마주 보더니 부드럽게 말한다.

"이건 그냥 시작일 뿐이야. 죽느냐 사느냐의 문제가 아니고."

그러나 내게는 죽느냐 사느냐에 버금가는 선택처럼 여겨진다.

한 번도 결정이란 걸 해본 적이 없는 내가 가장 어려운 결정을 해야 하는 상황에 처한 것이다. 하나의 세계에서 다른 세계로 건너가는 데 필요한 다리를 도대체 어떻게 고른단 말인가? 이 소프트웨어는 단순한 도구가 아니다. 내 목소리가 되어줄 소프트웨어다. 만약 내가 잘못된 선택을 한다면 어떻게 될까? 너무 제약이 많거나, 너무 복잡해서 사용하기 어려운 소프트웨어를 선택한다면 어떻게 될까? 만일 그런 실수를 한다면, 다시는 이런 기회를 얻지 못할 수도 있다.

엄마가 말했다.

"처음에 고른 게 적절하지 않다면 다른 걸 사면 되잖아."

나를 안심시키려는 엄마의 말에도 두려움이 사라지진 않는다. 나는 부모님의 믿음이 어디까지 갈지를 두고 얼마간 불안해하면서도—내가 소프트웨어를 사용하지 못한다면, 부모님도 장밋빛 꿈을 결국 포기하지 않을까—모든 일이 잘 풀린 후에 열릴 나의 세계가 어떨지 궁금하다. 부모님은 내가 스위치를 전보다 안정된 자세로 잡는 모습을 보며, 그림을 조금 더 빨리 선택하는 것을 보며, 이제는 내가 생각보다 훨씬 많은 일을 할 수 있으리라 믿는 듯하지만 아직도 나를 완전히 이해하지는 못한다. 오랜 시간 동안 익숙한 세계의 축이 거꾸로 뒤집히면 어떻게 될 것 같은가? 새장 속의 새처럼 갇혀 지내는 데 너무나 익숙해진 사람이 어느 날 활짝 열린 수평선을 본다 한들 알아볼 수나 있을지 모르겠다.

의심과 불안이 나를 갉아먹는 상황에서, 나는 킴에게 전화를 걸겠다는 생각을 해냈고 몇 주 전 크리스마스에 부모님과 데이비드가 킴에게 전화를 했다. 가족들이 이야기하고 있는 사이, 나는 초조하게 부모님의 컴퓨터 앞에 앉았다. 그리고 평소보다 더 심하게 떨리는 손으로 천천히 그림을 클릭했다. 이윽고 아빠는 컴퓨터 스피커 가까이에 있던 전화기를 집어 들고 스피커폰 스위치를 눌렀다.

"안녕, 킴."

내 몸이 아닌 컴퓨터에서 나온 음성이 말했다.

"행복한 크리스마스 보내."

짧게 침묵이 흐른 후 동생이 입을 뗐다. 나는 1만 킬로미터 가까이 떨어진 데서 들려오는 킴의 음성에서 기쁨이 묻어나는 걸 느꼈고, 마침내 나의 삶을 되찾기 시작했다고 생각했다.

엄마

나를 바라보는 엄마의 얼굴에 실망의 빛이 어른거린다. 나는 이런 표정을 잘 알고 있다. 이따금씩 엄마의 표정은 아무런 감정이 느껴지지 않아서 마치 얼굴이 얼어버린 것처럼 보인다. 우리는 지금 점차 늘어가는 나의 어휘에 새 단어를 추가하려고 컴퓨터 앞에 앉아 있다. 바야흐로 2002년 8월, 처음 검사를 받은 지 1년이 되었고 의사소통 시스템 사용법을 익히기 시작한 지 6개월에 접어들었다. 나는 가까스로 사고 싶은 소프트웨어를 결정했고, 킴이 영국에서 소프트웨어를 구입해 집으로 왔다. 엄마가 사준 전용 노트북 컴퓨터도 있다.

대리점에서 비석처럼 줄지어 늘어선 노트북들을 보면서 엄마가 확고한 어조로 말했다.

"이건 너무 구식이네요. 이 가게에 있는 컴퓨터 중에서 제일 좋은 최신 제품을 보여주세요. 속도도 빠르고 성능도 좋아야 해요. 내 아들이 컴퓨터 때문에 속을 끓이는 일이 있어서는 안 돼요."

나는 엄마가 나를 위해 실랑이하는 모습을 또다시 지켜보았다. 엄마는 특유의 단호하면서도 공손한 말투로 나에게 아무 이상이 없다고 말하는 의사들에게 재검을 요청했고, 나를 맨 뒷줄로 보내려 하는 의사들에 맞서 언성을 높였다. 엄마는 이번에도 이 가게에서 내놓을 수 있는 최상의 노트북을 구입하겠다는 뜻을 관철할 터였다.

처음에는 노트북을 만질 엄두가 나지 않아 아빠나 엄마나 데이비드가 노트북을 사용하면 그저 바라보기만 했다. 까만 화면에 빛이 들어올 때 마법처럼 흘러나오는 음악을 듣고 있자면 놀라우면서도 키보드조차 제대로 익히지 못한 내가 어떻게 이 낯선 기계를 다룰 수 있을지 의아하기만 했다. 글자는 또 다른 기호일 뿐이라고 여길 수도 있겠지만 지난 몇 개월간 많은 시간을 들여 익히려고 노력했던 그림들과 달리, 나는 아직 글자를 읽을 줄도 모르지 않는가.

사람들이 말하면서 자연스럽게 단어들을 선택하듯이, 내가 선택한 그리드—또는 페이지—상의 어휘들 가운데 하나가 컴퓨터 '음성'으로 표현된다. 소프트웨어에는 초기 설정 데이터가 별로 없기 때문에 내가 원하는 단어와 이에 해당하는 그림을 모조리 직접 입력해야만 한다. 이 작업이 끝나면, 비로소 스위치를 이용해 단어들을 이리저리 움직일 수 있다. 내가 하고 싶은 말을 스크린에서 선택하면, 컴퓨터가 이를 음성으로 구현하는 것이다.

오늘 엄마와 나는 색깔에 관한 단어들을 공부하고 있다. 어렸을 적에 그랬듯이 엄마는 내가 새로운 언어를 습득할 수 있도록 도와줬다. 심지어 나를 집중적으로 가르치려고 방사선 촬영 기사 일마저 그만두었다. 엄마가 오후 2시경 돌봄시설에서 나를 데려오면, 우리는 매일 몇 시간씩 이렇게 공부한다. 거의 네 시간씩 함께 어휘의 그리드를 구축한 다음 이 어휘들로 나 혼자 연습에 돌입한다.

엄마는 내가 소프트웨어 사용법을 습득하는 속도에 놀라고 있다. 처음에 엄마는 소프트웨어를 사용하는 시범을 보이기 위해 먼저 사용법을 익혀야 했다. 하지만 내가 주어진 과제를 모두 해내는 모습을 보고 점점 더 나를 신뢰하게 되었다. 그래서 엄마 혼자서 컴퓨터 매뉴얼을 읽는 대신 내게 매뉴얼을 읽어줬고, 나는 학습하는 동안 엄마가 한 말들을 전부 암기한다. 날이 갈수록 엄마보다 내가 매뉴얼의 내용을 잘 이해하는 듯하다. 엄마가 잘못 이해한 내용을 파악할 때까지 내가 기다려주어야 할 때도 있다. 이렇게 조금씩 발전하고 있지만 가장 기본적인 단어와 어구만을 사용해서 의사소통을 해야 하기에 엄마에게 이 말을 전할 수가 없다.

컴퓨터 화면으로 고개를 돌리기 전에 나를 바라보는 엄마를 본다. 오늘은 새로운 그리드에 무지개 색깔—빨강, 노랑, 분홍, 초록, 보라, 오렌지—과 함께 파랑, 검정, 갈색처럼 아주 알기 쉬운 색깔들을 추가했다. 하지만 다채로운 색깔의 세계에 들어갈수록 일이 점점 더 어려워지고 있다.

엄마가 묻는다.

"선홍색?"

내 얼굴이 굳어진다.

"에메랄드?"

나는 내가 원하는 단어를 정확히 알고 있다. 하지만 말을 할 수 없기에 그리드를 구축하면서 이렇게 어려움에 빠질 때가 종종 있다.

"마젠타?"

나는 어떤 응답도 하지 않는다.

"네이비?"

순간, 마음속에 절망감이 피어오른다. 내가 원하는 단어를 엄마가 알아맞히길 바라는 마음이 간절해질수록 절망감에 목이 메어온다. 엄마가 단어를 맞히지 못하면 나는 절대 그 말을 할 수 없다. 어휘를 추가할 때 전적으로 엄마에게 의지하고 있기 때문이다.

내가 생각하는 단어를 전달할 여러 가지 방법이 떠오르기도 한다. 한번은 스위치로 귀를 나타내는 그림을 가리키고 나서 싱크를 나타내는 그림을 다시 가리킨 적이 있었다.

엄마가 물었다.

"싱크처럼 들리는 말이라는 얘기니? 아니면…… 혹시 핑크를 말하는 거니?"

나는 미소 지었고 핑크라는 단어가 내 그리드에 추가되었다. 지금 내가 추가하고 싶은 색깔은 터키색이다. 엄마가 여러 색깔의 이름을 대는 동안, 나는 어떻게 하면 여름 하늘의 색깔을 잘 설명할 수 있을지를 궁리한다.

어휘 그리드를 구축하다 보면 절망하기도 하지만 때로 단어를 찾아내려는 엄마의 열망이 내 의지보다 더 강력하다고 느낀다. 엄마는 이 일에 흠뻑 몰두한 나머지 매일 컴퓨터 앞에 몇 시간이고 앉아 있어도 결코 지치는 법이 없다. 같이 작업을 하지 않을 때면 종이를 가져와서 다음에 구축할 그리드에 걸맞은 단어 목록을 만들고 내가 추가하고 싶어 할 만한 단어들을 적는다. 함께 작업을 하면 할수록 엄마는 나의 어휘가 얼마나 광범위한지를 실감한다. 내가 얼마나 많이 아는지 깨닫는 순간 엄마가 느끼는 충격을 눈동자에서 읽을 수 있다.

그동안 내 능력이 얼마나 평가절하되었는지를 엄마가 깨닫기 시작했다고 생각하지만 엄마가 이를 두고 어떤 감정을 느끼는지는 잘 모른다. 어쩌면 내가 지난 시간들을 모두 기억한다는 사실 때문에 두려울지도 모르지만, 우리는 그런 이야기를 나눈 적이 없을뿐더러 앞으로도 그럴 것이다. 엄마는 나의 재활을 돕는 일을 지난날의 과오에 대한 참회로 여기는 걸까? 잘 알 수는 없지만 나를 위한 엄마의 헌신과 절박한 모습을 보면, 내가 처음 병에 걸린 후 지나온 어두운 나날들과 데이비드, 킴, 푸키가 없을 때면 구석에 앉은 나를 두고 아빠와 언쟁을 벌이던 기억들을 엄마가 비켜 가고 있는지 궁금해진다.

엄마는 아빠에게 소리를 지르곤 했다.

"우릴 좀 봐! 우린 엉망진창이야. 마틴에게는 우리가 해줄 수 없는 특별한 관리가 필요해. 그런데 왜 안 된다는 거야? 도무지 이해가 안 돼."

아빠는 성난 목소리로 맞섰다.

"마틴은 여기 있어야 하기 때문이야, 낯선 사람들이 아니라 우리와 함께."

"하지만 데이비드와 킴을 좀 생각해봐. 그애들이 지금 어떤지 알아? 데이비드는 그렇게 밝고 쾌활하던 애가 점점 위축되고 있어. 킴은 그래도 잘 버티고 있지만 그애도 당신의 관심이 더 필요해. 아빠와 더 많은 시간을 보내고 싶어 하는데 당신은 마틴을 돌보느라 늘 바쁘잖아. 당신은 마틴과 일에 매달리느라 우리와 함께 시간을 보낼 짬을 전혀 내지 못하지."

"이것 봐, 이 집안에서 마틴을 돌보는 사람이 나밖에 없는데 그럼 어쩌라는 거야? 나도 마음이 아파, 존. 하지만 우리는 가족이고 마틴도 엄연히 우리 가족 중의 하나야. 아무리 그래도 혼자 멀리 보낼 수 없다고. 우리는 다 같이 붙어 있어야 해."

"로드니, 도대체 왜? 누구를 위해서 마틴을 데리고 있어? 당신을 위해서? 마틴을 위해서? 아니면 우리를 위해서? 우리가 마틴을 돌볼 수 없다는 사실을 왜 인정하지 않느냐고! 다른 데서 전문가들의 보살핌을 받으면 마틴한테도 더 좋을 거야. 우리가 자주 보러 가면 되잖아. 그렇게 하면 데이비드와 킴도 지금보다 더 행복하게 지낼 수 있다고."

"그래도 난 마틴이 여기 있는 게 좋아. 절대 보낼 수 없어."

"그럼 나랑 킴이랑 데이비드는? 이건 누구한테도 좋지 않아. 감당하기가 힘들다고."

서로 이기려 들수록 다툼은 걷잡을 수 없이 격렬해졌다. 나는 다툼의 원인이 바로 나라는 사실을 인지한 채 이 모든 소리를 듣고 있었다. 절대 이런 말다툼 소리를 들을 수 없는 안전하고 캄캄한 곳으로 도망치고만 싶었다.

크게 싸운 날에는 엄마가 방을 나가 버리기도 했는데, 어느 날 밤은 아빠가 나를 차에 태우더니 어디론가 향했다. 아빠와 집으로 돌아갈 수는 있을지 걱정하는 한편, 나는 우리 가족이 나 때문에 이렇게 되었구나 싶어 죄책감에 사로잡혔다. 모두 다 내 탓이었다. 내가 죽으면 다들 지금보다 행복해지겠지. 물론 아빠와 나는 결국 집으로 돌아왔고, 다툼이 끝난 후에 으레 찾아오던 차디찬 침묵에 우리는 다시 얼어붙었다.

내가 결코 잊지 못할 장면이 있다. 아빠가 나가 버리자 홀로 남은 엄마가 바닥에 주저앉아 울었던 것이다. 엄마는 손을 부르쥔 채 흐느끼고 있었다. 나는 엄마의 가슴속에서 날것으로 흘러나온 슬픔을 느꼈다. 엄마는 너무나 외롭고, 혼란스럽고, 절망적으로 보였다. 나는 엄마를 위로하고 싶었다. 휠체어에서 일어나 이렇게 크나큰 고통을 초래한 육신의 껍데기에서 벗어나고 싶었다.

엄마가 고개를 들어 나를 보았다. 눈에는 눈물이 가득 차 있었다.

"네가 죽었으면 좋겠어."

엄마는 나를 바라보며 천천히 말했다.

"네가 죽어야 해."

엄마가 그렇게 말한 순간 온 세상이 아득하게 느껴졌다. 나는 엄마가 고요한 방 안에 나를 남겨두고 나가는 모습을 멍하니 지켜보았다. 그날, 엄마가 바라는 대로 해주고 싶었다. 도무지 견딜 수가 없는 말을 듣고 있자니 이제 그만 삶을 내려놓고 싶었다.

시간이 흐르면서 나는 점차 엄마의 절망을 이해하게 되었다. 돌봄시설에 앉아서 다른 부모들이 하는 이야기를 듣는 사이, 많은 이들이 우리 엄마와 똑같이 고통스러워한다는 사실을 알게 되었기 때문이다. 한때 건강했던, 너무나 사랑했던 아들의 잔인한 몰골을 마주하며 사는 일이 엄마에게 왜 그토록 힘들었는지를 나는 조금씩 이해하게 되었다. 나를 바라볼 때마다, 엄마의 눈에는 그저 유령 소년만이 보였던 것이다.

이렇게 어둡고 침울한 감정을 느끼는 사람은 비단 우리 엄마뿐만이 아니었다. 엄마가 잔인한 말을 했던 밤이 지나고 몇 년 뒤, 마크라는 아기가 돌봄시설에 다니기 시작했다. 마크는 발달장애가 심각해서 튜브로 음식을 섭취했고, 옹알이를 하지 않았으며, 수명도 그리 길지 않을 것으로 예상되었다. 나는 하루 종일 침대에 누워 있었기에 마크를 본 적은 없지만 소리는 들을 수 있었다. 또 마크 엄마 목소리도 알게 되었다. 그녀가 마크를 데리고 들어올 때 나는 보통 바닥에 누워 있기는 했지만 목소리에 익숙해졌다. 그래서 어느 날 아침, 마크의 엄마와 리나가 나누는 대화를 들을 수 있었다.

마크의 엄마가 말했다.

"아침마다 잠에서 깨면 아무 기억도 안 나는 순간이 있어요. 마음이 너무 가볍고 자유롭죠. 그러다 현실이 다시 돌진해 오고 마크가 떠오르죠. 하루가 될지, 한 주가 될지, 마크가 얼마나 더 오래 살지가 궁금해져요.

하지만 나는 즉시 일어나서 마크에게 가지 않아요. 대신 좀 더 누운 채로, 창문으로 들어오는 빛과 바람에 날리는 커튼을 바라봐요. 매일 아침 내 아들의 침대로 가서 그애를 볼 용기를 짜낸답니다."

마크의 엄마는 더 이상 운명에 맞서고 있지 않았다. 아들의 죽음이 필연임을 받아들이고 매일 아침 그날이 오기를 기다리고 있었다. 막상 그런 상황이 닥치면 어떤 기분이 될지 알 수 없는 상태로 말이다. 마크의 엄마도 우리 엄마도 괴물이 아니었다. 그분들은 다만 두려울 뿐이었다. 나는 이미 오래전에 엄마의 과오를 용서하는 법을 배웠다. 하지만 요즘 엄마를 보면, 내가 원하는 색깔을 그리드에 추가하려고 온통 신경을 집중하느라 미간을 찌푸리고 있는 엄마의 얼굴을 보면, 엄마가 스스로를 용서했는지가 궁금해진다. 그랬기를 바란다.

시간이 흐르면서
나는 점차 엄마의 절망을
이해하게 되었다.
마크의 엄마도 우리 엄마도
괴물이 아니었다.
다만 두려울 뿐이었다.

또 다른 세계

무언가를 잊어야 할 때 나는 언제나 자유로울 수 있었다. 아무리 암담한 기분이 들어도 나에게는 몰입할 수 있는 공간이 있었다. 바로 상상의 세계였다. 거기에서 나는 무엇이든 될 수 있었다.

한번은 해적 소년이 되어 적의 배에 몰래 들어가 적들이 아빠한테서 훔쳐간 황금을 찾아왔다. 줄사다리를 타고 적의 배로 올라가 나무로 된 갑판에 사뿐히 뛰어내리는 순간 누군가의 웃음소리를 들었다. 저 위의 망루에 있는 해적 하나가 망원경으로 바다를 내려다보고 있었다. 하지만 등잔 밑이 어둡다고 갑판 위를 몰래 기어가고 있는 침입자는 발견하지 못했다. 반대편 갑판에는 한 무리의 해적들이 모여 있었다. 그들은 지도 주위에 몰려들어 럼주가 담긴 술병을 주거니 받거니 하며 다음에는 어떤 배를 공격할지, 누구의 황금을 훔칠지를 두고 갑론을박하며 와자지껄 떠들고 있었다.

나는 손가락에 침을 묻히고 허공에 내밀어 바람의 방향을 확인했다. 해적들이 낌새를 채지 못하게 조심했다. 그들은 죄수를 꽁꽁 묶어 새들에게 죄수의 눈을 파먹게 한 다음 바다 쪽으로 내민 판자를 걷게 해서 죽이기 때문이다. 갑판으로 몸을 날리며 나는 조심스럽게 손을 내저어 앞쪽으로 미끄러지듯 소리 없이 이동했다. 옆구리에는 필요할 때 언제든 뽑을 수 있는 단도가 있었다. 나는 가까이 다가오는 해적의 머리를 벨 준비가 되어 있었지만 해적들은 모두 지도에 정신이 팔려 있었다. 아무런 소리 없이 사다리를 오른 나는 아빠의 황금이 있는 해적 두목의 방을 찾아야 했다.

나는 문 앞에 당도했고 문을 밀어서 열었다. 의자에 앉은 채 잠들어 있는 해적 두목은 일어서면 천장에 머리가 닿을 만큼 대단한 장신이었다. 검은 턱수염을 길렀고 한쪽 눈에는 안대를 했으며 머리에는 선장 모자를 쓰고 있었다. 앞에는 온갖 장신구와 돈과 보석과 컵이 가득한 금궤가 놓여 있었다. 보물들을 살피며 금궤를 향해 기어간 나는 아빠의 황금이 들어 있는 갈색 가죽 주머니를 발견했다. 주머니는 동전 더미 속에 반쯤 묻혀 있었다. 소리를 내지 않도록 주의하면서 아주 조금씩 주머니를 잡아당겨 마침내 안전하게 손에 넣을 수 있었다.

나는 배에 잠입할 때처럼 조용히 떠날 수도 있었지만 그렇게 하지 않았다. 해적 두목이 앉아 있는 탁자 주변으로 걸어갔다. 해적 두목의 코는 크고 붉었고, 뺨에는 아래로 가로지르는 흉터가 있었다. 파랑, 초록, 노랑 깃털의 앵무새가 해적 두목 옆의 횃대에 앉아 있었다. 나는 주머니에서 빵을 꺼내 앵무새에게 먹였다. 앞으로 몸을 굽혀 해적 두목의 모자를 낚아챌 때까지 소리를 지르지 못하게 하기 위해서였다. 나는 모자를 들고 웃기 시작했다. 해적 두목이 눈을 번쩍 뜨고 나를 보았다.

성난 두목이 고함을 질렀다.

"아아아아아!"

나는 그를 보며 더 호탕하게 웃었다. 두목은 몸을 날려 검을 잡았지만 제비처럼 날쌘 나에겐 어림없었다. 나는 두목의 모자를 머리에 눌러 쓰고 내달려 쾅 하고 냅다 문을 닫았다. 해적 두목이 문을 걷어차자 나무 부서지는 소리와 함께 그의 다리가 문을 뚫고 나왔다. 하! 다리가 문에 꽉 끼고 말았다. 이제 나를 쫓아오지 못할 것이다.

해적 두목이 고래고래 소리를 질렀다.

"이 도둑놈아!"

나는 단검을 빼어 정면으로 겨누었다. 은으로 된 단검에서는 햇살이 눈부시게 빛났다. 해적들은 내가 휘두른 단검의 칼날에서 뿜어 나온 빛에 눈이 부셔 비틀거렸다. 놈들은 눈을 가린 채 소리를 지르며 무릎을 꿇었다. 해적 하나가 나를 뒤쫓는 가운데 나는 배의 가장자리를 향해 달렸다. 해적의 검이 허공을 가르는 소리가 들렸다. 놈이 바짝 다가와 있음을 느꼈다. 그는 나를 잡아 새들의 먹잇감으로 삼으려 했다.

　나는 몸을 돌려 단검으로 그의 검을 내리쳤다. 해적의 검이 손에서 날아가 갑판에 떨어졌다. 나는 원래 아빠 소유인 황금을 손에 들고 삭구(배에서 쓰는 로프나 쇠사슬을 뜻한다 - 옮긴이)를 향해 펄쩍 뛰었다. 나는 해적 소년이었다. 달리고, 헤엄치고, 훔치고, 싸울 수 있었고, 적들의 허를 찌를 줄 알았다. 나는 해적들이 나를 향해 돌진하는 모습에 미소를 날렸다.

　"너희들은 나를 절대 못 잡아."

　삭구에서 뛰어내리며 소리쳤다. 이어 아래로, 아래로 떨어졌다. 내 몸은 푸른 바다로 쏜살처럼 떨어져 내려 물속 깊이 들어갔다. 바다가 나를 안전하게 저 멀리로 데려다줄 터였다. 나는 아빠를 찾을 테고 내일이면 또 싸우게 될 것이다. 나는 해적 소년이었고 누구의 죄수도 아니었다.

　이것이 바로 영원히 몸 안에 갇혀 있을 것만 같아 절망감이 나를 집어삼키려 할 때면 도피처가 되어준 상상의 세계였다. 때로 세상과 다시 연결됨에 따라 경험하기 시작한 희망, 좌절, 공포, 기쁨이라는 기묘한 고문에서 탈출해 그곳으로 도망치고 싶어진다. 물론 이제는 참된 삶을 살고 있으니 더 이상 환상 속에 가라앉을 필요가 없음을 잘 알고 있다. 하지만 나는 언제까지나 상상력에 감사할 것이다. 상상이야말로 내게 주어진 최상의 선물임을 오래전에 배웠기 때문이다. 상상은 감옥 문을 열게 해준 열쇠였고, 새로운 세계로 들어가 이를 정복

하게 해준 문이었다. 한마디로, 내가 자유를 한껏 누릴 수 있었던 공간
이었다.

계란 프라이

오늘 아침에는 컴퓨터 연습을 하느라 두른 밴드 탓인지 머리가 유난히 조이는 느낌이다. 밴드 중앙에는 작은 검은색 점이 하나 있다. 나는 머리를 조금씩 돌려가며 그 점으로 화면에 적외선을 쏘려고 애쓰는 중이다. 손에 힘이 없긴 하지만 여러 스위치 가운데 하나를 손으로 누르면 하고 싶은 말을 고를 수 있다. 이것은 의사소통에 소요되는 시간을 단축하는 데 쓰는 보조 기기이지만 사용법을 익히는 데 오랜 시간이 걸린다.

스위치를 제어하는 연습을 하고, 엄마와 함께 컴퓨터에 입력한 그림들의 위치를 기억하려 노력하는 사이, 의사소통 시스템을 철저히 정복하고 말겠다는 야망이 불타오른다. 평소에 나는 엄마가 잠시 혼자만의 시간을 보낼 수 있도록 여전히 돌봄시설에서 하루에 몇 시간 정도를 보낸다. 그러나 이제 환상 속에 빠져드는 일은 없다. 대신, 마음속으로 그리드의 이미지들을 획획 넘겨보며 한쪽에서 다른 쪽으로 이동하는 방법을 시험해보고 특정 단어가 어디에 저장되어 있는지를 되짚어본다. 집에 돌아오면 여섯, 일곱, 여덟 시간씩 연습하고, 그저 내가 '말하는' 소리를 듣기 위해 계속해서 아무 단어나 고르기를 반복한다. 사탕 가게에 들어간 아이처럼 단어들을 실컷 탐닉하고 있다. 동사는 감미로운 초콜릿 봉봉이고, 명사는 끈적거리는 토피이고, 부사는 말랑말랑한 젤리이며, 형용사는 달달한 감초 사탕이다. 밤에 잠자리에 들면, 그림들이 머릿속을 넘나들고 꿈속에도 나타난다.

지금 나는 차례로 밝게 표시되는 단어 칸들을 보고 있다. 단어 칸에는 아침 식사에 관한 어휘들이 있고 문장을 만들기 위해 내가 선택한 다른 그림들이 화면 상단에 떠 있다. '나는 ~을 먹고 싶어요', '오렌지주스', '그리고', '커피', '주세요' 등의 말이 마치 버스를 기다리는 승객들처럼 참을성 있게 줄을 서 있다. 하도 오래 기다린 나머지 혹시나 코너를 도는 버스를 보지 못하고 놓칠까 봐 걱정하는 형국이다. 그림을 고를 때마다, 나는 커서가 그리드의 맨 앞으로 돌아갈 때까지 기다렸다가 각 단어 칸을 천천히 거쳐서 다시 클릭을 한다. 지금은 엄마에게 오늘 아침 식사로 커피와 주스에 더하여 계란 프라이를 달라고 말하려고 기다리는 중이다.

김이 나는 컵—'인스턴트 커피'—그림에 밝게 불이 들어온다.

그다음은 종이 곽―'우유'.

꿀

토스트

머핀

마마이트

죽

딸기

살구

마멀레이드

잼

버터

마가린

포도

오렌지

바나나

건포도빵

이제 한 줄만 더 가면 된다.

나는 밝게 표시되는 '오믈렛', '토마토', '소시지'를 본다. 커서가 '베이컨'으로 시작해서 '계란 프라이'로 끝나는 줄로 이동한다. 내가 원하는 그림이 거기 있다. 이제 원하는 음식을 콕 집어 말할 수 있다는 사실에 한껏 신이 난다. 스크램블이나 삶은 계란은 원하지 않는다. 나는 태양 같은 노란 원이 내 접시를 빛내줄 '서니 사이드 업'(한쪽 면만 살짝 익힌 계란 프라이. 해가 뜨는 모양 같아서 붙여진 이름이다–옮긴이)을 원한다.

나는 롤리 스위치 주위를 오른손으로 감아 준비한다. 내가 신뢰하는 가장 유용한 오른손에 원하는 일을 해달라고 청할 것이다.

커서가 움직임에 따라 개별 단어 칸이 몇 초 동안 줄줄이 밝게 표시된다. 커서가 '계란'과 '계란 스크램블'을 지나 앞으로 나아간다. '계란 프라이'가 가까워지고 있다. '계란 프라이'는 '삶은'과 '끓인' 사이에 있다. 나는 그걸 덮칠 태세로 기다린다.

지금이다! 그림이 밝게 표시된다. 그러나 손가락으로 스위치를 쥐려고 하자, 손가락이 빨리 움직여주지 않는다. 다시 손가락으로 스위치를 꽉 누르려고 하지만 말을 듣지 않는다. 내 손이 나를 거역하여 밝기 표시가 다음 그림으로 이동하는 꼴을 보고 있자니 부아가 치밀어 오른다. 결국 계란 프라이를 놓치고 말았다. 다시 그 어휘를 선택하려면 커서가 모든 그리드를 거쳐 계란 프라이에 도달할 때까지 기다려야 한다.

나는 심호흡을 한다. 나에게 의사소통이란 단어들로 구성된 험난한 코스의 뱀사다리 게임과 같다. 이미 오래전부터 몸으로 체득한, 질긴 기다림에 버금가는 인내심을 요하기에 한편으론 다행스럽다.

나는 밝게 표시되는 눈앞의 단어들을 다시 한번 바라본다. 무슨 일이 있어도 계란 프라이를 선택하고야 말 것이다. 그런 다음 마지막 남은 그림—'말하기'—을 클릭하면, 성공이다!

비밀을 말하다

내가 처음 버나와 사랑에 빠진 순간이 정확히 언제였다고 꼬집어 말할 수는 없다. 아주 서서히, 한 겹 한 겹 마음속에 자리 잡은 탓에 이런 감정이 나의 일부가 되었다는 사실도 알지 못했다. 아니, 어쩌면 감히 그런 생각을 하는 것조차 허용하지 않았는지도 모른다. 하지만 버나를 바라보는 지금 이 순간 나는 그녀를 사랑한다. 오로지 이것만 알 뿐이다.

　나는 지금 돌봄시설에 와 있고 버나가 내게 이야기를 하고 있다. 요즘 어느 때보다도 버나의 방문을 손꼽아 기다린다. 이 만남은 마음속에서 고개를 들기 시작한 분노를 달래주는 해독제이기 때문이다. 나는 의사소통 시스템을 사용하는 실력이 점점 더 늘고 있는데도 여전혀 돌봄시설에 와야 하는 이유를 잘 모르겠다. 지금은 2002년 후반—내가 검사를 받은 지 1년도 더 된 시점—이고 내가 더 이상 이곳에 올 필요가 없음을 증명해 보였는데도 마땅히 갈 곳이 없다는 이유로 여기에 처박혀 있다. 나의 지능이 손상되지 않았음을 아무도 몰랐던 시절에도 여기 있기가 힘들었는데, 지금은 몇 천 배는 더 힘들다.

나는 두 개의 인생을 살고 있다. 하나는 집에 있을 때의 인생이다. 컴퓨터 앞에 앉아 연습을 하고 있으면 나도 머지않아 세상의 일원이 될 수 있으리란 기분이 든다. 또 다른 하나는 돌봄시설에 있을 때의 인생이다. 단어 그림들이 담긴 폴더를 무릎에 두고 아무런 관심을 받지 못한 채 앉아 있으면 예전처럼 꼭 죽은 사람이 된 기분이 든다. 두 인생 사이에서 왔다 갔다 하기가 날이 갈수록 힘들다.

얼마 전, 부모님은 짧은 여행을 떠나며 나를 처음 가보는 돌봄시설에 보냈다. 나는 아침마다 휠체어에 태워진 채 높은 쇠울타리로 둘러싸인 더러운 마당에 나가 동물원의 동물처럼 앉아 있었다. 늦은 오후가 되면, 다시 안으로 들여보내졌다. 방 안에는 텔레비전도, 라디오도 없고 지루함을 깰 만한 물건이라곤 없었다. 정적을 깨는 것이라곤 가까운 도로에서 나는 자동차 소리뿐이었다. 누군가 다가오는 소리가 들릴 때마다 나를 구출해줄 사람이 오는 소리이기를 간절히 바랐다. 하지만 구원자는 오지 않았고, 내 혈관을 타고 솟구쳐 오르는 분노와 절망을 잠재울 방법도 없었다. 도대체 언제쯤이면 사람들이 망가진 껍데기가 아닌 있는 그대로의 나를 보아주려나? 내가 더 이상 여기에 어울리지 않으며 나를 이대로 두는 것은 잘못이라는 사실을 어떻게 하면 이해시킬 수 있을까?

내가 얼마나 많은 일을 할 수 있는지를 직접 확인한 사람들이 있는데도, 나는 여전히 자신의 마음조차 잘 모르는 어린아이 취급을 받고 있다. 나를 동등한 존재로 보아주는 사람은 버나밖에 없는 듯하다. 그래서 나는 점점 더 버나에게 내가 의미 있는 존재일 거라고 믿게 된다. 그렇지 않다면 버나가 나를 그렇게 믿어줄 리 없지 않을까? 나와 버나가 많은 시간을 함께 보내는 것을 두고 직원들이 장난 섞인 말을 하지만, 귀담아 듣지 않은 지 오래다. 그러나 요즈음은 사람들의 말에 새삼 신경을 쓰기 시작했다. 나는 컴퓨터 실력이 얼마나 늘었냐고 물을 때 버나의 눈동자가 기쁨으로 빛난다는 것을 안다. 버나에게 내가 얼마나 진도를 나갔는지 말해주기가 어렵다. 무슨 일이라도 생길까 두려워 시설에는 노트북을 가져오지 않기 때문이다. 내 노트북은 너무 소중해서 여기 가져올 수가 없다. 하지만 버나가 내게 질문을 하면 이제 더 확실하게 대답할 수 있다. 머리의 움직임이 점점 나아지고 손도 점점 안정된 상태로 바뀌고 있기 때문이다. 마치 오래된 녹슨 기계가 사용할수록 부드럽게 작동하듯, 내 몸도 점점 더 건강해지고 있다.

버나는 나를 아끼는 감정을 표현한다. 그녀의 관심은 나의 실력 향상에만 국한된 것이 아니다. 버나는 여러 방식으로 표현을 한다. 내게 초록빛과 푸른빛 구슬로 장식한 철사 물고기 모빌을 선물하거나―모빌은 지금 내 침실에 달려 있다―내 생일날 나를 만나러 오기도 했다. 버나는 나를 보러 집으로 온 유일한 사람이다. 물론 내가 투병 생활하는 동안 놀러오곤 했던 학교 친구 스티븐은 빼고 말이다. 스티븐은 해마다 내 생일이면 카드를 가지고 와서 읽어주었다. 하지만 지금 의학을 공부하러 멀리 가 있기 때문에 오랫동안 그를 보지 못했다. 그런 상황이라 버나가 나를 보러 와주었을 때 정말 감동했다. 내가 검사를 받기도 전이었는데, 내 생일을 축하해주려고 직접 색칠한 상자까지 가져왔던 것이다. 그때는 버나 말고는 나를 믿어주는 사람이 아무도 없었다. 나는 버나와 그녀의 사촌 킴이 부모님과 이야기를 나누는 동안 무슨 종교적인 유물이라도 되는 양 조심스럽게 상자를 안고서 경이로운 기분으로 바라보았다.

버나는 자리에서 일어나 미소를 지어 보이며 나직이 말했다.

"또 올게. 우린 다음에도 널 만나러 올 거야."

의사소통 방법을 익히고 있으니 버나가 전보다 나를 더 아껴주지 않을까 하는 희망에 부풀어 있다. 나는 머지않아 원하는 말은 뭐든 하고, 어떤 주제에 대해서든 쉽고 빠르게 말하며, 버나가 좋아할 수 있는 사람이 될 것이다.

사실 버나와 사랑에 빠졌다는 사실을 알고서 내가 왜 그렇게 놀랐는지 의아하다. 조금만 더 나의 마음을 들여다보았더라면 오래전에 실마리를 찾아냈을 것이다. 버나가 시설에서 일하기 시작한 이후, 나는 그녀가 나누는 대화를 통해 필요한 지식을 습득했다. 그녀가 다른 간병사에게 사귀고 있는 남자와 함께 영화를 봤다고 이야기할 때 내

가슴은 질투심으로 가득 찼다. 버나와 데이트를 하고, 그녀를 웃음 짓게 할 수 있기를 얼마나 갈망했던가.

그후 몇 달간 아무런 이야기도 듣지 못하다가 어느 날 버나가 마리에타에게 하는 말을 들었다. 하지만 이번에는 그녀의 눈동자가 춤을 추지 않았다.

마리에타가 버나에게 말했다.

"화를 낼 가치도 없는 놈이야! 그놈은 그냥 잊어버려. 세상에 남자는 얼마든지 있어."

버나가 마리에타에게 힘없이 웃어 보였다. 나는 그녀가 상처 입었음을 느낄 수 있었다. 얼마나 바보 같은 놈인가. 버나는 그를 진심으로 사랑했는데 남자는 상처를 주고 말았다. 화가 치밀었다.

4년 전 그날을 돌이켜보니 내가 버나에게 우정 이상의 감정을 품었음을 그때 알 수도 있었다 싶어 웃음이 난다. 그런 생각을 하고 나서, 내게 부드럽게 이야기하는 버나를 바라보니 그녀를 향한 나의 사랑이 무엇보다 확실하다는 사실을 깨닫게 된다.

버나가 밝고 흥분된 목소리로 말한다.

"내 사촌 킴이 새 남자를 만났어. 킴은 그 사람을 정말 좋아하는데, 몇 번 데이트를 했지만 남자가 속마음을 털어놓지 않아서 앞으로 어떻게 될지 잘 몰랐대."

나는 버나를 바라본다. 남녀 사이의 일을 알면 알수록, 텔레비전은 실제 삶을 담아내지 못한다는 사실을 깨닫게 된다. 드라마와 달리 실제 삶은 단순하지 않다. 하지만 남자든 여자든 상대를 좋아하지 않으면 절대 데이트 신청을 하지 않을 것이다.

버나가 미소 지으며 말한다.

"하지만 지금은 다 잘됐어. 어젯밤에 둘이 채팅을 했는데 그가 킴에게 정말 멋지다고 말했대. 킴은 아주 행복해하고 있어."

갑자기 버나에게 내 마음을 고백하고 싶은 욕망이 차오른다. 버나는 내게 킴과 새로운 남자친구 이야기를 해줬다. 나도 그들처럼 하고 싶다. 버나에게 내 마음을 말해야만 한다. 그녀도 분명 바랄 테니까.

나는 아무렇게나 공중을 휘젓는 내 손을 바라본다. 비록 손으로 버나와 나 사이 허공을 속절없이 휘저을 뿐이지만 나는 그녀에게 미소를 보낸다. 한 번도 누군가에게 이런 이야기를 해본 적이 없고, 누군가 나를 사랑해주리라고는 감히 생각해본 적도 없다. 그러나 의사소통하는 법을 배우고 사람들에게 내가 무엇을 할 수 있는지를 보여주고 있는 지금이 바로 그때가 아닐까? 다른 사람은 몰라도 버나만은 엉망진창인 몸에 가려진 진짜 나를 보아주지 않을까?

내 손이 다시 공중을 휘젓다가 옆으로 떨어진다. 버나는 아무 말 없이 나를 바라보고 있다. 차분하고 진지한 표정이다. 버나가 왜 저럴까? 너무 조용하다.

마침내 그녀가 입을 열었다.

"우리 사이에 뭔가가 있을 수 있다고 생각하니, 마틴?"

나는 초조하고 흥분되고 두렵고 설레어서 웃어 보인다. 그녀도 나와 같은 기분임이 분명하다. 그렇지 않다면 왜 다른 누구도 아닌 나와 둘도 없는 친구가 되었겠는가? 왜 항상 나를 도와주겠는가?

그 순간 버나의 눈동자에 어린 슬픔이 보인다.

그녀가 말한다.

"미안해, 마틴."

방금 전 킴에 대해 이야기할 때 일렁거리던 기쁨이 한순간에 사라져버렸다. 버나는 무표정한 데다 생기도 없어 보인다. 내게서 물러나고 있다. 나는 버나가 머물러주길 바라지만 그녀는 멀어져가고 있다.

버나가 천천히 말한다.

"우리는 그냥 친구일 뿐이야. 네가 이해해야 해. 우리 사이에는 절대 어떤 일도 있을 수 없어, 마틴. 미안해."

나의 미소는 마치 콘크리트처럼 굳어버렸다. 그녀의 말을 듣는 동안 표정을 어떻게 지어야 할지 도통 알 수가 없었다.

버나가 내게 말한다.

"네가 나와는 다른 감정을 품었다면 정말 미안해. 하지만 솔직하게 말해야지. 우리 사이에는 아무 일도 없을 거라고 할 수밖에 없구나."

딱딱하게 굳은 미소가 이제야 풀렸다. 가슴에서 쓰라린 통증이 느껴진다. 결코 몰랐던 느낌을 이제는 알 것 같다. 영화나 노래에서 사람들이 토해내는 말을 들은 적 있지만, 내 마음을 찢어놓는 이것의 정체를 비로소 알게 되었다. 바로 실연의 아픔이다.

깨물다

나는 변기에 앉아 있었다. 왜 그랬는지는 잘 모르겠다. 십대 아이인 나를 아빠가 목욕시키고 있었다. 이유는 잘 모르겠지만, 나는 발가벗고 있었고 지쳐 있었다. 그날은 기분이 좋지 않았다. 뭔가 안 좋은 일이 생겨서가 아니라 아무 일도 생기지 않아서.

아빠는 내게 몸을 기울이며 내 몸 둘레로 팔을 뻗었다. 아빠의 손가락이 등에 난 뾰루지를 꾹 눌렀다. 아팠다. 아빠가 그걸 만지지 않았으면 좋겠다고 생각했다. 나는 아빠가 나를 그만 씻기고, 좀 내버려두었으면 좋겠다고 생각했다. 나는 내 눈높이에 있는 아빠의 배를 쳐다보았다. 크고, 둥글고, 커다란 배. 엄마는 이따금씩 아빠를 산타클로스라고 불렀는데 비단 아빠의 턱수염 때문만은 아니었다.

아빠의 배를 쳐다보는 사이 내 안에 분노가 차올랐다. 아빠는 멈추기는커녕 몸을 좀 더 앞으로 기울였다. 아빠의 배꼽이 내 입가를 스쳤고, 아빠의 손가락은 더욱 집요하게 내 뾰루지를 파고들었다. 날카로운 아픔 때문에 나는 아빠에게 그만 좀 하라고 소리치며 몸을 감싼 손을 뿌리치고 방에서 뛰쳐나가고 싶었다. 화가 났을 때 데이비드나 킴이 그러듯이. 평생 처음으로 나는 누가, 무엇을, 언제, 어떻게, 해줄지를 결정할 수 있었으면 좋겠다고 생각했다. 아빠에게 제발 날 좀 가만 내버려두라고 말하고 싶었다. 갓난아기들도 울음으로 제 불만을 표출하는데 나는 그것조차 할 수가 없었다.

목구멍에서 차오른 분노는 점점 더 심해졌다. 나는 할 수 있는 한 크게 입을 벌리고는 아빠의 배를 이빨로 깨물었다.

아빠는 충격을 받아 뒤로 물러나며 헉 하고 숨을 내쉬었다. 아빠가 놀란 눈으로 나를 바라보았다.

아빠가 자기 배를 문지르며 말했다.

"진짜 아프구나."

처음에는 죄책감이 들었지만 이내 달콤한 안도감이 찾아왔다.

복수의 세 여신

내 이야기에 복수의 세 여신이 등장한다면, 그들의 이름은 바로 절망, 공포, 외로움이다. 그들은 7년 동안, 아니―내 의식이 돌아온 시점을 내가 삶 속으로 들어왔다 나갔다 하기 시작한 때로 본다면―9년 동안 나를 괴롭힌 망령들이었다. 하지만 복수의 여신들이 나를 굴복시키려 하던 숱한 시간을 견디며 지금도 가끔씩 몰려오는 그들을 물리치는 방법을 배울 수 있었다.

처음에는 절망이 왔다. 올림픽에 절망의 여신보다 빨리 달리기 같은 경기가 있다면 나는 분명 금메달을 땄을 것이다. 절망은 온 마음을 갉아먹는, 비틀리고 야멸찬 여신이다. 공포가 갑작스럽게 배에 가해지는 서늘한 일격이고 외로움이 등을 짓누르는 육중한 무게라면,

절망은 가슴에서 시작해 오장육부를 비틀린 쇳덩이로 만들고 이내 온몸을 삼켜버리는 괴물이다. 절망의 여신이 나를 감염시키면 온몸의 세포가 다 떨렸다.

아무리 작은 일도 스스로 해결할 수 없는 운명임을 끊임없이 자각해야 했기에 절망은 시도 때도 없이 돋아났다. 사람들이 몇 시간이고 똑같은 자세로 앉혀놓아도, 고통이 아무리 심해도 표현할 수 없었다. 수년간 점심시간마다 차가운 커스터드와 자두를 먹어야 하는 게 죽기보다 싫을 때도 많았다. 게다가 나를 걷게 만들겠다는 사람들의 의지가 되레 나를 절망에 울부짖게 했다.

부모님은 지금도 내가 다시 걸을 수 있으리라 믿는다. 내 다리는 경련이 일고 제어 불능이지만 마비되진 않았기 때문이다. 내 근육과 관절이 완전히 굳어버리진 않았다는 사실을 확인하려고 나를 물리치료실에 보낸 분은 엄마였다. 엄마와 아빠는 내가 언젠가 다시 걸을 수 있으리라 굳게 믿기 때문에 발의 경련을 줄이기 위해 힘줄을 몇 개 영구 절단하자는 의사의 말을 듣지 않았다. 혹시 의사는 내가 다시 발을 쓸 일은 없을 테니 별 문제가 되지 않으리라고 말했던 걸까? 부모님은 의사의 권유를 거부하고, 새로운 의사에게 나를 데려갔으며, 나는 2년 전에 걷는 데 도움이 되리란 바람을 품고 안으로 말려들어간 발을 정상으로 바로잡는 1차 수술을 받았다.

걷지 못하는 것은 다른 제약에 비해 별로 심각하게 여겨지지 않았다. 밥을 먹거나 씻는 데 팔을 사용할 수 없다는 점이 훨씬 더 큰 문제였다. 또한 배가 부르도록 먹었다거나, 목욕물이 너무 뜨겁다거나, 누군가에게 사랑한다고 말을 할 수가 없는 것이 무엇보다 인간답지 못한 점으로 여겨졌다. 동물과 인간을 구분해주는 것은 뭐니 뭐니 해도 언어다. 원하는 바를 표현하고 남들이 원하는 바를 거부하거나 받아들일 때 우리는 비로소 자유의지와 힘을 획득한다. 목소리를 낼 수 없으면 아무리 사소한 일도 어떻게 해볼 수가 없다. 바로 그런 이유로 절망의 여신은 내 안에서 주기적으로 격렬한 절규를 토해냈다.

다음으로 절망의 자매인 공포의 여신이 온다. 날마다 닥칠 뿐만 아니라, 미래의 일들에 속수무책일 수밖에 없는 처지에서 생겨난 무력감으로 인한 공포다. 또한 내가 어른이 되면 부모님이 더 이상 나를 돌볼 수 없을 정도로 연로한 탓에 평생을 돌봄시설에서 보낼지도 모른다는 두려움에서 오는 공포이다. 가족들이 휴가를 떠나거나 아빠가 멀리 출장을 가게 되면 시골에 있는 요양시설에 보내졌는데, 두 번 다시 이곳에서 벗어날 수 없을지도 모른다는 생각을 하면 순식간에 공포감에 휩싸였다. 가족들과 함께 보내는 하루 중 단 몇 시간이 나를 계속 살아가게 해준 버팀목이었던 것이다.

나는 시골에 있는 요양시설이 가장 싫었다. 몇 해 전, 다음 날 나를 요양시설에 맡기려고 출발 시간을 고민하는 부모님의 대화를 우연히 듣고서 그것을 막기 위해 뭔가 해야 한다고 직감했다. 한밤중에 나를 깨운 공포의 여신에게서 반드시 벗어나야만 한다고 생각했다. 모두가 잠들어 있음을 소리로 확인한 후, 나는 꿈틀거리며 가까스로 머리를 베개에서 뗀 다음 베개를 감싼 비닐 덮개 속으로 머리를 밀어 넣었다. 비닐 덮개가 버석버석 소리를 내며 머리를 감싸자, 나는 내일 절대로 시골에 가지 않겠다, 곧 이 공포에서 벗어날 것이다, 라는 말을 되뇌며 있는 힘껏 머리로 베개를 눌렀다.

나의 숨은 점점 더 가빠졌고, 이윽고 머리가 가벼워졌으며 땀이 흐르기 시작했다. 드디어 공포에서 벗어나는 방법을 찾았다는 생각이 들어 의기양양해졌다. 하지만 결코 성공하지 못하리란 사실을 깨닫는 순간 자포자기 상태에 빠져버렸다. 내 비루한 몸은 살려고 몸부림쳤고, 아무리 애를 써도 숨 쉬는 것을 막을 도리가 없었다. 다음 날 나는 예정대로 시골에 있는 요양시설에 맡겨졌고 1년에 한두 번씩 그곳에 보내졌다.

"거기 있는 사람들이 나보다 더 잘 돌봐줄 거야."

나를 데려다주는 날이면 엄마는 운전하는 내내 이 말을 수도 없이 되풀이했다.

마치 마음속에서 솟아오르는 죄책감을 떨쳐버리는 주문이라도 되는 것처럼.

엄마는 이 말에 매달리듯 단호한 어조로 말했다.

"넌 아주 좋은 보살핌을 받게 될 거야."

요양시설에서 무슨 일이 있었는지 알았더라면 결코 그런 말을 하지 못했을 것이다. 하지만 아무것도 모르는 엄마의 말을 듣고 있자니 분노와 슬픔으로 가슴이 찢어질 것만 같았다. 부모님이 나를 지독

히도 가기 싫은 곳으로 밀어 넣고 있어서 분노가 치밀었고, 엄마가 정말로 낯선 사람들이 나를 더 잘 돌볼 수 있으리라 믿는 듯하여 슬픔이 밀려왔다. 그냥 여기 엄마 곁에 머물고 싶다는 열망의 불꽃이 내 안에서 하얗게 타들어갔다. 다른 누구도 아닌 엄마와 함께 있고 싶다는 간절한 마음을 전하고 싶었다.

마지막으로 외로움이 찾아온다. 외로움의 여신은 사람들에게 둘러싸여 있는 상황에서도 천천히 삶을 앗아갈 수 있어서 셋 중에 가장 무시무시한 여신인지도 모르겠다. 사람들이 이쪽에서 저쪽으로 바삐 오가고, 잡담을 하고, 말다툼을 하고, 또는 모였다가 흩어지는 동안 나는 영혼을 마비시키는 앙상한 손가락이 내 마음속으로 파고드는 것을 느낄 수 있다.

외로움의 여신은 내게 극심한 고립감을 안겨주는 것에 그치지 않고 존재감을 과시할 새로운 방법을 귀신같이 찾아낸다. 몇 해 전, 나는 병원에서 수술을 받기 위해 마취 주사를 맞았다. 엄마와 아빠는 수술실로 들어가는 나를 보고 일터로 갔다. 주삿바늘이 혈관에 삽입되는 사이 간호사가 내 팔을 들고 있었고 의사가 하얀색 액체가 가득 든 주사기를 꽂았다.

"한잠 푹 자렴."

의사의 부드러운 음성을 들으며, 나는 팔에서 가슴으로 올라가는 타는 듯한 감각을 느꼈다.

차가운 병원 침대에 모로 누워 있던 내가 기억난다. 침대는 움직이는 중이었고 모든 것이 흐릿해 보였다. 여기가 어디인지 파악하려고 애써봤지만 죄다 혼란스러웠다. 누군가의 손이 혈관에 꽂힌 주삿바늘을 조절하려고 내 팔을 잡았을 때, 나는 있는 힘껏 그 손을 쥐었다. 한순간이나마 그 손이 세상에서 완전히 혼자가 된 기분을 누그러뜨릴 연결고리가 되어주길 바랐다. 하지만 그 사람은 미약한 힘을 짜내 애써 붙잡은 내 손을 거칠게 뿌리쳤다. 흠칫 뒤로 물러나는 발걸음 소리를 듣고서, 나는 내가 얼마나 혐오스럽게 느껴질까를 생각하며 부끄러움에 몸을 꿈틀거렸다.

나를 구원한 것은 외로움의 여신에게도 아킬레스건이 있다는 깨달음이었다. 외로움의 여신이 내게 감아놓은 고립의 실타래가 이따금씩 풀릴 때도 있었다. 언제인지 미리 알 수는 없지만 말이다.

언젠가 아빠는 회사 동료가 읽었다는 책 이야기를 들려주었다. 성인이 된 후에 장애가 생긴 남자에 관한 책이었다. 그는 휠체어에 앉아 생활하는데, 잘못된 자세로 인한 불편이 제일 고약하다고 토로했다. 나는 두 귀를 쫑긋 세웠다. 왜냐하면 나이를 먹어갈수록 고환을 깔고 앉아 있다고 느끼는 경우가 점점 잦아졌기 때문이었다. 처음엔 아프고 이어 마비 상태에 이른다. 마치 승리감에 취해 한껏 고양된 청중들에게 앙코르 곡을 들려주는 여배우처럼.

회사 동료에게 이 이야기를 들은 후부터, 아빠는 나를 앉히거나 눕힐 때 부드럽게 다루려고 조심했고 휠체어에 앉힐 때에도 고환을 깔고 앉는 일이 없도록 늘 극도로 신경을 썼다. 아빠가 그렇게 해줄 때마다, 외로움의 여신은 고독한 동굴 속으로 자취를 감추었다. 나를 배려하는 아빠의 행동 덕분에 우리는 함께 외로움의 여신을 물리칠 수 있었다.

공작의 깃털

나는 컴퓨터를 응시하면서 손을 떨지 않겠노라는 의지를 다지고 있다. 지금은 체계적인 사고가 필요한 시점이다. 눈앞의 컴퓨터 화면에 나타난 문제를 차근차근 따져보아야 한다. 문제를 해결하려면 침착하고 신중한 태도가 필요하다.

버나가 내 옆에 앉으며 묻는다.

"이제 내가 뭘 했으면 좋겠어?"

아직은 잘 모르겠다. 나는 화면을 응시한 채 그간 하루에 몇 시간씩 새로운 프로그램을 익히면서 공부한 내용을 머릿속으로 획획 되짚어본다. 해답은 분명히 내 안의 어딘가에 있으니 잘 찾아내기만 하면 된다.

2003년 2월이다. 전용 노트북 컴퓨터가 생긴 지 1년이 지났고, 처음 검사를 받은 날로부터 2년이 다 되어간다. 나는 돌봄시설과 같은 건물에 있는 건강증진센터에서 버나와 함께 컴퓨터 앞에 앉아 있다. 버나는 몇 달 전부터 여기서 일했기에 우리는 자주 얼굴을 본다. 버나가 자신이 한 말에 충실했기 때문에, 나의 사랑 고백 이후에도 우리는 계속 친구로 지낼 수 있었다. 그래서 지금도 전과 변함없이 이야기를 나눈다. 대부분은 일상적인 이야기이다. 이런 대화를 통해 나는 그녀의 사무실 컴퓨터에 문제가 있다는 사실을 알게 되었다.

그녀가 말했다.

"아무래도 냉각팬에 문제가 있어."

나는 컴퓨터에 생긴 문제가 정말 냉각팬 때문인지 의심스러웠다. 독학으로 글 읽는 법을 익히려면 긴 시간이 필요하지만 컴퓨터 언어를 배우기란 내게 상대적으로 쉬운 일이었다. 그림자 모양을 외워서 시간을 분간하는 법을 깨쳤듯이, 글자 모양을 외우는 방법으로 이제 몇몇 단어들을 읽을 수가 있다. 어렸을 때 전자제품을 잘 다루던 재주가 얼마간 살아났을 수도 있지만 개인용 컴퓨터가 생긴 이후 내가 직관적으로 컴퓨터 작동 방식을 이해한다는 사실을 알게 되었다. 최근 몇 개월간, 나는 몇 가지 프로그램의 사용법을 혼자 익혔다. 여기에는 기호들을 단어로 바꾸어 이메일을 쓰는 프로그램과 노트북으로 전화를 받을 수 있는 프로그램이 포함되어 있다.

내 컴퓨터 음성이 흘러나온다.

"여보세요, 마틴 피스토리우스입니다. 저는 말을 할 수 없기 때문에 컴퓨터를 통해 말합니다. 그래서 시간이 꽤 걸리니 참을성을 갖고 조금만 기다려주세요."

그렇게 말해도 사람들은 대부분 전화를 끊어버린다. 컴퓨터 음성의 단조로운 말투가 마치 최면을 거는 소리 같아서 자동응답기에서 흘러나오는 소리로 오인하기 때문이다. 내 경험을 이야기해달라는 요청을 받은 후 나는 내 컴퓨터 음성의 문제점을 알아차릴 수 있었다. 건강증진센터의 직원이 돌봄시설에 있는 사람에게서 이야기를 전해 듣고 내 의사소통 시스템에 대해 이야기해줄 수 있겠느냐며 강연을 부탁했다. 나는 8분 분량의 강연 내용을 입력하느라 마흔 시간을 씨름한 끝에, 나의 컴퓨터 음성이 너무 지루하다는 사실을 알게 되었다. 이 목소리라면 로미오의 사랑 고백에도 줄리엣이 하품을 할 판이었다.

그래서 컴퓨터 음성을 보다 자연스럽게 만드는 방법을 연구하기 시작했다. 먼저, 문장의 중간중간에 멈춤을 입력해 컴퓨터 음성이 '숨'을 쉬기 위해 말하기를 잠시 멈추는 것처럼 들리게 했다. 그런 다음, 나의 실제에 더 가깝도록 '토메이토' 대신 '토마알토'로 컴퓨터 음성의 발음을 수정하기로 했다. 또한 사람들이 타이핑할 때 서체 목록에서 원하는 서체를 고르듯, 컴퓨터 소프트웨어에 내장된 약 열 가지 음성 가운데 내가 사용할 목소리를 선택했다. 나는 너무 높지도 굵지도 않아 나에게 어울린다는 생각이 드는 '퍼펙트 폴'이라는 음성을 골랐다.

컴퓨터 음성을 나에게 꼭 맞게 조정하자 확실히 전보다 자신감이 생겨났다. 그러나 강연 당일이 되어도 가슴속에 차오른 공포감이 사라지진 않았다. 나는 실내에 모인 수많은 사람들을 인식할 테고 긴장을 하면 할수록 두 손의 끊임없는 떨림—나의 고질적인 증상—은 점점 더 심해질 터였다. 강연을 하는 동안 버나가 곁에 앉아 있었지만, 나는 너무 떠는 바람에 컴퓨터 전원 스위치도 간신히 눌렀다. 나는 스크린을 응시하며 심호흡을 한 다음 이야기를 시작하는 내 음성을 들었다.

"안녕하세요, 여러분. 오늘 이 자리에 와주셔서 감사합니다."

나는 검사를 받은 후부터 내게 생긴 일들뿐만 아니라, 그동안 배운 모든 것—소프트웨어와 기호들, 스위치와 헤드마우스—과 그 밖의 소중한 경험들을 하나하나 이야기했다. 강연을 마치자 사람들이 다가와 축하해주었고 강연 내용에 대해 서로 이야기를 나누었다. 사람들이 내 강연을 두고 이야기하는 모습을 보니 기분이 이상했다. 나로서는 처음 경험하는 일이었다.

내가 컴퓨터를 쉽게 다루는 모습을 보고 아빠는 이곳 건강증진센터의 컴퓨터에 문제가 생길 경우 도움을 주는 일을 해보면 어떻겠냐고 제안했다. 아빠는 사실 이곳 사람들이 내게 기회를 주어야 마땅하다고 말했다. 그래서 버나도 돌봄시설의 교실로 나를 찾아온 터였다. 담임선생님은 컴퓨터 문제 때문에 복도의 한쪽 끝에서 반대쪽 끝으로 흔쾌히 찾아올 사람이 과연 몇이나 될까, 하고 의구심을 품었으리라 생각한다. 그러나 아빠의 제안은 계시처럼 느껴졌다. 이제껏 기다려온, 내가 할 수 있는 일을 세상에 보여줄 수 있는 기회였던 것이다.

버나가 휠체어를 밀고 건강증진센터의 복도를 지나는 동안 나는 신경이 한껏 곤두서 있었다. 나는 노트북으로 말하는 것보다 더 많은 일을 할 수 있음을 증명해 보이고 싶었다. 컴퓨터 앞에 자리를 잡고 화면을 바라보았다. 버나는 시스템을 탐색할 수 있도록 나의 손이 되어 마우스를 움직여줄 참이었다. 그녀는 화면에 나타난 문장들을 읽어주고 내가 지시하는 바를 수행하며 조수 노릇을 해주었다. 컴퓨터 손상을 복구하는 일은 미궁 속으로 들어가는 일과 비슷하다. 막다른 길에 다다르지만 결국 나아갈 길을 찾게 되니 말이다. 나는 컴퓨터에 나타나는 명령문을 살피며 본능적인 감각에 의지했다. 컴퓨터 앞에 앉은 지 몇 시간 만에 나는 첫째 문제를 해결하고, 다음 문제를 해결하고, 마침내 셋째 문제까지 해결했다.

모두 끝마치고 나자 가슴 가득 희열이 차올랐다. 내가 해냈다! 아무도 풀지 못한 문제를 내가 해결해냈다는 사실이 믿어지지 않았다. 정말 문제가 해결되었는지 궁금해서 버나에게 몇 번이고 컴퓨터를 확인해보게 했다. 확인할 때마다, 컴퓨터 시스템은 문제없이 작동했다.

"잘했어, 마틴!"

버나가 연신 이렇게 말하며 기쁨 가득한 미소를 지어 보였다.

"네가 해내다니 믿을 수가 없어. 수리 기사들도 하지 못한 일을 해낸 거야!"

버나는 돌봄시설을 향해 휠체어를 밀어주면서 혼자 소리 내어 웃고는 되풀이해 말했다.

"사람들에게 뭔가 보여준 거야!"

교실로 돌아온 후에도 하늘을 나는 듯한 기분은 쉬이 가라앉지 않았다. 내가 있는 장소는 더 이상 아무 상관이 없었다. 눈앞에는 오로지 버나와 함께 미궁 속을 헤쳐 나가던 순간 깜빡거리던 컴퓨터 화면과 내부 시스템만이 있을 뿐이었다. 내가 해냈다!

며칠 후, 컴퓨터 이메일 시스템에 문제가 생겼다. 이번에도 버나가 소식을 전해주었다. 내 가슴은 흥분으로 고동치기 시작했다. 나는 온 마음을 다해 다시 컴퓨터를 고쳐달라는 요청을 받기를 고대했다. 하지만 버나는 최근에야 복도 끝으로 나를 찾아왔다. 그녀의 상사는 처음에 단지 운이 좋았을 뿐이라 여겨 반신반의한 모양이었다.

어쨌든 지금 버나와 나는 또다시 컴퓨터 앞에 나란히 앉아 있다.

버나가 묻는다.

"F1 키를 누를까?"

나는 머리를 옆으로 흔든다.

"그럼 F10 키?

나는 미소 짓는다.

버나가 키를 누르고, 우리는 컴퓨터 모뎀을 설정하는 첫째 단계에 들어간다. 원인을 발견하기까지 훨씬 많은 단계를 통과해야 할 것이다. 차분한 마음으로 명석하게 생각해야 한다. 내가 잘하는 일이 무엇인지를 다시 한번 보여주고, 나에게 의구심을 품는 사람들에게 능력을 증명해 보일 두 번째 기회다. 그다음에 어디로 들어갈지를 버나에게 알려주며 나는 집중력을 발휘하고 있다. 결국 나는 이 문제를 해결하게 될 것이다. 나는 안다. 또 느낄 수 있다. 버나의 도움으로 기계의 내부를 탐색하고 결국 무엇이 문제인지 알아낼 수 있으리라는 사실을.

지난주에 처음으로 컴퓨터를 고쳤을 때도 이런 느낌이었다. 전에는 한 번도 경험하지 못했던 감정을 다시금 느낀다. 다소 낯선 감정이다. 마치 공작이 오색찬란한 깃털을 활짝 펼치는 것처럼, 나를 한껏 부풀게 하고 생기 있게 만드는 기분. 이제 나는 이 감정의 정체를 안다. 바로 자부심이다.

감히 꿈꾸다

이 세상에 어머니의 사랑보다 위대한 것이 있을까? 어머니의 사랑은 성벽을 무너뜨리는 공성 망치이자 모든 것을 쓸어버릴 수 있는 엄청난 파도다. 나를 바라보는 엄마의 눈동자가 사랑으로 빛난다.

엄마가 말한다.

"어디로 가야 하는지 금방 알아보고 와서 널 데려갈게."

엄마는 차에서 내리고 문을 닫는다. 나는 창으로 쏟아지는 봄 햇살에 실눈을 뜨고 자리에 앉아 있다. 우리는 2년쯤 전에 내가 처음으로 검사를 받았던 의사소통센터에 왔다. 엄마가 이곳 전문가들에게 내가 나아지고 있음을 계속 알렸기에 학생들과 함께 하는 개관기념일에 초대를 받은 것이다.

"네가 그동안 해낸 일을 봐, 마틴! 나는 사람들한테 보여줄 거야. 모두 알고 싶어 하겠지. 컴퓨터를 사용한 지 1년이 조금 넘었을 뿐인데 지금 네가 컴퓨터로 얼마나 많은 일을 할 수 있는지 말이야!"

일단 자랑하기로 마음먹은 이상 누구도 엄마를 말릴 수 없음을 알기에, 흥분한 엄마가 하는 말을 그냥 듣고만 있었다.

엄마가 말했다.

"그 사람들이 널 만나고 싶대. 네가 어떻게 그렇게 빨리 좋아질 수 있었는지 믿을 수가 없대. 그래서 학생들과 함께 하는 워크숍에 초대하겠대!"

모두가 놀랐다는데, 사실 이해할 만하다. 나 자신조차 내가 일자리를 얻었다는 사실에 황홀할 때가 있으니 말이다. 사실 일주일에 한 번씩 자원봉사자로 일하는 사무실에 들어설 때마다 꿈인지 생시인지를 확인한다. 나는 버나와 함께 컴퓨터를 고쳤던 건강증진센터에서 일하고 있다. 돌봄시설의 벽만 멍하니 쳐다보던 생활에서 벗어나 무언가를 하도록 요청받았다는 사실을 지금도 믿기 어렵다. 하는 일은 단순하다. 오른팔 힘이 강해져서 이제 종이를 들 정도는 되기 때문에 복사를 하고 파일을 정리하는 일을 한다. 내가 할 수 없는 일이 있으면 상냥한 동료 직원 해시나가 도와준다. 물론 문제가 생겼을 때 컴퓨터를 고치는 일도 나의 몫이다.

이 업무에서 가장 마음에 드는 점은 마침내 돌봄시설을 떠날 수 있게 됐다는 사실이다. 매주 화요일마다 휠체어를 타고 문을 밀고 들어가면 내 몸은 무의식적으로 익숙한 교실 쪽으로 기울다가 다시 반대 방향에 있는 건강증진센터 쪽으로 향한다. 그럴 때는 기분이 정말 이상하다. 돌봄시설을 떠나는 것은 인생의 분기점이다. 이제 다시 돌봄시설에 보내진다면 나는 죽을지도 모른다. 이따금씩, 오랜 시간을 보냈던 돌봄시설에 유령 소년의 그림자가 남아 있지는 않을까 생각하지만 이내 그런 생각을 떨쳐버린다. 이제 나에게는 미래가 있으니 지난 일을 더 이상 곱씹지 않을 작정이다.

몸을 전보다 더 많이 사용하게 되면서 몸 구석구석이 점점 더 튼튼해지고 있다. 일하러 가지 않는 날에는 집에서 컴퓨터 연습을 한다. 이제 상체를 세우고 앉으면 버티는 힘이 조금 강해졌음을 느낀다. 목 근육도 강해져서 꽤 오랫동안 헤드마우스를 사용할 수 있다. 노트북의 터치패드도 사용하기 시작했는데 오른손이 특히 전보다 안정된 덕분이다. 왼손은 여전히 제멋대로 움직인다. 아직 나비로 변모하지는 못했지만 서서히 허물을 벗고 있는 중이다.

과거와 현재의 유일한 연결고리라면 여전히 착용중인 턱받이다. 무방비 상태로 가슴에 침을 흘리는 바람에 언어치료사가 억지로라도 침을 삼킬 수 있도록 입에 가루설탕을 가득 물렸던 시절의 유물이라고나 할까. 사실 이제 더 이상 턱받이가 필요하지 않고 엄마도 좋아하지 않지만 턱받이를 사용하는 습관은 차마 버릴 수가 없다. 어쩌면 나는 뜻하지 않게 얻은 마법 같은 힘을 턱받이를 빼버리는 무리한 행동으로 행여 영영 잃어버리지 않을까 두려워하는지도 모른다. 유아의 전유물인 턱받이 단계를 넘어서기를 주저하는 것은 내 처지에서 할 수 있는 유일한 반항이다. 또 자기 결정이 무엇인지 알게 되면서 이를 만끽하고 싶은 마음을 표출하는 행위이기도 하다. 날마다 턱받이를 착용할지 말지를 정하는, 거의 유일한 결정권을 한껏 누리기로 마음먹은 것이다.

지금 나는 차 안에 앉아 엄마를 기다리면서 길 양편으로 걸어 다니는 학생들을 보고 있다. 의사소통센터가 대학교에 속한 기관이다 보니 학생들이 많이 지나다닌다. 나는 언젠가 컴퓨터와 관련된 정규직을 얻고 싶다. 이런 데서 공부하면 정말 좋겠다. 내가 배우는 것 중에 컴퓨터 직종이 가장 쉬운 일처럼 여겨질 때가 많다.

나는 최근 영국에 있는 회사의 소프트웨어를 테스트하는 일도 시작했다. 엄마와 내가 해당 업체의 의사소통 프로그램들을 사용하면서 나타나는 버그들을 발견한 것이 계기가 되었다. 회사는 우리가 발견한 문제의 솔루션을 엄마에게 이메일로 보내주곤 했는데, 점차 그들이 연락하는 대상이 나로 바뀌었다. 그러면서 내가 시스템을 잘 이해하고 있다는 사실을 알고는 프로그램 테스트를 요청해온 것이다. 내가 어떻게 해서, 혹은 어째서 이렇게 컴퓨터를 잘 이해하는지 알 길이 없지만 이제는 자연스럽게 받아들인다. 요즈음에는 이런 생각이 든다. 별 생각 없이 하더라도 사람들을 놀라게 할 수 있는 재능들이 있다고.

최근에 사무실에 온 아빠는 서류들을 알파벳순으로 분류된 파일에 넣는 내 모습을 신기하다는 눈빛으로 바라보았다.

아빠는 놀라워하며 물었다.

"어디에 무엇이 있어야 하는지를 대체 어떻게 알았지?"

나는 그걸 생각해본 적이 없었다. 아직 글을 잘 읽지 못하지만, 그저 서류 제목에서 본 글자와 파일 앞면에 있는 글자를 맞추었을 뿐이다. 글자들은 결국 기호들이다. 'A'는 머리 위로 두 손을 모은 남자처럼 생겼고, 'M'은 산봉우리처럼 생겼으며, 'S'는 미끄러지듯이 기어가는 뱀처럼 생겼다.

차 문이 열리고 엄마가 나를 향해 몸을 기울인다.

"준비됐니?"

엄마는 문 옆에 휠체어를 펴두고, 내 다리를 차 밖으로 들어 올린 다음 내 팔을 잡는다. 서로를 붙잡은 상태에서 나는 일어서서 비틀거리며 휠체어에 앉는다. 엄마는 내 무릎에 노트북을 올려놓고는 건물을 향해 휠체어를 민다. 2년 전에는 결코 본 적이 없는 전동식 문이 스르르 열린다. 한 여성이 우리를 커피가 준비된 방으로 안내한다. 나의 시선은 방 안에 함께 서서 이야기하고 있는 사람들에게로 쏠린다. 그들 중 두 남자는 휠체어에 타고 있지는 않지만 엄마와 내가 사려다 말았던 기기와 비슷한 상자를 들고 있다. 나는 마치 조류학자가 희귀한 새를 보기라도 하듯 그들을 관심 어린 눈으로 바라본다. 나처럼 소리를 내지 못하는 사람들은 처음 만난다.

"다들 준비되셨나요?"

엄마의 목소리다.

엄마는 내가 탄 휠체어를 가지런히 정렬된 책상과 의자로 가득 찬 작은 강의실로 밀고 간다. 강의실 반대편 끝의 화이트보드 앞에 한 여자가 서서 서류들을 펼쳐보고 있다.

"어디 앉을래?"

엄마가 묻는 말에 나는 뒷줄 의자들을 가리킨다.

자리에 앉자 엄마는 나의 노트북을 연다. 노트북의 시작음이 울리자 화이트보드 쪽에 있던 여자가 고개를 든다. 짧은 회색 머리에 안경을 쓰고 어깨에 숄을 드리운 중년 여성이 미소를 보낸다. 나는 어찌해야 할지 몰라 고개를 내리간다. 이런 데 와본 적이 없다. 무언가를 배우고 토론하는 사람들 무리 속에 앉아보기는 처음이다. 나는 그들의 시선을 끌고 싶지 않다.

엄마와 내가 기다리는 사이 사람들이 하나둘 자리를 채운다. 그들은 서로 웃으며 인사를 하고, 이런저런 이야기를 나눈다. 마침내 모두가 자리에 앉자 안경을 쓴 여자가 이야기를 시작한다.

"안녕하세요."

그녀는 미소 지으며 인사말을 시작한다.

"저는 다이앤 브라이엔입니다. 필라델피아의 템플 대학에 근무하고 있어요. 의사소통 프로그램을 이용하는 성인들이 자기 삶을 직접 선택하고 주도할 수 있도록 돕는 ACES 프로그램을 운영하고 있습니다. 이 프로그램을 통해 장애가 있는 이들에 대한 편견을 깨고 새 희망을 길어올리는 데 일조할 거라고 믿습니다."

여자의 목소리는 밝고 생기가 넘친다. 브라이엔은 사람들의 기운을 북돋는 표정으로 강의실 안을 둘러본다.

그녀가 말한다.

"장애가 있는 사람들이 넘기 힘든 장벽에 부딪힌다는 것은 두말할 나위 없는 사실입니다. 양질의 교육, 가족의 지원, 주택 마련, 의료 혜택과 일자리를 얻는 등의 일에는 많은 장벽이 존재하지요.

이것은 장애가 있는 사람들이 지속적으로 맞닥뜨리는 장벽들입니다. 그러나 오늘 저는 이처럼 불평등한 현실보다 사회가 그들에게 부여하는 한계를 말하려 합니다. 왜냐하면 장애는 신체적, 인지적, 감각적 한계이긴 하지만 장애를 바라보는 사회의 태도에서 진짜 장애가 비롯되기 때문입니다. 사람은 자신에 대한 기대가 없거나 무언가를 성취해낼 거라는 남들의 기대를 받지 못하면, 결코 아무것도 해낼 수 없습니다."

나는 브라이엔 박사를 바라본다. 나 같은 사람들에 대해서 저렇게 강한 열정과 신념을 품고 이야기하는 사람을 본 적이 없다.

"저는, 만약 장애가 있는 이들이 자기 앞에 놓인 장벽을 깰 수만 있다면 그들도 다른 사람들처럼 목표를 가질 권리, 마땅히 꿈을 꿀 권리가 있음을 자각하게 되리라 믿습니다."

나는 브라이엔 박사가 실내를 둘러보는 모습을 본다.

"제가 죽기 전에 꼭 한 번 만나보고 싶은 사람은 바로 넬슨 만델

라입니다. 오랜 기간 투옥되어 자유를 박탈당하고 기본적인 영양 섭취마저 어려운 상황에서도 꿈을 포기하지 않았습니다. 만델라에게는 담대한 꿈이 있었고 마침내 이를 실현할 때까지 굴하지 않고 나아갔습니다.

저는 그렇게 꿈을 가진 사람들을 많이 보아왔습니다. 제게는 최고의 상사이신 보브 윌리엄스가 그들 중 한 사람입니다. 그는 뇌성마비를 앓았지만 정계에서 일했습니다. 멋진 직업과 그를 도와주는 충직한 개, 그리고 사랑하는 아내도 있었습니다. 자신이 꿈꾼 삶을 살고 있었지요. 윌리엄스 말고도 많은 사람들이 있습니다. 노래를 하고 싶어서 의사소통 기기로 프로그램을 만든 뮤지션도 있고, 뇌성마비 환자지만 좋아하는 일을 하며 제가 몸담고 있는 대학에서 강의를 하는 분도 있습니다. 시각 장애가 있지만 꿈꿀 줄 아는 제 남동생도 그런 사람이지요.

이 사람들이 많은 일을 성취할 수 있었던 이유는 감히 꿈꾸었기 때문입니다. 꿈을 꾸는 것은 실로 강력한 힘입니다. 우리는 모두 꿈꾸는 법을 배워야 해요."

브라이엔 박사는 앞줄에 앉아 있는 한 남자를 바라본다.

"꿈이 무엇입니까?"

신체장애가 없는 이 남자는 시선이 집중되자 어색한 듯 자리에서 몸을 움직이더니 나직하게 대답했다.

"언젠가 책을 쓰는 것입니다."

"어떻게 그 꿈을 이룰 생각입니까?"

"그건 잘 모르겠습니다."

브라이엔 박사가 빙긋 웃는다.

"그래서 우리는 각자 품어야 할 꿈을 오랫동안 치열하게 생각해야 합니다. 일단 꿈을 품으면 이를 실현하려는 방향으로 발을 뗄 수 있기 때문입니다. 꿈이 꼭 거창할 필요는 없습니다. 드라마 잡지를 구독하겠다는 꿈을 꾸는 사람도 있고 매주 저녁으로 마카로니 치즈를 먹겠다는 꿈을 꾸는 이도 있습니다. 당신 자신이 진정 원하는 거라면 꿈은 크든 작든 상관없습니다. 중요한 것은 온전히 자신만의 꿈을 가지는 겁니다."

브라이엔 박사는 다시 강의실 안을 둘러본다. 그녀의 시선이 여러 줄을 넘어 점점 더 뒤로 오더니 나에게서 멈춘다.

"꿈을 이루기 위해 무엇을 해야 한다고 생각하나요?"

모든 사람이 나를 보고 있다. 뭐라 답해야 할지 모르겠다. 날 내버려뒀으면 좋겠다. 이렇게 많은 사람들의 시선을 받은 일이 한 번도 없다. 어찌할 바를 모르겠다.

엄마가 답한다.

"마틴은 열심히 노력해야 한다고 말하고 싶을 거예요."

엄마는 내가 파놓은 침묵의 구멍을 메우기 위해 대신 대답하고 있다. 어디론가 도망쳐버리고 싶다.

브라이엔 박사는 나를 바라보며 말한다.

"저는 마틴의 생각을 알고 싶어요. 이름이 마틴이라고 했죠? 한 사람이 꿈을 이루려면 무엇을 해야 한다고 생각하는지 이야기해주시겠어요?"

도망칠 방법은 없다. 내가 헤드마우스를 노트북에 연결하고 스위치를 클릭하는 동안 실내는 쥐 죽은 듯이 고요하다. 영겁 같던 시간이 흐르고, 이윽고 내가, 내 컴퓨터 음성이 말한다.

"어떤 꿈을 꿀지 스스로 결정할 기회가 주어져야 합니다."

"그게 무슨 뜻인가요, 마틴?"

나는 스위치를 클릭하고 또 클릭한다.

"사람들이 당신의 꿈이 무엇인지 찾을 수 있도록 도와주어야 합니다. 당신이 꿈을 가질 수 있도록 해주어야 합니다."

브라이엔 박사가 탄식한다.

"오, 나는 그 말에 전혀 동의하지 않아요. 모르겠어요, 마틴? 남들에게 당신이 꿈꾸기를 허용해달라고 말할 수는 없어요. 그건 스스로 해야 하는 일이에요."

내가 브라이엔 박사의 말을 제대로 이해했는지 잘 모르겠다. 남들이 선택해준 음식을 받아먹고, 내가 피곤할 거라는 남들의 판단에 따라 잠자리에 들면서 지금까지 살아왔다. 잘 맞겠다는 판단에 따라 남들이 입혀주는 옷을 입었고 남들이 내게 말하고 싶을 때 하는 말을 들었다. 한 번도 내가 원하는 것을 생각해보라는 주문을 받아본 적이 없었다. 꿈꾸는 것은 그렇다 치고, 스스로 결정한다는 것이 무엇인지도 잘 모른다. 나는 브라이엔 박사를 바라본다. 다른 사람들이 원하는 것은 너무나 많이 아는 반면 내가 원하는 것은 잘 알지 못한다.

하지만 박사의 말이 진실일까? 내 목소리도 생겼으니 스스로 결정을 내릴 수 있을까? 사실 이제야 겨우 이 여정 너머 어딘가에 한 번도 상상하지 못했던 자유가 있을지도 모른다고 어렴풋이 느끼는 중이다. 나는 내가 원하는 사람이 될 수도 있겠지만, 그걸 감히 꿈꿀 수 있을까?

비밀들

유령 소년의 삶에서 예기치 못한 면이 있으니, 사람들이 부지불식간에 자신들의 비밀스런 세계를 보여준다는 점이다. 나는 사람들이 방을 가로질러 걸을 때 마치 총알을 발사하듯이 방귀를 뀌는 소리를 들었다. 지나다니며 시도 때도 없이 거울을 보는 사람들을 볼 때면 자기 모습보다 아름다운 얼굴이 마법처럼 거울 속에 나타나기를 바라는 게 아닐까 싶었다. 코를 후빈 다음 그걸 먹는 사람을 보았고, 몸에 달라붙은 속옷을 정리하고 사타구니를 긁는 사람을 보기도 했다. 사람들이 방 안을 서성거리며 욕을 하고 혼잣말을 중얼거리는 소리를 듣기도 했다. 언쟁에서 이기려고 거짓말을 사실로 둔갑시켜 큰소리치는 사람도 보았다.

사람들은 행동으로 속내를 드러내기도 했다. 부드럽고 정감 어린, 혹은 거칠고 무신경한 손놀림으로, 아니면 피로에 절어 질질 끄는 발걸음으로 내면을 드러내 보였다. 참을성이 없을 때는 나를 씻기거나 먹이며 연신 한숨을 쉬고, 화가 났을 때는 내 옷을 평소보다 거칠게 벗기기도 했다. 행복할 때는 낮은 전류가 온몸에 퍼져나가는지 찌릿 하는 모습을 보이는가 하면, 불안할 때는 손톱을 물어뜯거나 귀 뒤로 머리카락을 계속 넘기는 등 감출 수 없는 수천 가지 몸짓으로 근심을 물리치려 애쓰는 모습을 보였다.

무엇보다 감추기 어려운 것은 슬픔이리라. 슬픔은 아무리 꾹꾹 억누른다 하더라도 어느새 스멀스멀 새어나가기 마련이니까. 사람들이 행동으로 보내는 신호만 잘 보면 속마음을 금방 알 수 있다. 하지만 대부분의 사람들은 속내를 드러내지 않아 너무도 많은 이들이 외로움을 느낀다. 나는 바로 그런 이유에서 몇몇 사람들이 나한테 비밀을 이야기 했다고 생각한다. 아무리 반응이 없어도 살아 있는 생명체에게 말하기가 침묵을 지키는 것보다는 낫기 때문에.

내가 돌봄시설에 있었을 때 요양사로 일했던 델마도 나에게 속마음을 털어놓곤 했다. 그녀는 하루 일과가 끝나고 나를 비롯한 아이들이 가족들을 기다릴 때 종종 함께 앉아 있었다. 매일 오후, 나는 자리에 앉아 누군가 문을 밀어 복도 끝의 하얀 문이 끼익 하고 열리는 소리가 들리기를 기다렸다. 그러다가 발자국 소리가 복도에 울리기 시작하면, 발소리의 주인공을 맞혀보았다. 또각거리는 하이힐 소리는 코린의 엄마가, 무거운 군화 소리는 조리카의 아빠가 왔다는 신호였다. 부드러운 밑창이 부착된 아빠의 신발은 강건한 남성상을 의미했고, 엄마의 신발은 발이 빠르게 스치는 소리를 제외하면 거의 소리가 나지 않았다. 어떤 날은 누가 왔는지 직접 보기 전에 모두 맞힐 수 있었고, 어떤 날은 짐작이 모두 틀렸다.

매일 오후, 아이들이 하나둘 건물을 빠져나가면 실내는 서서히 정적에 잠겼다. 전화벨도 울리지 않고 사람들이 바스락대는 소리도 들리지 않았다. 에어컨이 서서히 작동을 멈추면서 쉬익쉬익 소리가 귓가에 맴돌았고, 백색 소음이 고요한 공간을 메웠다. 그러다 어느덧 델마와 나만 남겨지면, 아빠가 늦게 와도 화를 내지 않는 델마가 남아 있어서 다행이라고 생각했다.

어느 오후에도 델마와 함께 앉아 있었는데, 어떤 노래가 라디오에서 흘러나오자 델마는 멍하니 허공을 바라보았다. 나는 델마가 슬퍼하고 있음을 느낄 수 있었다.

불현듯 델마가 말했다.

"그이가 너무 그립다."

머리가 가슴께로 숙여져 있긴 했지만, 나는 델마가 우는 소리를 들을 수 있었다.

나는 세상을 떠난 남편 이야기임을 알았다. 사람들이 낮은 목소리로 하던 이야기를 들은 적이 있었다.

델마가 나직이 말했다.

"참 좋은 사람이었는데. 나는 매일 그를 생각해."

델마가 내 옆의 의자에 체중을 싣자 삐걱 하는 소리가 났다. 그렇게 말하는 델마의 목소리는 갈라졌고 눈물방울은 더 빨리 흘러내렸다.

"마지막으로 본 그이 모습이 뇌리에서 떠나질 않아. 그게 마지막이란 사실을 알고 있었는지 참 궁금해. 그때 어떤 기분이었을까? 두려웠을까, 아니면 고통스러웠을까? 내가 충분히 잘해줬던 걸까? 이런 생각이 계속 머릿속에 맴도네. 그 사람 생각을 지울 수가 없어."

델마는 더 심하게 흐느꼈다.

"그이한테 사랑한다는 말을 더 많이 해줬더라면 좋았을 텐데. 이제 다시는 해줄 기회가 없네. 영영 사랑한다고 말해줄 수가 없어."

델마는 옆에 앉은 내가 지켜보는 가운데 더 많이 울었다. 나는 가슴이 저미어지는 듯했다. 상냥한 델마가 그토록 깊은 슬픔에 잠기다니, 온당치 않았다. 나는 델마가 분명히 남편에게 좋은 아내였을 거라고 말해주고 싶었다. 나는 그걸 굳게 믿는다는 말도……

고치를 벗어나

오랫동안 홀로 보냈던 내가 고독을 두려워하는 것은 당연한 일일까? 지난달 의사소통센터에서 열린 워크숍에 참석한 후, 나는 다시 일주일 동안 열리는 AAC(보완대체의사소통) 강좌에 참석하고 있다. AAC 시스템을 실제로 이용하는 나 같은 사람들부터 부모들, 우리를 위해 일하는 교사들, 치료사들에 이르기까지 다양한 사람들이 이 센터에 오고 있다. 그러나 이 강좌는 특히 보완대체의사소통 분야를 전공하는 학생들을 위한 코스이다. 나는 이 센터의 센터장인 앨런트 교수의 초청으로 이번 강좌에 참석하게 되었다. 매일 나와 함께 왔던 엄마가 오늘 오전에는 내 스위치 하나에 문제가 생기는 바람에 기기 대리점에 가야 했다. 다시 말해 지금은 나 혼자라는 얘기다.

낯선 사람들로 가득한 실내를 둘러보면서, 나는 가족이나 요양사가 곁에 없었던 때는 전혀 없었다는 사실을 깨닫는다. 수년간 내 몸에 갇힌 채 강요된 외로움에 시달렸지만, 한 번도 물리적으로 혼자였던 적은 없었다. 나는 혼자서 모퉁이를 돌아볼 용기가 생길 때까지 앞으로 계속 걸어본 어린 시절이 있었는지 기억할 수가 없다. 집에 들어가지 않음으로써 부모에게 반항하며 독립된 삶을 향해 첫발을 떼는 청소년기 역시 거쳐본 적이 없다.

나는 두렵다. 무슨 말을 해야 하나? 무엇을 해야 하지? 나는 사람들의 눈에 띄지 않기를 바라며 강의실 뒤쪽 의자에 앉는다. 첫 강의가 시작되자 안도의 한숨을 내쉰다. 어느덧 차를 마시는 휴식 시간이다. 내가 사람들과 함께 차를 마시려면, 누군가 내 의자를 밀어주어야 하고, 머그잔에 빨대를 꽂아주어야 하며, 머리를 숙여 음료를 마실 수 있을 만큼 머그잔을 가까이 놓아주어야 한다. 그래서 학생들 중 한 명이 차를 마시러 오겠느냐고 물었을 때, 나는 그냥 여기 있겠다고 대답한다. 학생의 제안을 받아들이기가 너무 두렵다. 내가 잘 알지도 못하는 사람들에게 부담을 주거나 짐이 되고 싶지는 않다.

하지만 강의실에 우두커니 앉아서 사람들이 줄줄이 자리에서 일어나 서로 이야기하며 웃는 모습을 보고 있자니, 그런 저항이 무의미하게 느껴진다. 이른바 현실 세계를 헤쳐 나가려면 이리저리 이동하고, 문을 여닫고, 먹고, 마시고, 화장실에 갈 경우에도 늘 누군가의 도움을 받아야 할 것이다. 무슨 일이든 혼자서는 할 수 없기 때문에 낯선 이가 문을 열어주려 하면 기꺼이 미소를 보내야만 하고, 누군가 계단 위로 끌어주겠다고 하면 설령 내키지 않는다 해도 기꺼이 도움을 받아들여야만 한다. 부모님이 항상 곁에 있고 친숙한 사람들에게 둘러싸인 제한된 공간을 벗어나면 모르는 사람들의 도움을 받을 수밖에 없다. 하지만 오랫동안 숨어 지내온 고치를 벗어나기 시작했으니 이제 새로운 방법들을 터득해야만 한다.

"마틴?"

나는 미셸을 올려다본다. 지난달 워크숍에 참석했을 때 만났던 의사소통센터의 언어치료사다.

"차 마시는 방으로 데려다줄 테니 같이 차 마시지 않을래?"

미셸이 미소를 짓고 있다. 안도감이 밀려든다. 나는 그림 하나를 클릭해 내 마음을 알린다.

"고마워요."

거부할 수 없는 제안

확실히 나는 희귀종이다. 앵무새나 원숭이처럼 전문가들의 관심을 받고 있다. 내가 AAC 시스템을 사용하는 흔치 않은 청년이기 때문이다. AAC 시스템으로 의사소통 방법을 익히는 사람들 대부분은 뇌성마비, 자폐증, 유전 질환 등을 안고 태어난 아이들이거나 중풍이나 루게릭병 등으로 말하는 능력을 상실한 장년층들이다. 태어날 때부터 말하는 기능이 취약했거나 질병이나 사고로 말년에 말을 하지 못하게 된 사람들이라서, 살아가는 도중에 말하기 능력을 잃은 나는 드문 사례다. 중요한 점은 내가 컴퓨터를 통한 의사소통 방법으로 단시간에 많은 것을 습득했고 스스로 읽고 쓰는 법을 배우고 있다는 점이다. 많은 AAC 시스템 사용자들이 글을 읽는 데 실패한다는 점에서 이는 정말 놀라운 결과라고 한다. 그래서 강좌 마지막 날에 학생들이 내 이야기를 듣기 위해 모였다.

"새로운 인생에 적응하는 것은 커다란 도전이고, 때로 두려움이 밀려왔습니다. 모르는 것이 너무 많아서 도저히 감당할 수 없다고 생각되는 순간이 종종 찾아왔습니다. 지식을 빠르게 습득하고 있었지만 모든 것이 더더욱 빨리 변화하고 있습니다."

내 이야기가 끝나고 학생들이 축하 인사를 하려고 몰려들자 기분이 한껏 들뜬다. 내 또래 학생들은 마치 무지개 빛깔로 칠해진 사람들 같다. 환한 미소와 우렁찬 목소리로 반짝반짝 빛이 난다. 이 영광스러운 순간을 위해 나는 턱받이를 사용하지 않기로 결정했기에 그들과 조금이나마 비슷해 보인다.

미국식 억양으로 건네는 말소리가 들린다.

"정말 굉장했어요!"

에리카는 엄마가 수리점에 간 날 미셸과 함께 차를 마시러 갔던 곳에서 만난 학생이다. 내게 차를 가져다준 미셸이 친구들과 이야기하는 데 정신이 팔린 사이, 나는 물끄러미 컵을 쳐다보고 있었다. 미셸이 빨대를 주지 않아서 마실 수가 없었던 것이다.

"뭐 필요한 거라도 있어요?"

어떤 목소리가 들려 고개를 돌리니 내 또래의 여자가 있었다. 짧은 금발 여성에게서 에너지가 뿜어져 나왔다. 나는 아래쪽으로 손을 흔들었다.

"가방 안에 있나요?"

그녀는 몸을 굽혀 빨대를 찾아 내 머그잔에 넣어주었다.

그녀가 말했다.

"내 이름은 에리카예요. 같이 이야기할래요?"

나는 에리카의 직설적인 말투가 좋았다. 에리카는 미국에 있는 대학에 다니는데 10개월 과정의 교환학생으로 와 있다고 했다. 언어치료사가 되기 위해 공부하는 중이고, 지금은 남아프리카공화국에서 박사후과정을 밟고 있었다. 나는 스스럼없이 자기 이야기를 하는 데 감탄했다. 나한테 편하게 이야기하는 사람은 그리 많지 않다.

에리카가 싱긋 웃으며 말했다.

"여기서는 아무리 한겨울이라도 춥지 않아요! 위스콘신에서 하도 혹독한 추위에 단련돼서 이 정도는 아무것도 아니거든요. 나는 티셔츠 하나만 입고 돌아다니고 싶은 날씨인데도 모두가 추워 보여서 정말 신기해요."

우리는 휴식 시간이 끝날 때까지 이야기를 나누었고, 시간이 다되자 에리카는 내 휠체어를 다시 강의실로 밀어주었다.

그녀가 말했다.

"함께 이야기 나눌 수 있어서 즐거웠어요, 마틴."

그후로 우리는 이따금씩 이야기를 나누었는데, 지금 에리카가 미소를 띤 채 나를 바라보고 있다. 그녀는 내 쪽을 향해 몸을 굽히며 장난스러운 표정을 짓는다.

그녀가 말한다.

"우리는 친구가 돼야 할 것 같아."

에리카는 아무도 듣지 못할 만큼 가까이 다가와 말한다.

"대신 조건이 있어. 부모님은 끼워주지 마."

나는 에리카에게 내 이메일 주소를 적어주며 미소를 보낸다. 그녀가 다른 사람과 이야기하려고 머리를 돌리는데 마침 앨런트 교수가 내게로 다가온다.

"가능하다면 이야기 좀 하고 싶구나, 마틴. 괜찮다면, 우리끼리만."

엄마가 당황한 것은 물론이고 나 역시 놀란 얼굴을 하고 있다. 잘 모르는 사람과 일대일로 이야기한 적이 별로 없기 때문이다. 하지만 앨런트 교수가 내 옆에 다가와 앉으며 단호한 표정을 짓자 엄마는 우리를 남겨두고 나간다.

그녀가 말했다.

"이번 주에 너와 함께해서 좋았단다. 여기 있어서 즐거웠니?"

나는 고개를 끄덕인다.

"AAC 시스템 사용자로서 너의 통찰은 아주 값진 것이라서 참 기쁘구나. 네가 지금껏 기울여온 노력과 놀라운 성취에 우리는 아주 깊은 감명을 받았어."

그녀가 계속 말했다.

"그래서 지금 이런 이야기를 하는 거란다. 너희 어머니가 말씀하시길 일주일에 한 번씩 자원봉사로 사무를 보는데 네가 아주 좋아한다고 하시더구나. 혹시 여기서도 그렇게 일해볼 생각이 있니? 다음 달부터 일주일에 한 번씩 오전 중에 인턴으로 근무해본 다음 정규 업무를 맡아도 좋을지 판단해보려 하는데. 어때?"

나는 믿을 수 없다는 표정으로 앨런트 교수를 바라본다. 의사소통 프로그램으로 대답을 하는 것은 고사하고 너무 놀라서 노트북도 제대로 보지 못하고 있었다. 내 세상은 단순히 열리는 정도가 아니라 우주 대폭발 수준으로 팽창하고 있다.

도약

"어떻게 생각해요, 마틴?"

    기대에 찬 눈빛으로 나를 바라보는 주앤은 이곳 의사소통센터에서 일하는 동료이다. 무슨 말을 해야 할지 모르겠다. 주앤은 최근 이곳에서 검사를 받은 아이를 가장 잘 도울 수 있는 방법을 고민하고 있는데 내 생각을 듣고 싶어 한다. 하지만 나는 의견을 제시하는 데 익숙지 않아서 어떻게 대답해야 좋을지 모르겠다. 이곳은 나와 어떻게 상호작용할 수 있을까 싶어 고개를 갸우뚱하던 건강증진센터와는 사뭇 다르다.

    건강증진센터에 들어서는 사람들은 일단 나의 동료인 해시나에게 이렇게 요청하곤 했다.

"1월 파일 좀 찾아줄래요?"

척 보기에도 해시나가 바쁘게 일하고 있어도 나에게는 도움을 청하지 않는 사람들이 있었다. 사람들이 나를 믿고 업무 요청을 하기에는 시간이 필요했고, 나중에는 그들의 신뢰를 얻었기에 나는 뿌듯했다.

하지만 이곳 의사소통센터에서는 첫날부터 사람들이 내 의견을 물었다. 내가 자기네 이론을 실제로 적용한 사람이라서 그런지 내 의견을 무척 궁금해한다. 이런 상황이 처음에는 매우 당황스러웠지만 점차 적응해가는 중이다.

첫날 나는 샤킬라가 나를 검사했던 방에 자리를 잡았고 나에게 주어진 일을 전혀 모른다는 사실을 깨달았다. 나는 센터의 소식지에 올릴 글을 기호들을 이용해 작성하는 등의 행정 업무를 언제 시작하고 언제 끝낼지 스스로 결정해야 했다.

둘째 주부터 나는 모린이라는 동료가 있는 사무실로 자리를 옮겼다. 나는 모린과 금세 친해졌다. 그리고 셋째 주에 접어들면서 나를 기피하지 않는 사람들과 함께 지내는 일이 얼마나 기운을 북돋는지 새삼 느끼게 되었다.

일을 시작한 지 어느덧 4주가 지나 오늘은 인턴 근무의 마지막 날—그러니까, 진실의 순간—이다. 앨런트 교수님과 만날 시간이 임박하자 점점 심해지는 긴장감을 풀어주려고 에리카가 커피나 한잔 하러 가자며 내 휠체어를 교정으로 밀고 나온다. 우리는 이제 좋은 친구

사이다. 화창한 봄날 아침이다. 나무에는 꽃들이 만발하고 머리 위의 하늘은 맑고 청명하다.

에리카가 묻는다.

"정규직으로 채용될까?"

내 무릎 위에는 알파벳 문자들로 가득한 커다란 라미네이트 시트가 놓여 있다. '고마워요', '하고 싶어요' 등 흔히 쓰이는 어구나 표현들이 포함되어 있다. 항상 노트북을 가지고 다닐 수는 없고 철자를 전보다 잘 알게 됨에 따라 나는 요즘 이 알파벳 시트를 자주 이용한다. 글을 읽고 쓰는 것을 과학적으로 완벽하게 설명할 수는 없는 듯하다. 나는 아직도 읽기가 어려운 반면 쓰기는 더 쉽다. 왜 그런지는 모르겠다. 어쩌면 하나의 단어를 구성하는 기호들 묶음을 읽어내기보다 단어들을 개별 문자로 해체하여 조합하는 작업이 더 수월하기 때문인지도 모르겠다.

나는 눈앞의 문자들을 가리키며 에리카에게 말한다.

"그랬으면 좋겠어. 정말 그랬으면 좋겠어."

"그렇게 될 거야."

"왜?"

"넌 똑똑하니까, 마틴!"

나는 확신할 수 없다. 사무실에서 지내면서 나의 지식과 현실 사이에 얼마나 큰 격차가 있는지를 깨달았다. 정식 교육을 받은 기억이 전혀 나지 않는 상태에서, 나의 뇌는 출처를 알 수 없는 단편적인 정보들이 여기저기에 흩어져 있는 매립지와 같다. 여러 측면에서, 전에 비해 지금이 훨씬 남들보다 뒤처져 있다는 기분이 든다.

에리카와 내가 센터에 도착하니 엄마와 아빠가 기다리고 있다. 나는 엄마, 아빠와 함께 앨런트 교수를 만나러 들어간다.

부모님이 자리에 앉자마자 앨런트 교수가 말한다.

"솔직히 이런 상황은 별로 소득이 없는 경우가 많습니다."

나의 가슴이 내려앉는다.

앨런트 교수가 얼굴에 웃음을 띠고 말한다.

"그럼에도 불구하고 우리는 마틴에게 유급 일자리를 제안하고 싶습니다. 마틴, 우리는 네가 우리 일에 매우 소중한 도움을 주리라고 믿어. 그래서 일주일에 하루씩 유급으로 일하는 직원이 되어주었으면 좋겠구나. 어떻게 생각하니?"

아빠가 외쳤다.

"정말 굉장한 일입니다!"

아빠는 내게 인자한 웃음을 지었고, 엄마의 얼굴도 기쁨으로 빛난다.

앨런트 교수가 덧붙여 말한다.

"하지만 조건이 있어. 네가 우리 직원이 되려면 가능한 한 독립적으로 행동해야 한다. 우리도 너를 돕는 데 최선을 다하겠지만 네 스스로 작동할 수 있는 전동 휠체어는 직접 준비해야 할 것 같구나. 지금 사용하고 있는 휠체어는 누군가 밀어줘야 하는데, 동료들이 일할 때는 항상 그렇게 도움을 줄 수가 없으니 말이야."

앨런트 교수의 말에 나는 고개를 끄덕인다.

"내가 이런 말을 하는 이유는, 마틴, 만약 네가 다른 직원들의 도움에 의존해야 한다면 자기 일을 잘해낼 수가 없기 때문이야."

나는 부모님이 이 말에 수긍하길 바라며 그들을 바라본다.

엄마가 말한다.

"저희도 이해합니다. 마틴은 자기가 도움이 되는 일이라면 뭐든 기쁘게 해낼 거라고 믿습니다. 이 일은 마틴에게 정말 의미 있는 일이니까요."

나는 고개를 끄덕인다.

앨런트 교수가 말한다.

"한 가지 당부할 것이 더 있어. 직원으로 일하려면 좀 더 전문가다운 이미지를 보여야 해. 그래서 말인데 셔츠와 정장 바지를 입으면 어떨까?"

나는 입고 있는 익숙한 티셔츠와 조깅바지를 내려다본다. 엄마는 금붕어처럼 입을 벌렸다가 다문다.

앨런트 교수가 묻는다.

"그렇게 할 수 있겠니?"

나의 손가락이 알파벳 시트 위의 단어를 가리킨다.

"네."

앨런트 교수가 미소 지으며 말한다.

"좋아. 우리 팀에 온 걸 환영한다, 마틴. 다음 주에 다시 만나길 바라며 기다리마."

아빠가 복도로 내 휠체어를 밀어준다. 하지만 우리의 말소리가 들리지 않을 만큼 사무실이 멀어질 때까지 아무도 입을 열지 않는다.

엄마가 의아하다는 투로 외친다.

"옷차림을 바꾸라고? 네 옷이 어때서?"

엄마는 약간 화가 난 것 같다. 나는 지금까지 엄마가 사주는 옷을 아무 생각 없이 입었다. "그리고 당신도 들었죠? 이런 상황은 소득이 없네 어쩌네 하는 소리. 도대체 그게 무슨 말이야?"

아빠가 부드럽게 말한다.

"장애가 있는 사람을 채용하는 것이 도전이라는 말인 듯해."

엄마가 격앙된 말투로 말한다.

"그런 말이라면, 그 양반은 마틴 같은 사람을 만나본 적이 없나 보죠, 안 그래요? 다른 사람이 할 수 있는 일이면, 마틴도 충분히 할 수 있어. 그 사람들한테 보여주렴, 그럴 거지?"

센터 입구에 다다라서 부모님이 나를 내려다본다. 처음 이곳에 검사를 받으러 온 날로부터 2년 가까운 세월이 흘렀다.

아빠가 내 어깨를 잡으며 말했다. 힘이 들어간 아빠 손에서 흥분 감이 느껴진다.

"음, 우리는 네가 잘해나가는지 뒤에서 지켜보기만 할 거야."

엄마가 웃으며 말했다.

"네가 잘할 수 있을까 우려하는 사람들에게 확실히 보여줄 거지, 아들? 잘해내리라고 믿어."

부모님의 그런 모습을 바라보니 행복감이 가슴속에 차오른다. 두 분의 바람대로 자랑스러운 아들이 되고 싶다.

바닷가에서

내가 유령 소년이던 시절 아빠의 속마음을 들여다볼 기회는 매우 드물었다. 그런데 한번은 모두 잠든 밤에 거실로 들어와 어둠 속에 서 있는 아빠에게서 스며 나오는 절망을 느낄 수 있었다.

"마틴?"

아빠가 의자에 앉아 이야기를 시작했지만, 물론 나는 아무 말이 없었다. 깊은 밤, 아빠는 창밖 저편을 응시하며 시골에서 살던 어릴 적 이야기를 들려주었다. 아빠가 자라나던 시절, 일명 지디GD라 불리는 내 할아버지는 늘 농부가 되고 싶어 했지만 광부로 일했다. 하지만 가족과 함께 먹을 감자, 콩, 양파 같은 작물들을 직접 재배했으며, 벌을 쳐서 꿀도 수확했다. 할아버지는 우유, 크림, 버터를 선사하는 소들도 길렀다. 아빠는 철없이 소들 중 한 마리에게 했던 심한 행동을 결코 잊지 못했다. 아빠는 적막한 밤에 그때 이야기를 꺼냈다.

아빠가 나직한 음성으로 말했다.

"내가 막대기로 소를 때렸단다. 지금은 왜 그랬는지 기억이 안 나지만 소의 눈꺼풀을 베었지. 그러지 말았어야 했는데."

아빠는 잠시 침묵에 잠겼다.

"하지만 왠지 그때 일이 자꾸 떠오른다. 그날 일을 생각하면…… 내 아들인 너보다도 소가 나에게 더 많은 반응을 보여서 그런지도 모르겠구나. 어떻게 이럴 수가 있는지 도무지 모르겠어. 한 해 한 해가 흘러가는데 너는 어떻게 꿈쩍하지 않고 아무 소리도 안 내고 있을 수가 있니?"

아빠가 깊은 숨을 내쉬었다. 나는 아빠를 위로하고 싶은 마음이 간절했다. 그러나 숨소리가 다시 고르게 진정될 때까지 말없이 우두커니 앉아 있는 아빠 곁에서 아무 일도 할 수 없었다. 이윽고 아빠는 자리에서 일어나 몸을 굽혀 내 이마에 입을 맞췄다. 내 머리를 부드럽게 감싼 아빠의 두 손이 느껴졌다. 매일 밤 아빠는 내 머리를 그렇게 몇 초간 손으로 감싸주었다.

아빠가 말했다.

"이제 자러 가야지, 아들."

나를 돌봐준 숱한 나날 동안 아빠도 깊은 절망감에 허우적댄다는 사실을 조금이나마 드러낸 것은 그때가 유일했다. 나는 스물다섯 살에 처음으로 가족과 휴가를 떠났을 때 비로소 나를 굳건하게 지켜주는 아빠의 힘을 몸으로 직접 느꼈다.

가족들이 휴가를 떠날 때면 나는 보통 재택 요양시설에 보내졌는데, 그때는 가족들과 함께 바다 여행을 가게 되었다. 너무나 흥분되었다. 바다를 본 적이 없었기 때문에 거대한 물결의 위용에 숨이 멎을 것 같았다. 처음 본 그 광경에 경이로움을 느껴야 할지 두려움을 느껴야 할지 갈피를 잡지 못했다. 바다는 매혹적이었지만 그만큼 공포의 대상이었다. 지난 수년 동안, 나는 무엇도 대신할 수 없는 방식으로 내 몸을 붕 띄워주고 자유롭게 해주는 물을 좋아하게 되었지만, 물에 빠지기라도 하면 다리로 물을 차거나 팔을 허우적거리지도 못하고 속절없이 가라앉으리란 생각에 늘 공포심을 느꼈다.

그래서 아빠가 해안선 가까이로 휠체어를 밀어주어 고동치는 파도 소리가 들리자 나는 흥분되는 동시에 겁에 질렸다. 아빠는 나를 일으켜 부축하고서 이리저리 모래 위를 걸으며 바다로 향했다. 바다에 가까워질수록 두려움은 점점 더 커졌고 아빠가 이런 내 심정을 제발 알아주길 바랐다.

아빠는 파도가 내 발 위로 넘실거리자 연신 이렇게 말했다.

"괜찮아, 마틴."

하지만 내 귀엔 아빠 말이 들리지 않았다. 바다를 마주하니, 온몸에 아드레날린이 솟구치고 어느 때보다도 내가 무력하게 느껴졌다. 바다는 마음만 먹으면 언제라도 나를 집어삼킬 수 있을 것 같았다.

아빠는 비틀거리는 나를 부축해 바다 쪽으로 몇 걸음 더 움직일 수 있도록 인도하면서 말을 이었다.

"너는 안전해."

하지만 바닷물이 내 발과 다리 주변에 밀려들자 나는 두려움으로 새파랗게 질렸다. 나는 바다에 휩쓸릴 테고 결국 떠밀려갈 수밖에 없으리라는 확신이 들었다. 불현듯 아빠가 내 곁에 더 바짝 붙어 섰다는 느낌이 들었다.

"아빠가 네가 떠내려가도록 놔둘 것 같니?"

아빠는 파도 소리에 맞서 큰 소리로 외쳤다.

"지난 시간을 어떻게 보냈는데 내가 여기서 너한테 무슨 일이 일어나게 둘 것 같아? 아빠 여기 있다, 마틴. 내가 널 붙잡고 있어. 아무 일도 생기게 하지 않을 거야. 그러니 무서워할 필요 없어."

나를 꽉 붙들고 있는 아빠의 팔과 나를 굳건히 지탱하고 있는 아빠의 힘이 느껴진 순간, 나는 아빠의 사랑이 바다로부터 나를 지켜줄 뿐만 아니라 바다 위로 넘칠 만큼 강하다는 사실을 절실히 깨달았다.

그녀, 돌아오다

나는 어둠 속에서 눈을 뜬다. 가슴이 벌렁거린다. 두려움이 밀려온다. 혈관을 타고 흐르는 공포심에 냅다 비명을 지르고 고함을 치고 싶다.

새벽 5시, 오늘 밤에만 네 번째로 잠에서 깼다. 번쩍 눈을 떠서 악몽을 떨쳐버리려고 한 지 겨우 47분 만이다. 오늘 밤 악몽은 특히 끔찍하다. 악몽이 물러가기나 할지 모르겠다. 세상이 평화롭게 잠든 시간, 희미하게 다가오는 잿빛 여명 속에서 잠을 깨는 순간만큼 혼자라는 기분이 사무칠 때가 또 있을까.

지금 나를 잠에서 깨운 꿈도 좀 전의 악몽과 별반 다르지 않다. 늘 비슷비슷하다. 그렇게 무섭게 느껴지지만 않는다면, 내가 꾸는 악몽은 사실 지루하리만치 예상대로 흘러간다.

그녀가 내 얼굴을 내려다보며 서 있었다. 무슨 짓을 하려는지 알기 때문에 그녀를 밀쳐내고 싶었지만, 그럴 수 없었다. 나의 팔은 그녀의 얼굴이 가까이 다가올수록 더욱 무기력한 상태로 내 옆에 놓여 있었다. 제발 그러지 말아달라고 빌고 싶을 정도로 공포심이 목구멍까지 차올라왔다. 그러다가 잠에서 깼다.

요즈음 밤마다 이런 식이다. 과거를 묻어두려고 발버둥 칠수록, 일터와 집과 경험하고 싶고 해야 할 일들에 대한 생각으로도 다 채울 수 없는 틈새를 비집고 지난 기억이 수면 위로 떠오른다.

이제는 밤에만 악몽에 시달리는 것도 아니라서 더욱 지친다. 일상생활에서도 수천 가지 사소한 일들이 그때를 상기시키는 촉매로 작용한다. 다른 사람들은 인식조차 하지 못할 작은 파편들이 어느 순간 나를 그때의 기억으로 데려간다. 쇼핑센터에서 흘러나오는 클래식 음악의 아름다운 선율을 들을 때도 나는 짐승처럼 갇혀서 탈출을 꿈꾸던 교외의 요양원으로 다시 돌아가 있다.

엄마는 나를 그곳에 데려다놓고 갈 때면 늘 그렇게 말했다.

"여긴 참 평화로워."

건물 안으로 들어서면, 어딘가에 설치된 스테레오에서 비발디나 모차르트의 평온한 음악이 늘 흘러나오고 있었다. 나는 그런 음악으로 가려진 이면을 보아달라는 간절한 눈빛으로 엄마를 바라보았다.

그런 연유로 클래식 음악을 들으면 암울했던 그때의 기억 속으로 내달린다. 자동차를 보아도 나에게 상처를 주던 사람이 운전하던 차가 생각나면서 그 차에 탔던 때로 돌아간다. 가슴이 뛰고, 피부는 식은땀에 젖어들고, 숨이 가빠오던 그때로.

하지만 언제 이런 일이 생기는지 아무도 눈치채지 못한다. 나는 이런 날것의 공포조차 눈에 띄지 않게 감출 수 있을 정도로 감정을 숨기는 법을 터득한 걸까? 어떻게 하는지는 나도 모르지만 때때로 나는 그렇게 할 수 있다. 과거는 이미 지난 일이라는 사실을 스스로에게 상기시키며 현실로 돌아오려 애쓸 때만은 나는 완전히 혼자다.

잠자리에 누워도 심장이 여전히 벌렁거린다. 그토록 잊으려고 애써온 세계로 다시 돌아가게 될까 봐 겁이 나지만 다시 잠을 청해야 한다. 내일 일을 하러 가서 맑은 머리로 긴장을 늦추지 않고 근무하고 싶으니까. 한때 겪었던 일 때문에 지금의 기회를 놓칠 수는 없다. 그때의 기억에 발목 잡힐 수는 없다.

눈을 감아도 여전히 그녀의 얼굴이 보인다.

한때 겪었던 일 때문에
지금의 기회를 놓칠 수는 없다.
그때의 기억에
발목 잡힐 수는 없다.

파티

그녀는 내 앞에 서서 천천히 몸을 흔들며 몽롱한 눈동자로 웃음 짓고 있다.

"너 잘생겼다."

그녀가 말한다.

"너랑 좀 즐겨야겠는걸."

스테레오에서 음악이 터져 나오고 있다. 망치로 때리는 듯한 비트가 작렬하고, 실내에는 내가 모르는 학생들이 가득하다. 나는 에리카, 그녀를 통해서 알게 된 친구들인 데이비드, 이베트와 함께 대학 캠퍼스에서 열린 파티에 와 있다.

내가 여기 와 있다니 믿어지지가 않는다. 파티의 테마는 '정글.'

나는 정글의 왕처럼 머리에 왕관을 쓰고 바나나 잎 무늬의 옷을 입고 있다. 생전 처음으로 술도 마셔봤다. 너무 많은 사람들이 뭘 좀 마시겠냐고 물어오는 통에 에리카에게 럼앤드코크를 가져다 달라고 부탁한 것이다.

내가 한 모금 마시자 에리카가 웃으며 물었다.

"맛이 어때?"

알코올이 입안을 채우더니 코를 간지럽힌다. 강하고 톡 쏘는 맛이다. 내가 좋아하는 맛이 아니다. 나는 에리카에게 마음에 없는 미소를 지어 보인다. 에리카는 사롱(남녀 구분 없이 허리에 치마처럼 두르는 직물-옮긴이)을 입고 솜으로 된 원숭이 인형인 모리스를 목에 매달고 있다. 나는 잔을 다 비우려고 머리를 앞쪽으로 기울였다. 이상한 맛이 나는 혼합 음료를 가능한 한 빨리 해치우고 싶었다.

에리카가 깔깔거리며 외쳤다.

"마셔!"

나는 술을 또 한 모금 머금고 재빨리 삼켜버렸다.

에리카가 물었다.

"콜라 한 잔 가져다줄까?"

내가 미소를 지어 보이자 에리카는 사람들 속으로 사라졌다. 나는 그녀가 다시 돌아올지, 아니면 다른 누군가가 내게 말을 걸지 궁금했다. 나는 알파벳 보드를 무릎에 올려두고 대화할 준비를 하고 있었지만 사람들로 꽉 찬 방에서 자리에 앉아 있는 내가 쉽게 눈에 띄진 않을 듯했다. 그때 나보다 높은 위치에 서 있던 한 여학생이 나를 발견했다.

"별자리가 뭐야?" 그녀는 금빛 드레스를 입고 머리에 나비 날개를 달고 있다. 머리칼은 짙은 색이고 입에는 하얀 치아가 빼곡하다. 예쁘고 눈매가 서글서글한 아가씨다.

나는 보드 위에 글자를 쓴다.

"ㅇ-ㅕ-ㅁ-ㅅ-ㅗ-자-ㄹ-이……."

"뭐라고?"

"여-ㅁ-ㅅ-ㅗ-ㅈ-ㅏ……."

"아! 염소자리라고?"

나는 고개를 끄덕인다. 나의 맞춤법은 아직도 매우 서툴다. 사람들은 나와 이야기하려면 가로쓰기 방식을 익혀야 한다.

그녀가 말한다.

"별로 안 좋네. 나는 천칭자리야."

무슨 뜻일까? 나는 뭐라 대답해야 할지 고민하며 그녀를 바라본다. 그녀는 취했다. 왜 내게 별자리 이야기를 하는 걸까? 내가 그녀에게 데이트 신청을 하기 전까지 어색함을 메우려면 나누어야 하는 대화일까? 나는 남자와 여자가 서로에게 어떻게 행동하는지 전혀 모른다. 남들의 삶을 텔레비전에서 보거나 몰래 훔쳐보았을 뿐이다. 하지만 친구가 아닌 이성과 이야기하는 것은 너무나 생소한 언어를 사용하는 거나 마찬가지라는 사실을 서서히 알아가고 있다. 지금 내 앞에 있는 이 여자는 정말 자신이 말한 대로 나와 즐기려는 걸까?

물론 나도 여자들과 이야기할 때 사용할 수 있는 단어들을 가지고 있다. 섹스와 이성 관계에 관해 엄마와 내가 단어 그리드에 입력한 말들이다. 우리는 포옹과 키스 같은 말들로부터 더 심화된 주제로 향할 수밖에 없었다. 새로운 어휘를 제공하는 역할을 한 사람은 엄마였지만, 여느 이십대 남자와 마찬가지로 나도 성에 관심이 많았던 탓에 그런 단어들을 알고 싶어 한다는 사실을 알고 있었다. 흔히 나 같은 사람은 중성화되었을 거라고 생각하는 사람들이 많은데 그렇지 않다.

의식이 돌아온 초기에, 나는 주말마다 방영되던 프랑스 드라마가 방영되기를 기다리곤 했다. 여자들이 꽉 조여진 코르셋을 입고 있어서 봉긋 솟아오른 가슴을 볼 수 있었기 때문이다. 그들을 보면서 전에는 한 번도 경험해보지 못한 기분을 즐겼다. 성을 인식하면서 내가 완전히 죽은 게 아니라는 사실을 인지했다. 의사소통하는 법을 배운 이후 언젠가는 내 곁에 있고 싶어 하는 여자를 만나리라 기대하면서 그런 생각을 더 많이 하게 되었다.

"무엇부터 시작할까?"

나와 나란히 앉아 새로운 단어 그리드를 구축하면서 엄마가 결연한 목소리로 말했다.

"발기?"

적어도 이 단어는 엄마가 굳이 설명해줄 필요가 없었다. 다른 사람들과 마찬가지로 나도 경험했기 때문이다.

"질."

이 역시 설명이 필요 없었다. 나는 이 주제와 관련해서 거의 모든 단어를 주워들었던 터였다.

그러나 엄마의 목소리가 점점 커지는 바람에 나는 우리가 하는 소리를 데이비드가 들을까 두려웠다.

엄마가 외쳤다.

"오르가즘!"

"사정."

"정자."

엄마에게 그만하라고 손을 흔드는 나의 얼굴이 빨개져 있었다.

엄마가 말했다.

"아니야, 마틴! 넌 이 말들을 전부 알아야 해. 이건 중요해."

엄마가 성에 대한 어휘들을 진지하게 하나하나 나열하는 동안 마치 시간이 멈춘 것 같았다. 1초, 1초가 흐를 때마다 엄마가 이제 제발 그만했으면 하는 마음이 간절했다. 나도 모르는 사이에 별안간 모든 것을 알려주고야 말겠다는 엄마의 꺾이지 않는 욕망의 노예가 되지 않겠노라 발버둥이라도 치듯이. 결국 엄마가 이만하면 됐다고 판단하고 나서야 나는 이 그리드를 다른 그리드들 속에 깊숙이 숨겨달라고 부탁할 수 있었다.

그때는 이 그리드를 사용할 일이 별로 없을 거라고 생각했는데, 내 앞에 서 있는 여학생을 바라보자니 이걸 절대 사용하지 않으리란 사실을 확실히 알겠다. 내가 사용하는 단어들은 너무 차갑고 사무적이다. 여자들과 이야기를 나누려면 단어와 단어 사이의 빈틈을 이해해야 하고, 말보다 더 많은 의미가 있는 소리 없는 뉘앙스를 해석할 줄 알아야 한다. 하지만 나는 방법을 모른다. 아는 것이 없다. 이 여자는 내가 키스하기를 바라는 걸까? 만약 그렇다면 나는 무엇을 해야 할까? 그녀는 내가 자신에게 다가가기를 원할까, 아니면 자기가 키스할 때까지 내가 앉아서 기다리기를 원할까? 만약 그녀가 키스를 원한다면 어떻게 키스를 해야 할까? 나는 지금까지 누구와 키스해본 적이 없다. 머릿속의 질문들이 꼬리에 꼬리를 물다가 거의 용량 초과 상태에 도달한다. 과부하가 걸려서 컴퓨터가 다운되어버리듯이.

갑자기 그녀가 묻는다.

"염소자리와 천칭자리가 상극이라는 거 알아?"

나는 사실 그녀가 무슨 말을 하는지 잘 모르겠다. 화제를 딴 데로 돌려야겠다.

나는 알파벳 보드를 두드린다.

"전공이 뭐야?"

"경제학."

나는 경제학자들이 어떻게 생겼는지 잘 알지 못하지만 머리에 나비 날개를 달고 있을 것 같지는 않다. 내가 무슨 말을 해야 할지 몰라 침묵하고 있는 사이 그녀는 내 앞으로 지나가는 사람들에게 길을 비켜주느라 몸을 요리조리 움직인다.

그녀가 불쑥 말한다.

"내 친구들이랑 얘기 좀 하러 가야겠어. 안녕."

그녀는 휘청거리며 방을 가로질러 가고 나는 다시 혼자 남았다. 언젠가는 나도 이해하게 될까? 실내를 훑어보니, 함께 춤추고 재잘대며 상대방의 농담에 웃고 서로에게 기댄 남녀의 모습들이 눈에 들어온다. 어떤 커플은 키스를 하고 있고 또 어떤 남자는 여자의 어깨에 팔을 두르고 있다. 나는 과연 암호를 풀고 저들의 세계에 진입할 수 있을까?

"괜찮아?"

에리카다. 적어도 그녀와 함께 있으면 모든 게 단순해진다. 우리의 관계는 우정으로 엮인 친구일 뿐이라는 것을 서로 잘 알고 있으니 말이다. 에리카는 내 마음속에서 특별한 위치에 있다. 지난 3개월간 내게 이 세상의 여러 면모를 가르쳐준 사람이기 때문이다.

우리가 만나기 전에는 부모님이 나를 쇼핑센터에 데려가고 극장에 데려갔다. 나는 암흑 속에서 음악이 나오기 시작하고 마천루만 한 얼굴들이 스크린 위에 떠오르던 순간을 절대로 잊을 수 없다. 마치 꿈만 같았다. 그런데 주위 사람들은 어쩌면 그렇게 하나같이 무표정할 수가 있는지. 나는 그들의 얼굴에서 영상에 매료되거나 기쁨으로 충만한 감정 따위를 전혀 느낄 수가 없었다. 즐거움에 익숙해진 나머지 황홀감의 스위치를 꺼버릴 수도 있단 말인가?

에리카 곁에서 나는 내 또래 사람들이 살아가는 모습을 지켜볼 수 있었다. 맥도널드에서 햄버거를 먹는 재미를 느껴보았고, 쇼핑센터를 이리저리 휘젓고 다니며 오후를 보냈으며, 오븐에서 갓 구운 비스킷을 먹어보기도 했다. 우리는 식물원에도 가고 고아원을 방문하기도 했다. 그곳에서 사람의 따스한 손길 한번 느껴보지 못하고 죽을 수도 있었던 아기들을 안아주었다. 나도 그런 기분을 잘 안다.

　이 모든 것이 경이로운 일이었고 에리카도 내게 세상을 보여주기를 즐기는 듯했다. 그녀는 특별한 사람이다. 나의 가족과 나를 돌보아 준 사람들 이외에, 처음으로 질문 하나 던지지 않고 나의 신체 결함을 받아들인 사람이기 때문이다. 에리카와 있으면, 나의 신체장애는 나 자체가 아닌 나의 일부일 뿐임을 깨닫는다. 그녀는 나를 다른 친구들 대하듯 한다. 말 한마디, 눈길 한 번에서 조금이라도 내가 짐스러운 존재가 되고 있다는 기분이 들게 하는 법이 없었다. 내가 에리카의 집에 하루 묵었을 때에는 나를 화장실에 들였다 냈다 하고 내 옷까지 입혀줘야 했는데도 아무렇지도 않게 그렇게 했다. 억지로 베푸는 보살핌은 쉽게 티가 나기 마련인데 에리카에게서는 전혀 그런 느낌을 받지 못한다. 아마 그래서 에리카의 집에 가면 밤마다 나를 괴롭히는 악몽도 꾸지 않고 몇 시간이고 내리 단잠을 잘 수 있는 듯하다.

　에리카가 묻는다.

　"이제 나갈 준비 됐니?"

　우리는 데이비드, 이베트와 함께 파티장을 나와 에리카의 집을 향해 길을 건넌다. 그녀의 집으로 올라가는 층계참에 다다르자, 데이비드와 에리카가 나를 휠체어에서 일으켜 세우고 한 걸음 한 걸음 느릿느릿 층계를 오르도록 내 몸의 무게를 지탱해준다. 나는 누가 무엇을 했고, 어디서 누구와 있었다는 따위의 이야기를 미소 지으며 듣는다. 나도 친구들의 이야기를 전부 다 알아들을 수 있다면 좋겠다.

다 함께 그녀의 집으로 들어갈 때 에리카가 말한다.

"첫 파티인데 별로였다면 미안해. 음악이 정말 끔찍했어, 그치?"

그건 잘 모르겠지만 좀 불편한 파티이긴 했다.

헹크와 아리에타

남녀 간의 사랑은 언제나 호기심을 자극한다. 살아 있는 생명체처럼 왔다가 떠나기도 하며, 비밀스런 미소나 고뇌에 찬 대화에서 살며시 자신을 드러내기도 한다. 사랑이 마음을 사로잡는 이유는 내가 혼자라는 사실을 더욱 극명히 인식하게 되기 때문인지도 모르겠다.

　다시 의식이 돌아온 지 얼마 지나지 않아 나는 처음으로 사랑의 현장을 목격했다. 당시 아리에타라는 여자가 내가 지내던 돌봄시설에서 파트타임으로 근무하고 있었는데 그녀의 아들 헤르만도 그곳 학생이었다. 아리에타에게는 세 살 난 딸 엔야도 있었는데, 그날은 엔야도 우리와 함께 나의 아빠가 오기를 기다리고 있었다. 나는 아리에타의 남편 헹크가 곧 도착해 가족들을 집으로 데려갈 거라는 사실을 알고 있었다. 그가 오면 가슴이 떨릴 정도로 흥분했다. 그가 허리춤에 늘 차고 다니는 권총을 직접 볼 수 있었기 때문이었다. 헹크는 경찰관이었다. 그렇게 가까이서 진짜 권총을 두 눈으로 볼 수 있다니 아무리 보아도 실감이 나지 않았다.

헹크는 바닥에 깔린 매트에 누워 있는 나를 보곤 내가 집에 갈 때까지 아리에타가 남아 있어야 한다는 것을 알았다. 나는 그가 아리에타에게 키스를 한 다음, 늘 그렇듯 테이블 앞에 자리를 잡고 신문을 펼치는 모습을 지켜보았다. 헤르만과 엔야는 바깥 베란다에서 놀고 있었다. 아리에타가 아이들이 잘 놀고 있는지 보려고 햇빛 속으로 걸어 나갈 때, 나는 얇은 블라우스 천을 통해 드러나는 그녀의 가슴 윤곽을 보았다.

아내가 안으로 다시 들어오자 헹크가 아리에타에게 물었다.

"오늘 하루는 어땠어?"

그녀는 장난감을 정리하기 시작하면서 대답했다.

"긴 하루였어."

두 사람은 잠시 아무 말이 없었다.

아리에타가 무심한 어조로 말했다.

"가는 길에 슈퍼마켓에 좀 들러야겠어. 뭐 먹고 싶은 거 있어?"

헹크가 아리에타를 바라보더니 평소보다 좀 더 깊어진 음성으로 답했다.

"당신."

헹크 아저씨가 어떻게 아리에타를 먹을 수 있지? 나는 그의 말을 이해하지 못했다. 아리에타는 하던 일을 멈추고 부드러운 웃음을 띤 채 그를 바라보았다.

"그건 생각해봐야겠는걸."

헹크와 아리에타가 미소 지으며 서로를 바라보자, 한순간 시간이 멈춘 것만 같았다. 나는 새로운 세계를 보았음을 느꼈다. 나이를 먹어가면서 존재할지도 모른다고 생각한 어른들만의 비밀스런 세계였다. 나의 몸이 변하고 수년 동안 사용해온 의자가 서서히 작아짐과 동시에 규칙적으로 면도도 하게 되면서, 전에는 결코 알지 못했던 어른들 사이에서 벌어지는 일들을 흘끗 들여다보게 되었다. 궁금증이 마구 피어올랐다.

헹크와 아리에타의 음성에서 느껴지는 부드러움, 그리고 두 사람이 나누는 미소에는 비밀스러운 무언가가 있었다. 나는 잘 알 수 없었다. 하지만 헹크가 아내를 바라보고 그녀가 미소를 보낸 짧은 순간에 흐르던 색다른 공기는 감지할 수 있었다. 둘은 이내 서로 다른 곳을 바라보았고 그 순간은 그렇게 사라졌다.

헹크가 빈 방을 가리키며 아리에타에게 말했다.

"아이들에 대해서 얘기 좀 해봐."

헹크와 아리에타는 내가 알지 못하는 영역으로 들어갔던 순간만큼이나 빠르게 평소의 모습으로 돌아가 있었다.

"누구 말이야?"

"여기 아이들. 난 매일 여기 오는데도 정작 아이들에 대해서 아무것도 모르잖아."

아리에타는 헹크 곁에 앉더니 내가 무척이나 잘 아는 몇몇 아이들 이야기를 하기 시작했다. 로비, 아빠가 운전하던 차가 석탄 트럭과 충돌하는 사고로 다쳤고, 날마다 몇 시간씩 우는 아이. 케이티, 퇴행성 증후군을 안고 태어났고 먹는 것을 너무 좋아해서 아리에타가 '꼬마 먹보'라는 별명을 붙여준 아이. 제니퍼, 엄마가 임신 중 아팠기 때문에 달걀만 한 뇌를 가지고 태어났고, 매일 오후 아빠가 데리러 오면 기뻐서 비명을 지르는 아이. 엘모, 주리크, 탈보, 티앤, 도어시, 조지프, 재키, 나딘…… 저마다 나름의 사연이 있는 아이들. 그리고 시설에 왔다가 너무 빨리 가버리는 바람에 내가 미처 이름을 익히지 못했던 아이들. 그중에는 학습장애를 안고 태어났으며, 삼촌에게 강간을 당한 어린 여자아이도 있었다. 삼촌이란 자는 심지어 그애의 음부에 불을 놓는 잔혹한 짓까지 저질렀다.

헹크가 마침내 나를 가리키며 말했다.

"저 아이는?"

"마틴?"

"그래."

아리에타는 나에 대해 이야기했고, 헹크는 묵묵히 듣고 있었다.

그가 나를 바라보며 말했다.

"저 아이 얘기가 제일 슬프네."

"왜?"

"처음부터 저렇게 태어나진 않았으니까. 원래는 건강한 아이였는데, 저 아이 부모는 이유도 모른 채 자식이 아파하는 모습을 지켜보아야 했잖아. 나 같으면 견딜 수 있을지 모르겠다."

두 사람의 시선이 나를 향했고, 아리에타는 헹크의 어깨를 팔로 감싸며 말했다.

"견딜 수 있을지 없을지는 직접 겪어보지 않는 한 아무도 모르는 일이야."

영적 치료사

헹크와 아리에타의 은밀한 세계를 보고 나서 또다시 사랑의 세계를 엿보려고 사람들을 세심히 관찰했다. 하지만 그날은 매우 보기 드문 광경을 보았음을 깨달았다. 나는 그동안 알던 무엇과도 달랐던 이 세계를 다시금 들여다보고 싶었다. 오래 기다린 끝에 열아홉 살 무렵 다시 사랑의 모습과 조우할 수 있었다.

아빠는 처음 만난 사람과 회사 일을 마치고 점심 식사를 하게 되었다.

그가 물었다.

"아들은 좀 어떤가요?"

아빠가 놀라서 대답했다.

"어떤 아들 말입니까?"

그가 다시 말했다.

"죽어간다는 아들 말입니다."

아빠는 자신의 가족사에서 가장 내밀한 질문을 받자 불쾌했다. 하지만 질문을 한 사내는 어딘지 모르게 아빠의 관심을 끄는 데가 있었다. 그날 밤 나는 아빠가 엄마에게 하는 말을 들었다.

"그 사람이 마틴을 만나보고 싶어 해. 영적 치료사인데 자기가 마틴을 고칠 수 있을 것 같대."

엄마는 이미 오래전에 내 병이 주류 의학으로는 절대 풀리지 않는 미스터리라는 사실을 받아들였기 때문에 굳이 말릴 이유가 없었다. 그래서 몇 주 뒤 아빠는 교외의 어느 집으로 나를 데려갔다. 몸집이 작고 머리칼은 잿빛이며 수염을 기른 남자가 우리를 기다리고 있었다.

그는 이름이 데이브라고 했는데 한눈에 친절한 사람임을 알아볼 수 있었다. 나를 바라보는 눈에 광채가 가득했다. 나는 휠체어에서 들려 침대에 눕혀졌다. 데이브는 완전한 침묵 속에서 눈을 감고 내 가슴에서 몇 센티미터 위쪽에 두 손을 얹었다. 마른 골격의 윤곽을 따라, 하지만 골격에는 손을 대지 않은 채 두 손을 위아래로 움직이기 시작했다. 나는 열의 파동으로 피부가 따끔거리는 느낌이 들었다.

마침내 데이브가 아빠에게 말했다.

"아드님은 지금 몸의 기운이 파괴된 상태입니다. 매우 드물지만 뭔가 정신적인 충격을 받았을 때 일어나는 일이죠."

데이브는 다시 침묵하더니 그후 한 시간 동안 아빠에게 단 한마디만 했다. 위가 있는 부위에서 통증을 느끼는 것으로 보아 위에 문제가있는 듯하다고 말했다. 나는 의사들도 밝혀내지 못하는 것을 이 사람이 어떻게 알 수 있을까 하는 생각이 들어 좀 두려워졌다. 하지만 다시침묵에 빠진 데이브는 아무 말 없이 하던 일을 계속했다.

마침내 데이브가 하던 일을 마치자 아빠가 말했다.

"사례비를 드릴까요?"

그가 대답했다.

"아니요."

그후로 데이브는 일주일에 한 번씩 3년간이나 나를 치료했지만부모님에게 동전 하나 요구하는 법이 없었다. 데이브는 마치 행동해야만 한다는 강력한 믿음에 따라 어떤 사명을 수행하는 사람 같았다.

매번 데이브는 완전히 집중한 표정으로 내 몸에 있다고 믿는 자가 치료 에너지를 끄집어내려고 애썼다. 내 몸의 바로 위에서 두 손을움직이며, 병으로 손상되었다는 내 몸의 기운을 어루만졌다. 그는 움직임 없는 평온하고 이완된 얼굴로, 늘 두 눈을 꼭 감은 채 오직 나를치료하는 데 집중했다. 그러다 시술이 끝나면 다시 여느 때처럼 생기넘치는 사람으로 돌아오는 것이었다.

몇 개월이 몇 년이 되는 동안 사람들이 보기에 내 상태는 별달리호전된 바가 없었다. 하지만 데이브의 믿음은 전혀 수그러들지 않았다. 그는 매주 나를 만나 가장 평화롭고도 무언가에 집중하는 얼굴로 고개를 숙이고 내 몸 위로 두 손을 맞대었다.

나는 데이브를 만나는 날을 점점 더 기다리게 되었다. 시간이 갈수록 그는 많은 이야기를 해주고, 나와 웃고 떠들었으며, 언젠가 어린이를 위한 책에 써넣어도 좋을 법한 동물 이야기를 들려주었기 때문이다. 그는 내가 침대에 누워 시술을 받는 동안 마음을 달래주려고 미소 지으며 그런 이야기들을 농담처럼 풀어내곤 했다.

내가 데이브를 처음 만난 지 2년쯤 후에 그는 동료 치료사인 잉그리드와 결혼했다. 때로 데이브와 잉그리드가 함께 시술을 해주었다. 어느 날 아침, 내가 누워서 그들을 올려다보고 있을 때 그들은 불현듯 하던 일을 멈추고 서로를 바라보았다. 헹크와 아리에타가 서로를 바라볼 때와 같은 분위기였다. 데이브와 잉그리드는 딱히 하던 일을 멈출 이유도 없었고, 그럴 조짐도 없었다. 그러나 마치 공이 바닥으로 떨어지기 전에 공중에서 오래도록 머무는 순간처럼, 시간이 느리게 흘렀다. 서로의 눈동자를 응시한 데이브와 잉그리드 사이에는 찌릿 하는 감정의 흐름이 있었고 곧 두 사람은 서로에게 몸을 기울여 키스했다.

"사랑해."

두 사람은 속삭이며 미소 지었다.

나는 다시 마주한 이 비밀스러운 세계를 이해할 수 있기를 바랐다. 하지만 두 사람 사이에서 무슨 일이 일어났는지 알 수 없었다. 마치 뭔가를 새로이 존재하게 만드는 연금술처럼 낯설고도 풀리지 않는 수수께끼 같았다. 비록 그때만 목격했을 뿐이지만 데이브와 잉그리드는 늘 서로 사랑했음을 나는 시간이 지나서야 깨달았다.

그로부터 6개월쯤 지난 어느 주말, 아빠와 나는 데이브의 집으로 진입하는 길에 못 보던 차가 서 있는 것을 보았다. 메르세데스 벤츠였다.

아빠가 나를 차에서 내려주며 웃음 띤 얼굴로 물었다.

"뭐 좋은 일이라도 생겼소, 데이브?"

데이브가 대꾸했다.

"아, 그건 내 상사의 차예요. 자기 아내와 주말에 어딜 다녀온다기에 공항까지 태워다 드렸고 내일 다시 모시러 가야 한답니다."

데이브와 아빠는 내 휠체어를 안으로 밀면서 해외 뉴스를 이야기하기 시작했다.

데이브가 아빠에게 물었다.

"텔레비전 영상 봤어요? 정말 놀랍더군요."

나는 두 사람이 무슨 이야기를 하는지 알 수 있었다. 다이애나 왕세자비가 자동차 사고로 세상을 뜬 뒤 추모의 물결이 남아프리카공화국의 텔레비전 화면을 온통 수놓고 있었다. 나는 영국 궁전 정원에 높다랗게 쌓인 헌화들을 떠올리며, 많은 이들의 삶에 영감을 준 한 여인에 대한 사람들의 뜨거운 애정을 생각했다.

시술을 마치고 나서, 데이브는 다음 주에 다시 보자는 말과 함께 작별 인사를 했다. 하지만 이틀 후, 킴이 돌봄시설로 나를 데리러 왔고 부모님이 집에서 기다리고 있었다. 나는 뭔가 안 좋은 일이 벌어졌음을 직감했다.

아빠는 황급히 차에서 나를 내리는 킴을 거들며 말했다.

"데이브가 죽었어."

나는 부모님이 킴에게 해주는 이야기를 들으며 가슴이 죄어오는 듯했다. 전날 밤, 데이브와 잉그리드는 약속한 대로 데이브의 상사와 아내를 데리러 공항으로 가기 위해 메르세데스 벤츠에 올라탔다. 그러나 대문을 나서자 갑자기 괴한들이 차 앞쪽으로 뛰어올랐다. 헤드라이트 불빛 속에서 두 사람은 괴한들이 총을 가지고 있는 것을 보았다.

강도들은 부부에게 귀금속을 요구했다. 데이브는 괴한들을 설득할 수 있기를 바라는 마음으로 시계와 결혼반지를 순순히 내어주었다. 그러나 아무런 경고도 없이 괴한 중 한 명이 별안간 권총을 쐈고, 그중 한 발이 데이브의 이마를 관통했다. 데이브는 헬기로 병원에 이송된 지 몇 시간 만에 끝내 숨을 거두었고 괴한들은 붙잡히지 않았다.

엄마가 슬픈 목소리로 말했다.

"정말 끔찍해. 어떻게 그런 짓을 할 수가 있어? 데이브처럼 선량한 사람한테."

나는 비보를 들으며 숨이 막혀왔다. 데이브의 삶이 그토록 잔혹하게 끝나버렸다니 믿을 수가 없었다. 삶에 미련이 없다고 생각한 나는 목숨을 부지하는 반면 자신의 삶을 너무도 사랑한 데이브는 생명을 잃게 되는 현실이 정말 부조리하다는 생각이 들었다. 나는 잉그리드와, 한 발의 총알로 꺼져버린 그들의 사랑을 떠올렸다. 그때까지도 잉그리드와 데이브 사이에서 일어난 감정의 교류를 완전히 이해하지는 못했지만 남편을 잃은 그녀의 슬픔이 감당할 수 없이 클 것이라는 사실만은 본능적으로 느낄 수 있었다.

감옥에서 탈출하다

의사소통하는 법을 배우는 것은, 길을 걷다가 강을 건너려 하는데 마침 다리가 물에 떠내려갔음을 발견하는 일과 같다. 나의 그리드에는 수천 개의 단어가 수록돼 있지만 관념적으로만 알고 있는 단어가 많다. 또 아직 수록하지 못한 말들이 수두룩하다. 설령 필요한 단어를 가지고 있다 해도, 이를 생각해내고 기호로 바꾸거나 감각적으로 인지하여 스크린에 옮기는 것은 또 다른 일이다. 말하는 것은 단어 나열보다 훨씬 더 고차원의 일이라서 말의 흐름과 리듬과 장단을 터득하기란 거의 불가능한 일이라는 생각이 든다.

아내와 결혼기념일을 맞아 식사를 마친 후 웨이터가 가져온 계산서를 보고 눈썹을 추켜올린 남자가 있다고 하자.

그는 계산서를 보며 이렇게 말한다.

"농담이시겠지!"

남자의 아내라면 억양과 표정만으로 비용이 많이 청구됐다고 화를 내는 중인지 아니면 아내를 위해서라면 얼마든지 쓸 용의가 있다는 애정 어린 말장난인지 금세 알 수 있을 것이다. 하지만 나는 화난 투로 내뱉을 수도, 행복에 겨워 비명처럼 내지를 수도 없다. 내 말은 감정에 북받쳐 떨리지도, 마지막에 터질 웃음을 기대하며 고조되지도, 분노로 위험스럽게 가라앉지도 않는다. 나는 모든 말을 시종일관 또박또박 전자음으로 발화한다.

말 다음에는 공백이 찾아온다. 예전에는 내가 할 말을 속으로 상상하거나 머릿속으로 끝없이 대화를 나누며 몇 시간씩 보냈다. 하지만 정작 말을 할 수 있게 되니, 생각과 달리 내가 하고 싶은 말을 할 기회가 자유로이 주어지진 않았다. 나와 나누는 대화는 느리고 시간이 많이 걸리기 때문에 비상한 인내심이 필요하다. 내가 컴퓨터에 기호를 입력하거나 알파벳 보드에 나타난 문자들을 가리키는 동안 잠자코 기다려야 한다. 사람들은 침묵을 잘 견디지 못하기 때문에 나에게 말 붙이기를 꺼리게 된다.

이제 6개월째 직장에서 근무하는 나에게는 친구들과 동료들이 있다. 세상에 나가면 낯선 사람들도 만난다. 나는 그들 모두와 상호작용을 한다. 그러면서 사람들의 음성이 물 흐르듯 주기적으로 이어지고, 말하는 도중에 한 문장에서 다른 문장으로 매끄럽게 연결된다는 점을 알게 되었다. 하지만 나는 리듬을 끊고 말을 해야 하니 그 흐름을 깨곤 한다. 사람들은 나를 바라보면서 내가 하는 말을 들어주려고 의식적으로 노력을 기울여야 한다. 중간중간 끼어들지 못하는 나를 위해 공백도 마련해주어야 한다. 많은 사람들이 내가 컴퓨터에 말을 입력하는 동안 생기는 침묵의 시간을 거북해한다. 이해한다. 우리는 언제나 소리가 들리는 세상에 사는 데 익숙하니까. 우리는 텔레비전, 라디오, 전화, 또는 자동차 경적 소리에 고요할 틈이 없고, 그런 소리가 없으면 의미 없는 잡담이라도 나눈다. 그러나 나와 대화할 경우에는 말이 반, 침묵이 반이다. 나는 모든 말을 매우 신중하게 선택하기 때문에 상대방이 내 말을 듣고 있는지 그렇지 않은지 정확히 인지한다.

나는 예전의 생각처럼 수다쟁이가 될 체질은 아닌 듯하다.

가족들이 저녁을 먹으며 이야기를 할 때, 나는 종종 조용히 듣고 있다. 동료들이 주말에 한 일을 이야기할 때, 대화에 참여하지 않는 경우가 꽤 있다. 사람들이 의도적으로 나를 불친절하게 대한 것은 아니다. 그저 말을 잠시 멈추고 내게 말할 시간을 줄 생각을 못했을 뿐이다. 사람들은 내가 같은 공간에 있으니 당연히 대화에 참여하고 있다고 생각하지만 실은 그렇지 않다. 내가 말하기 가장 좋은 시간은 내가할 말을 선수 쳐서 할 정도로 나를 잘 아는 사람과 이야기할 때이다.

에리카는 내가 '여'와 'ㅇ'만 가리켜도 이렇게 묻는다.

"영화 보러 가고 싶어?"

내가 지나가는 여자를 보고 미소 지으면 이렇게 묻는다.

"저애 귀여워 보여?"

내가 노트북에서 음료수 그리드를 선택하기만 해도 에리카는 바로 이렇게 묻는다.

"물 줄까?"

나는 그런 에리카가 마음에 든다. 여느 사람들처럼 나도 지름길을 좋아하기 때문이다. 나의 삶은 집 밖으로 한번 나가려면 기저귀, 물병, 빨대, 햇빛 차단용 모자를 챙겨야 하는 덩치 큰 아기의 삶처럼 느리게 흘러왔다. 그래서 나를 잘 아는 사람들이 조금이라도 속도를 단축할 수 있게 도와주는 것을 매우 반긴다. 나를 잘 모르는 사람들은 말하는 도중에 끼어들면 내가 불쾌해하지 않을까 염려하는 것 같다. 그런 이들에게 내가 빠르고 활력 있게 주고받는 대화를 얼마나 즐기는지 알려주고 싶을 따름이다.

남들의 눈에 나는 유머 감각이 전혀 없는 사람으로 비치겠지. 코미디는 타이밍, 빠른 전개, 그리고 활모양으로 눈썹을 휘는 얼굴짓이 생명이다. 그런데 나는 '활모양으로 눈썹을 휘는 얼굴짓'이라면 몰라도 나머지 두 가지는 도저히 따라갈 수 없다. 사람들은 어지간히 나와 친해지고 나서야 비로소 내가 농담하기를 좋아한다는 사실을, 내가 조용히 있는 모습을 진지한 태도로 오인해서 안 된다는 사실을 알게 된다. 의사소통을 할 수 없던 오랜 세월 동안 그랬던 것처럼, 아직도 나 자신이 다른 이들의 판단으로 빚어진 인물로 여겨질 때가 있다. 나는 여러 면에서 지금도 백지 상태이고 사람들은 백지 위에 저마다 시나리오를 쓴다.

"참 자상하군요."

사람들이 자주 하는 말이다.

"성격이 어쩜 그렇게 점잖아요!"

사람들은 또 이렇게도 말한다.

"정말 친절한 분이세요."

나의 동맥을 타고 흐르는 극심한 좌절감, 마음을 갉아먹는 불안감, 그리고 강렬한 성적 욕구를 안다면 과연 그런 말을 할까. 나는 파르르 떨며 화를 내거나 불평불만을 늘어놓는 식으로 무의식 중에 내 감정을 드러낼 일이 없다는 점에서 운이 좋다. 그래서 다른 사람들이 생각하기 좋아하는 이미지로 존재한다는 느낌이 들 때가 있다.

어떤 사람들은 내가 가족이나 친구와 대화하고 있을 때 우리를 몰래 훔쳐본다. 남을 쳐다봄으로써 내면의 관음증을 표출하는 것은 비단 아이들만의 행동이 아니다. 어른들은 아이들보다 좀 더 눈에 덜 띄게 할 수 있을 뿐이다. 나는 몸에서 가장 변덕스러운 부위 중 하나일 두 손으로 알파벳 보드에 단어를 써내려갈 때 남의 시선을 종종 느낀다. 왼손은 매우 불안정하기 때문에, 알파벳 보드로 글자를 가리키거나 컴퓨터 스위치를 작동시킬 때면 좀 더 나은 오른손을 사용한다. 그러나 머그잔 같은 물체를 꽉 잡고 있을 수가 없다. 손으로 쉽게 집어 먹을 수 있는 음식을 입 쪽으로 집어들 수는 있지만 포크 같은 물체를 잡을 수는 없다. 경련하듯 손을 떨다가 포크에 찔릴 위험이 많기 때문이다. 그래도 알파벳 보드를 사용하는 속도만은 점점 빨라지고 있어 사람들이 어깨 너머로 내 말을 들여다보기가 점점 어려워지고 있다.

"이 아이의 손이 나한테는 너무 빠르답니다!"

슈퍼마켓에서 줄을 선 채 엄마와 내가 나누는 대화를 지켜보던 한 남자에게 엄마가 웃으며 말했다.

엄마가 말을 걸자, 남자는 엄마가 왜 쳐다보냐고 따져 물을까 봐 당황하는 기색이었다. 그러나 이제 엄마도 나도 남들이 우리의 말을 듣는 데 익숙해져서 별로 신경을 쓰지 않는다. 의사소통에서 이러한 어려움이 있기는 하지만, 아무리 그래도 나는 말을 할 기회를 얻었다는 사실을 매우 소중하게 여긴다. 이런 기회가 주어지지 않았다면 지금의 나도 없었을 것이다. 나의 재활은 많은 사람들—버나, 부모님, 의사소통센터의 전문가들—의 공동 작품이다. 그들의 도움이 없었다면 결코 지금처럼 말할 수 없었을 테니 말이다. 다른 이들은 나처럼 운이 좋지 못하다.

엄마와 나의 대화를 듣던 남자와 마주쳤던 슈퍼마켓에서 최근 우리는 휠체어를 탄 중년 부인을 보았다. 엄마는 오십대쯤으로 보이는 중년 부인과 간병인에게 말을 걸기 시작했다. 중년 부인은 손짓을 하거나 물건을 가리키고 있었지만 엄마는 무슨 이유에선지 그녀가 중풍을 앓은 후 말을 하지 못하게 되었음을 알았다.

엄마는 그녀에게 나의 알파벳 보드를 보여주기 전에 물었다.

"혹시 가족들이 부인과 다시 의사소통할 수 있는 방법이 많다는 사실을 알고 계신가요? 방법은 정말 많지만 직접 찾으셔야 한답니다."

간병인은 부인에게 성인인 딸이 하나 있다고 말했다. 엄마는 의사소통이 가능한 방법들에 관해 알려준 사람을 만났노라고 부인의 딸에게 전해달라고 부탁했다.

엄마는 부인에게 말했다.

"따님과 다시 말하지 못할 이유가 없어요. 부인에게 가장 잘 맞는 방법이 무엇인지만 찾으시면 돼요."

그러나 이후에 다시 만났을 때, 간병인은 우리의 말을 전했지만 딸이 아무런 행동도 취하지 않았다고 말했다.

엄마가 말했다.

"그럼 저한테 따님 전화번호 좀 알려주시겠어요? 희망을 버리거나 의사들이 하는 말만 들어서는 안 된다고 따님께 기꺼이 말씀드리고 싶어서요."

간병인이 종이에 전화번호를 적는 사이, 나는 맞은편에서 휠체어를 타고 있는 부인을 바라보았다.

나는 알파벳 보드에 이렇게 썼고, 그녀는 한동안 나를 응시했다.

"G-O-O-D-L-U-C-K."

며칠 후 엄마는 부인의 딸과 통화를 했다.

"내 말을 별로 듣고 싶어 하지 않더라. 관심이 없는 것 같았어."

우리는 더 이상 그 이야기를 하지 않았다. 엄마와 나는 부인이 자신의 몸이라는 굴레에서 결코 벗어나지 못하리라는 사실을 알고 있었다. 그럴 기회가 없을 테니까. 부인은 굴레에서 벗어나도록 도와줄 이가 아무도 없기 때문에 평생을 침묵 속에 살 것이다.

　그후 나는 이따금씩 중년 부인을 생각한다. 어떻게 지내는지 궁금하다. 그럴 때마다 마지막으로 슈퍼마켓에서 보았을 때 나를 바라보던 그녀의 눈이 떠오른다. 두려움으로 가득하던 눈. 이제는 이유를 알 것 같다.

강연

내가 이곳에 있다니 믿기지 않는다. 지금은 2003년 11월이고, 나는 방금 전 우리를 소개한 동료 무니안과 함께 커다란 강연장의 연단에 서 있다. 350명이 넘는 사람들이 나의 강연을 기다리고 있다. 이제 근무를 한 지 4개월에 접어든 내가 의료 종사자들의 컨퍼런스에서 개회사를 하게 된 것이다.

처음에는 무니안이 AAC를 간략히 소개했고 이제 내가 말할 차례다. 버튼만 누르면 내 노트북과 연결된 음향 시스템을 통해 완벽한 남자의 음성이 흘러나올 텐데도, 과연 내가 잘할 수 있을지 모르겠다. 손이 너무 떨려서 제어가 될지 걱정이다.

어쩌다 보니 최근 몇 개월 사이 나는 대중 연설가가 되어버렸다.

내 이야기가 신문에 실리기도 했다. 학교나 커뮤니티 센터의 강연장을 가득 메운 사람들이 내 이야기를 들으려 한다는 사실이 믿기지 않는다. 오늘도 이렇게 많은 사람들이 여기 온 이유를 잘 모르겠다. 에리카가 함께 와서 미소를 지어줬다면 좋았을 텐데. 그녀는 미국으로 돌아갔다. 지금 같은 때가 에리카가 가장 그리운 순간이다. 너무나 소중했던 에리카와의 우정은 이제 이메일로 나눌 수밖에 없고 그녀가 나를 세상으로 인도해준 문도 닫혀버렸다.

엄마와 함께 이곳에 도착해서 어느 때보다도 많은 요리로 가득한 식탁에 앉아 점심을 대접받을 때, 오늘 강연이 얼마나 커다란 행사인지 좀 더 잘 알았어야 했다. 음식이 너무 많아서 먹고 싶은 것을 고르기가 벅찼다. 강연장에 들어찬 청중들을 둘러보는 지금, 후식으로 먹은 토피 푸딩 때문인지 속이 더부룩하다.

무니안이 웃음 짓고 속삭인다.

"이제 나가면 될 것 같아요."

나는 새로 장만한 전동 휠체어의 작은 레버를 당기고 무대 중앙으로 나간다. 앨런트 교수가 말했던 대로 전동 휠체어 덕분에 나는 더 자유롭게, 남의 도움에 덜 의지하며 생활할 수 있었다. 스물여덟 살 생일을 한 달 앞두고, 마침내 처음으로 내가 원하는 때에 가고 싶은 곳으로 갈 수 있게 되었다. 이제 텔레비전 시청이 지루해서 방에서 나가고 싶으면 그렇게 할 수 있다. 어릴 적부터 지금까지 우리 가족이 살아온 집 주변 거리를 구경하고 싶으면 그것도 할 수 있다.

나는 부모님이 이 휠체어를 사줄 만큼 형편이 넉넉지 않다는 것을 알았다. 그래서 무언가를 가질 수 있는 방법에 대한 의견을 교환하는 웹사이트에 공개 편지를 작성했다가 이 휠체어를 얻게 되었다. 지난 몇 개월간 여러 인터넷 그룹에 가입하고 AAC 커뮤니티에서 많은 사람을 만남으로써 영국과 호주 등에 있는 친구들을 사귀었다. 세계 여러 나라에 친구가 있으면, 익숙하진 않지만 왠지 안심이 된다. 컴퓨터를 통해 사람들을 사귀면 해방감을 얻는다. 나는 세상을 탐험하고, 거기서 내가 만나는 사람들은 휠체어를 보지 않는다. 그저 나를 알 뿐이다.

하지만 인터넷의 힘이 이렇게까지 강력할 줄은 몰랐다. 남아프리카공화국의 우리 동네와 멀지 않은 마을에 친척이 산다는 어느 캐나다 사람이 내 공개 편지를 보게 되었다. 그는 자신의 원탁회의 그룹에서 자선모금한 돈으로 내게 새 휠체어를 사주고 싶다며 연락을 해왔다. 내 주변 사람들이 어떻게 느끼는지는 몰라도 나는 이 휠체어를 갖게 되어 이루 말할 수 없을 만큼 감격스러웠다.

처음으로 움직임을 스스로 제어해보니 걸음마를 배우는 아기가 된 것처럼 신이 났다. 나는 새롭게 발견한 자유로움을 만끽하다가 문에 부딪히고 보도에서 떨어졌으며 무방비 상태로 길을 가던 행인의 발가락 위로 지나가기도 했다.

나는 다른 면에서도 더욱 독립적으로 바뀌었다. 우선 재활치료사인 동료 키티가 세세한 부분까지 함께 챙겨주는 덕분에 업무가 훨씬 수월해졌다. 사무실 출입문에 새로운 문고리가 생겨서 남의 도움 없이 혼자서 문도 열 수 있게 되었다. 또한 근육을 강화하고 손의 떨림을 완화하려고 얼마 전부터 팔목에 추를 달고 지내기 시작했다. 요구르트 마시기에도 적응해나가고 있다. 점심시간에 아무도 내게 음식을 먹여줄 필요가 없어진다는 뜻이다. 남을 귀찮게 하지 않으려고, 누군가 먼저 권하지 않는 한 커피나 차를 청하지 않으려고 조심한다. 게다가 의상도 셔츠와 타이를 착용하고 있다. 곧 슈트도 갖게 되기를 기대한다.

정말 많은 면에서 삶이 변화하고 있지만, 무엇도 이런 일보다 두렵지는 않을 것이다. 나는 다시 청중들을 둘러보고 심호흡을 한다. 손이 떨리고 있지만 노트북을 잘 제어해야 한다. 고개를 천천히 왼쪽으로 돌리면서 헤드마우스에서 나오는 적외선을 스크린에 비추고 스위치 하나를 클릭한다.

컴퓨터 음성이 흘러나온다.

"잠시 모든 행동을 멈추고 목소리 혹은 의사소통 수단이 아무것도 없다고 상상해보시기 바랍니다. 여러분은 결코 '소금 좀 주세요'라고 말할 수 없고, '당신을 사랑합니다'와 같이 중요한 말도 할 수 없습니다. 불편하다거나, 춥다거나, 아프다는 말도 할 수 없습니다.

제게 일어난 일을 처음 알게 되었을 때, 저는 한동안 좌절감에 빠져 자신을 물어뜯곤 했습니다. 그러다 자포자기하게 되었죠. 완전히 수동적인 사람이 되었습니다."

말을 하는 사이사이 여백을 두도록 프로그래밍했는데 애초 생각대로 청중들에게 내 말을 잘 이해시키는 효과를 내주었으면 좋겠다. 멈추었다가, 높아졌다가, 낮아졌다가 하는 목소리에 익숙한 사람이 기계음으로 된 말을 듣기란 어렵다. 하지만 지금으로선 더 이상 할 수 있는 일이 없다. 버나와 나의 만남, 검사, 의사소통 기구를 찾는 과정, 그리고 블랙박스 구매를 취소한 얘기들을 하는 동안 장내는 고요하다. 나는 다시 수개월간에 걸친 컴퓨터 소프트웨어 탐색 활동과 내 할아버지 지디가 돌아가시면서 부모님에게 남긴 돈으로 의사소통 장비들을 살 수 있었던 일, 의사소통 방법을 익히며 했던 작업 등에 대해 이야기한다.

"2001년에 저는 신체적, 정신적으로 극심한 장애를 안고 돌봄시설에 있었습니다. 18개월 전에는 컴퓨터를 전혀 몰랐고, 완전히 문맹이었으며, 친구가 하나도 없었습니다. 그런데 지금은 열 가지 정도 소프트웨어 프로그램을 운용할 수 있고, 읽고 쓰는 법을 배웠으며, 두 군데의 직장에서 좋은 친구들과 동료들을 사귀었습니다."

나는 앞에 있는 얼굴들을 바라본다. 나의 경험이 사람들에게 잘 전달되고 있는지 궁금하다. 말에도 한계가 있을까? 이해하기 쉽지 않은 영역에서 일어나는 일도 말의 힘으로 이해할 수 있을까? 확신할 수 없다. 그러나 사람들이 듣고 싶어 한다면 조금이나마 그들이 이해할 수 있도록 도움을 주고 싶다. 수백 개의 눈동자가 나를 바라보고 있다. 나의 컴퓨터가 계속해서 말을 내보내는 사이 가슴이 두근거린다.

나는 말한다.

"저의 삶은 극적으로 바뀌었지만 지금도 삶에 적응하는 법을 배우고 있습니다. 사람들이 제게 똑똑하다고 말해주긴 하지만 실제로 그런 사람이 되려고 하루하루 분투하고 있습니다. 여러 가지 힘든 일을 할 수 있을 정도로 상태가 호전됐는데 이는 사람들이 저를 믿어주었기에 일어난 기적입니다."

주뼛거리며 장내를 둘러보았는데 꼼지락거리거나 하품을 하는 사람이 하나도 없다. 모든 사람이 미동도 없이 내 이야기를 듣고 있다.

나는 말했다.

"의사소통은 우리를 인간으로 존재하게 하는 조건 중 하나입니다. 저는 의사소통의 기회가 주어진 것을 영광스럽게 생각합니다."

마침내 나는 입을 다문다. 강연이 끝났다. 모르는 사람들로 가득한 이 강연장에서 하고 싶은 말을 전부 했다. 잠시 침묵이 흐른다. 나는 무엇을 해야 할지 몰라 청중들을 바라본다. 그때 박수 소리가 들린다. 처음에는 부드럽게 시작된 박수 소리가 점점 더 커지더니 하나둘 자리에서 일어나는 사람이 보인다. 한 사람, 또 한 사람, 청중들이 일어서고 있다. 나는 무대 한가운데에 앉은 채 눈앞의 얼굴들을 바라본다. 사람들은 웃으며 박수를 치고 있다. 박수 소리가 커지고 또 커지더니 너무 커져서 나를 삼켜버릴 것만 같다. 나는 괜스레 발을 내려다본다. 지금 보고 듣고 있는 광경을 감히 믿기 힘들다. 그제야 나는 휠체어 레버를 당겨 무대 한켠으로 이동한다.

"피스토리우스 씨?"

청중의 일부인 청각장애인들을 위해 나의 이야기를 수화로 통역한 여성이 내 앞에 서 있다가 말했다.

"당신이 영감을 주는 사람이라는 말을 하고 싶어서요. 당신은 정말 비범한 사람이에요. 그런 일을 겪고도 그렇게 긍정적인 생각을 하며 살다니 우리 모두에게 귀감이 됩니다."

목소리에서 벅찬 감정이 묻어난다. 그녀의 얼굴에도 그런 감정이 또렷하게 새겨져 있다.

그녀가 말했다.

"우리에게 당신의 이야기를 들려주셔서 감사합니다. 오늘 이 자리에 있어서 정말 뿌듯해요."

그녀의 말에 대답하기도 전에 또 다른 사람이 다가와 축하 인사를 건네고 다시 또 다른 사람, 그리고 또 다른 사람이 내게로 온다. 수많은 얼굴들이 미소 지으며 나를 바라보고 있다.

"정말 굉장했어요!"

"정말 감명받았어요!"

"당신의 이야기는 놀라움 그 자체예요."

뭐라 말해야 할지 모르겠다. 너무 놀라고 얼떨떨해하는 내게 무니안이 안심시키듯 미소를 보낸다. 나는 사람들이 왜 이런 반응을 보이는지 잘 모른다. 그러나 사람들이 이런 말을 건네자, 최근에 장애 아동 학교에서 강연을 한 뒤에 만났던 한 어머니가 떠오른다.

그녀는 나중에 이렇게 말했다.

"내 아들이 이곳 학생인데 그애가 마틴처럼 자라준다면 정말 자랑스러울 거예요."

그때는 무슨 뜻인지 잘 몰랐지만 이제 조금은 알 것 같다. 등 뒤에서 울리는 박수 소리와 함께 축하 인사를 받으며, 나는 이런 소음과 분주함 속에서 사람들이 죽었다 살아난 소년의 이야기를 듣고 싶어 한다는 사실을 실감한다. 이 이야기는 사람들을 놀라게 한다. 물론 나 자신까지도.

새로운 세계

삶은 나와 끊임없이 충돌한다. 새로운 경험을 할 때마다 나는 경이로움에 두 눈을 크게 뜬다. 앵무새 깃털처럼 밝은 색으로 염색한 머리카락 한 가닥을 머리 한가운데에 늘어뜨린 남자를 보았을 때도, 입안에서 사르르 녹는 솜사탕이라고 불리는 설탕 구름을 맛보았을 때도, 가족들의 크리스마스 선물을 사려고 난생 처음 쇼핑하면서 가슴이 따스해지는 기쁨을 느꼈을 때도, 연한 빨강과 파랑 색조로 화장을 한 짧은 치마를 입은 여자들을 보고 깜짝 놀랐을 때도, 매번 그랬다. 세상에는 내가 알아야 할 것들 천지라서 나는 구할 수 있는 모든 지식을 얻으려 조급해하고, 안달하고, 늘 정보에 굶주려 있다.

2004년 1월, 강연을 한 지 몇 개월이 지났을 즈음 나는 일주일에

4일씩 일하기 시작했다. 이틀은 의사소통센터에서, 또 이틀은 건강증진센터에서 근무한다. 나는 소식지 편집부터 컴퓨터 네트워크 보수 유지, 그리고 다른 AAC 시스템 사용자들을 만나는 일까지 다양한 일을 하고 있다. 나아가 웹사이트를 구축하는 방법도 배웠고, 대학에 지원해 보라는 앨런트 교수의 독려에 힘입어 대학 입학 허가까지 받았다.

나는 학교를 다닌 기억 자체가 없고, 아직 독해 능력이 충분하지 않아서 교재도 구술시켜 테이프에 저장해 들어야 한다. 하지만 함께 공부할 학생들은 대학원생들이고 교사들도 많다. 나는 고등학교를 졸업하지 않았기 때문에 정규 학위를 따지는 못해도 해당 과정을 모두 마친다면 교육학 수료증을 부여받는다. AAC 교육의 이론과 실제에 관한 과정이다. 수업에 따라가려면 쉬는 시간을 쪼개어 공부에 매달려야 한다.

마침내 나는 머지않아 독립할 꿈을 꾸고 있다. 일과 공부는 더 나은 직장, 더 많은 수입, 나아가 언젠가 내 집을 장만할 기반이 될 것이다. 나는 원하는 것을 이루기 위해 최선을 다해야 한다.

"네 모습을 좀 봐."

컨퍼런스에서 서로를 보았을 때 브라이엔이 웃으며 말을 건넸다. 아프리카 전역의 AAC 시스템 사용자들과 전 세계에서 온 전문가들이 모이는 컨퍼런스였다. 나는 브라이엔과 마찬가지로 연사 중 한 사람이었다.

그녀가 말했다.

"처음 만났을 때 너는 겁먹은 얼굴을 하고 있었지. 그런데 이제는 아예 호령을 할 것 같아!"

자기 스스로 변화를 깨닫기는 힘든 법이다. 브라이엔의 워크숍에 두 번째로 참석하기 전까지 나는 어떤 사람으로 변화하고 있는지 인식하지 못했다. 브라이엔은 참석한 사람들에게 자기 꿈을 그림으로 그려보라고 말했다. 컨퍼런스에서는 버나가 나를 도와주고 있었다. 내가 꾸는 꿈들에 대해서 들려주자, 버나가 쥔 연필이 백지 위에서 스르륵 움직였다. 힘차고도 밝은 필치로, 버나는 나의 바람을 종이에 옮겼다. 나는 둥그렇게 말뚝 울타리가 둘려 있고 꼬리를 흔드는 개 한 마리가 마당에서 노는 집을 보았다. 이것이 내가 원하는 인생이다. 독립한 나의 인생을 생각할 때면, 하늘을 나는 기분이 들었다.

컨퍼런스를 마치고 일터로 돌아온 지 며칠이 지난 어느 날, 건강증진센터에서 점심시간에 버나가 말했다.

"나는 이제 네가 누군지 잘 모르겠어."

나는 버나를 바라보았다. 그녀의 말이 알쏭달쏭했지만 더 이상의 말은 하지 않았다. 하지만 그후로도 며칠 동안 버나의 말을 생각하면 혼란스러웠다. 버나야말로 이 세상에서 나를 가장 잘 아는 사람이라고 생각했기 때문이다. 나는 그녀를 향한 감정을 여전히 마음속에 간직하고 있지만 두 번 다시 드러내지 않으려 조심했다. 대신 친구로서 마음속 깊은 곳의 비밀과 두려움을 털어놓았고, 세상 밖으로 나오면서 느낀 온갖 감정을 이야기했다. 그래서 나를 잘 모르겠다는 말을 이해할 수 없었다.

의사소통하는 법을 좀 더 배우면 절대 변하지 않을 거라고 생각했던 것들이 변하게 될까. 버나는 늘 변화하는 나의 새로운 모습을 보고 기뻐해주었다. 그런데 이제 더 이상 자신을 중심축으로 하지 않고 독립적으로 세상을 바라보기 시작한 남자를 이해하기란 어렵다는 걸까? 버나는 참으로 오랫동안 내가 현실에 발을 딛고 서게 해주었다. 이제 나는 비상을 시작하고 있다. 그러나 이번에는 혼자다.

노트북 컴퓨터

나는 노트북을 응시한다. 화면이 텅 비어 있다. 두려움이 엄습한다. 두려움이 스멀스멀 기어올라 마음을 할퀴고 생채기를 낸다. 최근에 나는 노트북에 생긴 문제로 한동안 골머리를 앓았다. 그러다가 오늘 저녁, 예의 따위는 차릴 생각도 없이 내가 아는 모든 사람들에게 노트북이 갑자기 고장 날지도 모른다는 내용의 이메일을 보냈다. 하지만 그렇게 된다고 해도 내가 한순간에 세상과 단절되고 하루아침에 적막에 휩싸일 거라고는 생각하지 않았다.

　나는 컴퓨터에 관해 꽤 많이 안다. 그래서 내 노트북이 최후를 맞았음을 감지할 수 있다. 속이 울렁거린다. 컴퓨터가 없으면 문자 메시지나 이메일을 보낼 수 없고, 학교 숙제도 할 수 없으며, 저녁 때 해야 할 최우선 과제라고 여기며 사무실에서 집으로 가져온 일을 끝낼 수도 없다. 나는 친구들과 온라인으로 웃고 떠들 수도, 그들의 일과와 나의 일과를 서로 공유할 수도 없다. 친구들에게 나의 감정을 털어놓을 수도, 만나기로 약속을 할 수도 없다. 나의 물리적인 세계는 여전히 집과 사무실에 한정되어 있지만 여러 대륙에 퍼져 있는 사람들과 이야기를 하는 한 아무런 경계가 없는 또 다른 삶도 존재한다. 그런데 지금 내가 의사소통을 하는 데 이용할 수 있는 거라곤 세계 여러 곳으로가 닿을 수 없는 낡은 알파벳 보드뿐이다.

공포심 때문에 속이 메스껍다. 내 삶은 하나의 단추를 눌러 작동하는 노트북의 지배를 받는다. 내 삶은 여러 줄의 전선망에 좌지우지되지만 언제 전선망이 잘못될지도 알 수가 없다. 전선망은 우리의 몸과는 달라서 열이 오르거나, 멀미가 나거나, 불현듯 통증이 나타나듯이 미리 신호를 보내는 법이 없다. 나는 아무런 경고도 없이 갑자기 멈추어버릴 수도 있는 금속 덩어리에 의지해서 평생을 보내야 한다.

나는 숨도 제대로 쉴 수가 없다. 내 삶은 너무나 깨지기 쉽다. 그간 나는 유령 소년의 삶을 완전히 탈피했다고 생각했다. 하지만 유령 소년이 얼마나 가까이에서 그림자를 드리우고 있는지를 새삼 깨닫는다.

카운슬러

"오늘은 기분이 어때요, 마틴?"

나는 맞은편에 앉아 있는 카운슬러를 바라본다. 그가 무슨 대답을 듣고 싶어 하는지 잘 모르겠다. 나는 노트북을 바라보고 세 개의 기호를 클릭한다. 목소리가 울린다.

"좋아요, 감사합니다."

카운슬러는 미소를 띠며 말한다.

"잘됐군요. 지난번에 우리가 나눴던 얘기를 기억하나요?"

잘 모르겠다. 매주 이 사무실에서 보내는 한 시간 동안 우리가 정말 이야기를 나누기는 하는 걸까? 물론, 우리는 말을 한다. 카운슬러는 유리로 된 책상 너머로 몸을 기댈 때마다 앞뒤로 흔들리는 견고한 검은색 의자에 앉아서, 그리고 나는 맞은편에서 눈앞에 노트북을 펼쳐놓은 채 휠체어에 앉아서. 그러나 이러한 언어의 교환이 정말 이야기를 나누는 거라고 할 수 있을까?

이곳에 있으면 종종 예전에 텔레비전에서 본 〈쇼트 서킷〉이라는 영화가 떠오른다. 우연히 인격을 갖게 되어 주변 세계를 알고 싶은, 결코 채울 수 없는 욕망을 느끼는 로봇 이야기다. 처음 만들어진 실험실에서 도망쳐 나온 로봇을 구해준 여자를 제외하고는, 로봇이 정말로 감정을 느낀다고 믿는 사람은 아무도 없다. 결국 그는 기계라는 본질을 뛰어넘는 존재가 될 수 없었다.

시간이 지날수록, 나는 점점 더 그 로봇이 된 심정이다. 다른 사람들과 마찬가지로 카운슬러도 내가 하는 얘기를 별로 듣고 싶어 하지 않는 듯하기 때문이다. 처음에 세상과 다시 조우했을 때는 그저 몇 마디라도 할 수 있다는 사실에 흥분해서 그걸 잘 느끼지 못했다. 다른 사람들의 반응을 살필 여력이 없었다. 하지만 지금은 내가 말하기를 기다리는 동안 카운슬러가 천장을 쳐다보거나 자기 손톱 상태를 확인하는 게 보이고, 내가 질문에 대답하려고 들은 말을 되짚고 있을 때 쉬지 않고 대화를 몰아가려는 그의 목소리가 들린다. 그래서 나는 사람들과 이야기할 때 흔히 그렇듯 카운슬러와 말할 때도 좌절감에 빠진다.

나는 때로 이해할 수 없는 세계에 점점 더 당황한다. 유령 소년이었을 때에는 사람들을 이해할 수 있었다. 그들이 서로를 무시하거나 의심하거나 헐뜯으면 알 수 있었고, 칭찬을 하거나 놀리거나 수줍어 하는 것도 구분할 수 있었다. 하지만 이제는 더 이상 아웃사이더가 아니다. 지금은 그때와는 사물을 보는 관점이 완전히 달라진 것이다. 사람들과 의사소통을 하려고 할 경우 남들이 내게 어떻게 행동하고 있는지를 제대로 인지하지 못할 때가 종종 있다. 모든 기준점이 바뀌어 버린 탓이다. 마치 나와 아무 상관이 없을 때만 사람들을 제대로 파악할 수 있는 듯하다. 누군가 무례하게 굴어도 알아차리지 못하고, 참을 성 없이 조바심을 내고 있어도 눈치채지 못한다.

얼마 전에 엄마와 쇼핑을 하러 갔다가 내가 학교 다니던 시절에 같은 반이었던 아이의 엄마를 만났다. 그녀가 엄마에게 물었다.

"마틴은 잘 있나요?"

그녀는 나에게 눈길 한번 주지 않았다.

엄마가 대답했다.

"직접 물어보시는 게 어때요?"

하지만 아주머니는 나와 눈을 마주치지도, 간단한 질문을 던지지도 않았다. 너무나 오랜 세월을 투명인간처럼 살아온 탓에 나는 지금도 내가 보이나 마나 한 존재가 아니라는 사실을 가끔 잊어버린다. 엄마는 그 아주머니가 나를 대하는 태도에 격분했다. 엄마가 그런 반응을 보이지 않았다면 나는 무시를 당한 사실조차 모르고 넘어갔을 것이다.

그런 일은 자주 일어난다. 한 텔레비전 방송사에서 의사소통센터에 촬영을 하러 왔을 때의 일이다. 나는 앨런트 교수에게 프로듀서를 소개받은 뒤 뭔가 좋지 않은 일이 생겼음을 알았다.

프로듀서는 마치 꼬마를 대하듯 한 자 한 자를 또박또박 발음하며 아주 큰 목소리로 말했다.

"저는 캐나다 사람입니다. 여기서 아주 멀리 떨어진 곳이랍니다."

나는 그렇게 당연한 사실을 왜 그리도 큰 목소리로 말하는지 의아해하며 프로듀서를 바라보았다. 동료들의 화난 표정을 보고서야 그가 내게 무례했음을 알았다.

돌봄시설에서 보냈던 시간 동안 겪었던 일들을 얼마간 부모님에게 이야기하자 엄마는 나를 카운슬러에게 보내기로 결정했다. 엄마는 내가 그 일에 분노하고 있으므로 대화로 응어리를 풀 상대가 필요하다고 믿는다. 그러나 내가 원하는 바는 과거를 회상하는 게 아니라 앞으로 나아가는 것이다. 그런데도 나는 매주 카운슬러에게 보내진다. 엄마는 카운슬러의 사무실까지 함께 와서 내 노트북이 정상 작동하는지 확인한 다음, 내가 전에 있었던 모든 일을 이야기할 수 있도록 나를 카운슬러에게 남겨두고 나간다.

"당신은 자신이 매우 총명하다는 사실을 받아들여야 해요."

카운슬러는 이 말을 되풀이하는데 나는 뭐라 대꾸해야 할지 도통 모르겠다. 그런 말은 내 머릿속에 전혀 입력되지 않는다. 너무 포괄적인 개념이라 피부에 와 닿지 않는다고나 할까. 그 많은 세월을 줄곧 머저리 취급을 받으며 살아왔는데 내 말동무가 되어주는 일로 돈을 받는 사람이 갑자기 나에게 똑똑하다고 말하다니.

다시 그가 말한다.

"사람들은 대부분 다양한 방식으로 감정을 표출하죠. 문을 쾅 닫거나, 소리를 지르거나, 욕을 합니다. 그러나 당신이 감정을 표현할 수 있는 방법은 말뿐이지요, 마틴. 그렇기 때문에 감정을 나타내기가 힘든 겁니다."

그는 다시 의자에 앉아서 나를 진지한 표정으로 쳐다본다. 그러면 나는 할 말이 떠오르지 않아 어쩔 줄 모른다. 마치 게임을 해야 하는데 모든 실마리를 잃어버린 기분이다. 나는 카운슬러가 요청한 대로 그날그날의 기분을 이메일로 적어 보내는데, 거의 답장을 받지 못한다. 그러다가 그를 만나러 가면 상대는 이해하기 힘든 판에 박힌 말들을 늘어놓는다. 그가 정말 내 생각에 관심이 있는지 아니면 나를 그저 연구 대상으로 여기는지 궁금하다. 내가 미처 생각지 못했던 문제들을 해결하는 데 카운슬러가 정말 도움이 될까? 나는 그저 목소리 없는 남자라는 학문적 연구 대상으로 취급되고 마는 것은 아닐까?

카운슬러는 내가 말하기를 기다리면서 천장을 쳐다본다. 그 앞에서 내가 무슨 말을 할 수 있을까? 의사소통을 시작하면 내 삶이 완전히 바뀔 줄 알았는데 지금은 그렇지 않은 것 같다고? 나에게 가장 큰 난관은 의사소통하는 법을 배우는 것이 아니라 남들이 내 말을 듣게 하는 거라고? 사람들은 듣기 싫은 말은 듣지 않기에 내 이야기를 듣게 할 방법을 모르겠다고 할까?

나는 망설이느라 굳어진 얼굴로 카운슬러를 바라본다. 수년 전 마음속 깊이 묻어둔 감정들을 이야기하고 꿈속에서도 도망치고 싶은 과거를 들춰내야 한다는 것을 안다. 내가 부모님에게 들려준 이야기는 과거의 극히 일부지만 부모님에게는 건드리기조차 두려운 지뢰밭이라는 것도 안다. 나 역시 부모님과 함께 그동안 조성해온 평화를 깨뜨리는 게 두렵다. 나는 말하고 싶지 않다. 익명의 공간에서 낯선 사람에게 하는 말조차도 두 번 다시 닫을 수 없는 판도라의 상자를 여는 결과를 낳을까 봐 꺼리게 된다. 그러나 내가 본 것들을 이야기해야 한다는 것은 알고 있다. 눈앞에서 꼼짝 않고 조용히 나의 말을 기다리는 이 남자에게 털어놓아야 한다는 것을 안다.

　지난 시절 이야기를 끄집어낼 생각에 맥박이 빨라진다. 내가 겪은 일들은 나를 늘 따라다니는 어둠이자 누군가에게 말하지 않으면 영원히 나를 괴롭힐 것만 같은 공포의 근원이다.

기억들

"먹어, 이 망할 자식아."

요양사가 짜증을 낸다.

잿빛이 도는 미음이 담긴 눈앞의 숟가락을 쳐다본다. 나는 스물한 살, 여전히 유령 소년이다.

"먹어!"

입을 벌리자 혀를 델 듯이 뜨거운 음식이 밀려들어온다. 상한 음식 맛이 입안을 채운다. 목구멍으로 욕지기가 치밀어 오른다. 나는 억지로 삼킨다.

"또 한 숟가락."

나는 복종하듯 입을 벌린다. 내 위가 주어지는 음식을 받아들이게 하려면 뭔가 다른 생각을 떠올려야 한다. 실내를 둘러본다. 이곳의 아이들을 바라보는 사이 어울리지 않게 감미로운 바이올린 선율이 배경 음악으로 흐른다. 어떤 아이들은 울고 있고, 어떤 아이들은 소리를 내지 않는다. 음식을 삼키는데 목구멍이 따갑다.

"빨리 먹어, 이 쓰레기 같은 자식아. 네가 서두르지 않으면 우린 몇 시간이나 더 여기 있어야 한다고."

그녀가 또 한 숟가락을 입안으로 밀어 넣자 금속 숟가락이 이빨에 부딪힌다. 배가 고파질 때까지 날 좀 내버려두면 좋으련만, 그럴 리 없다는 사실을 안다.

"빨리 먹어!"

그녀가 내 머리카락을 잡아당기고는—느닷없이 연달아 두 번 잡아당기는 통에 눈에서 눈물이 난다—다시 내 입에다 숟가락을 밀어 넣는다. 입술을 다물고 그걸 삼키는데 심장이 방망이질 친다. 목구멍에서 메슥거림이 올라온다. 하지만 참아야 한다. 나는 숨을 깊이 들이마신다.

"서둘러, 멍청아. 오늘 저녁은 도대체 왜 이러는 거냐?"

그녀가 다시 눈앞에 숟가락을 들이대자 역겨운 냄새가 밀려온다. 이미 참아내기엔 늦어버렸다. 구토가 올라오는 느낌이 든다. 아무리 필사적으로 멈춰보려고 해도 이제 어쩔 수가 없다.

내가 온몸에, 그리고 앞에 놓인 접시에 구토를 하자 여자가 소리를 지른다.

"이 더러운 자식아!"

그녀가 내 얼굴을 때린다. 너무 가까이 있어서 그녀의 뜨거운 입김이 볼에 느껴진다.

그녀가 소리친다.

"네가 영리한 줄 알아?"

"그렇게 토해대면 안 먹을 수 있을 것 같지?"

그녀가 접시에 다시 숟가락을 밀어 넣는다. 토사물을 피해서 숟가락에 다시 미음을 채우더니 내 입에 숟가락을 갖다 댄다.

"먹어!"

나는 입을 벌린다. 선택의 여지가 없다. 내 몸이 방금 거부한 음식을 애써 삼킨다. 좀 전과 같은 일이 다시 일어나서 상황이 더 나빠지지 않기를 바랄 뿐이다. 이 여자는 전에도 그랬기 때문에 충분히 또 그럴 수 있다. 나는 울면 안 된다는 걸 배웠다. 울면 그녀를 더 화나게 할 뿐이다. 숟가락이 입안으로 쑤시고 들어올 때, 왁자한 웃음소리가 들려온다. 나는 또다시 안에서 치밀어 오르는 구역질과 싸운다. 여자는 의기양양해서 웃음 짓는다.

이것이 바로 교외에 있는 돌봄시설을 내가 그토록 싫어했던 이유다. 거기서는 한 사람이 나를 괴롭히면 나머지는 웃어댔다. 어떤 날에는 별 이유 없이 꼬집거나 때렸다. 또 어떤 날에는 뙤약볕 아래 방치되거나, 목욕을 한 후 옷을 입혀줄 때까지 얼어가는 몸으로 벌벌 떨어야 했다.

나는 무자비한 폭력성이 웅크리고 있는 그녀 자신이 두렵지는 않을까 생각하기도 했다. 관장약을 항문에 거칠게 쑤셔 넣는 바람에 피를 흘리자, 그녀는 나를 욕조에 집어넣었다. 나는 선홍색으로 변하는 물을 지켜보았다. 나를 욕조에서 꺼낸 그녀는 더러워진 물에 칫솔을 담근 다음 이를 닦아줬다. 이어 그녀가 나를 변기에 앉혔을 때 나는 내 밑에서 다시 빨갛게 변하는 물을 보았다. 나는 이제 죽게 되었으니 신께 감사하며, 상처 입어 피 흘리는 항문 덕에 저세상으로 가게 되었다는 아이러니에 웃음 지었다.

나를 만질 때 움찔하면 그녀는 내 폐에서 바람이 빠져나갈 정도로 세게 때렸다. 피부가 검붉게 변할 때까지 대변을 깔고 앉아 있게 해서 내가 울면, 뒤통수를 힘껏 후려쳤다.

날마다 어서 하루가 지나 집으로 갈 시간이 되기만을 기다리며 일분일초를 세었다. 보통은 돌봄시설에서 딱 며칠만 지냈지만 어떤 때는 6주나 머무르기도 했다. 나는 전화벨이 울릴 때마다 겁에 질렸다. 엄마, 아빠가 교통사고로 죽었다는 전화면 어쩌지? 누구도 나를 기억하지 않을 이곳에서 평생을 죄수처럼 지내야 하는 게 아닐까? 그런 공포는 내 안에서 날마다 커져만 갔다. 마침내 엄마와 아빠가 나를 데리러 오면, 그동안 잘 지냈다고 부모님에게 전하는 거짓말을 듣고 있을 수밖에 없었다.

집으로 왔어도 나는 언제 또 그곳으로 보내질지 몰라 쉽게 두려움을 떨쳐버릴 수 없었다. 그곳에 자주 가진 않았다. 1년에 한두 번쯤이었을까. 하지만 차에 태워져 도시를 떠날 때마다, 나는 우리가 어디로 가고 있는지 알게 되자마자 울음을 터뜨렸다. 차가 철로를 지나면 시설이 가까워졌음을 알았고, 철로를 따라 흐르는 더러운 개천을 지나갈 때면 심장이 뛰고 목구멍이 조여왔다. 나는 소리 지르고 싶은 마음이 간절했다. 정말 온몸이 갈기갈기 찢어져라 소리를 지른다면 부모님이 이런 마음을 알아챌 수 있을지 알고 싶었다.

나는 무엇보다 누구든 나를 좀 바라봐주길 바랐다. 나를 본다면 내 얼굴에 무엇이 쓰여 있는지 분명 볼 수 있지 않았을까? 거기엔 공포가 쓰여 있었다. 나는 내가 어디에 있는지 알고 있었다. 어디로 가는지도 알고 있었다. 나에게도 감정이 있었다. 나는 그저 유령 소년이 아니었다. 하지만 아무도 나를 바라봐주지 않았다.

평범함 속에 도사린 위험

비슷한 일들이 다른 데서도 일어났다. 어린이와 어른들이 너무 약하거나, 말을 못하거나, 정신적으로 무방비 상태라서 자기 비밀을 털어놓을 수 없는 시설들에서 말이다. 자신의 시커먼 욕망을 우리들에게 해소하려는 사람들을 알아보기란 쉽지 않았다. 남자건 여자건, 그들은 무섭게 생긴 사람들이 아니다. 오히려 평범하고, 딱히 기억에 남지 않는 얼굴을 하고 있다. 빈껍데기로 보이는 우리들을 이용할 기회가 주어지지만 않았다면 결코 선을 넘지 않았을 사람들인지도 모른다.

그것은 마치 보이지 않는 선을 밟기라도 한 것처럼 안전하지 않다는 느낌을 주었다. 비록 내가 젊은 남자이기는 했어도 이해하지 못하는 점이 많았기에 그런 기분을 제대로 표현할 수가 없다.

"키스, 키스."

한 여자가 내 쪽으로 머리를 숙이면서 나한테만 들릴 만큼 작은 목소리로 숨소리를 섞어 말했다. 마치 주저하는 구혼자에게 안아달라고 유혹하는 여자처럼, 교태를 부리는 목소리였다.

어떤 날은 하의를 모두 벗은 채로 옷을 갈아입혀주기를 기다리며 혼자 누워 있는데 내가 아는 아이의 엄마가 실내로 들어오더니 내 음경을 부드럽게 긁으며 말했다.

"이게 뭐야?"

요양사가 들어오는 바람에 그런 짓은 시작과 함께 곧 끝났지만 나는 혼란스럽고 불안했다. 마음을 어지럽히는 석연찮은 기분의 정체를 알지 못했다. 어떤 때는 노골적으로 이런 짓을 저질렀는데, 절대 방어할 수 없는 방식으로 공격당하고 있음을 깨달은 나는 극도의 공포감에 휩싸였다.

한번은 어떤 요양사가 나를 씻기면서 말했다.

"너 꽤 괜찮은걸."

다음 날, 그녀는 빈 방 안을 둘러보더니 치마를 걷어 올리고 내 몸에 올라앉아 자기 몸을 비벼대기 시작했다. 나는 그녀의 몸무게가 버겁게 느껴질 때까지 눈도 깜빡이지 않고, 쳐다보지도 않은 채 꼼짝없이 누워 있었다. 나는 그녀가 또 내 몸에 손을 댈지도 모른다는 공포에 떨었지만 다시 그러지는 않았다.

요양사들에게 나는 도대체 무엇이었을까? 오랫동안 마음속에 묻어둔 변태적인 판타지 상대? 아니면 한순간의 광기를 폭발시킬 대상? 잘 모르겠다. 수년간 나를 성적으로 학대한 또 다른 여자에게 나는 그저 쓰다 버리는 물건에 지나지 않았다.

그녀의 행위에 날개를 달아준 것은 바로 고독이었다. 그녀는 늘 나와 둘이서만 있을 수 있는 방법을 찾아냈다. 처음 그녀가 나를 만졌을 때, 내 사타구니 쪽으로 들어오는 손을 느끼고 무슨 짓을 벌이고 있는지 단번에 알았다. 그녀는 두렵고 불안해 보였으며 일은 금세 끝났다. 하지만 그다음엔 대담해져서 한동안 내 음경을 붙잡고 있었다. 마치 이 어둠의 세계에 발을 들이는 것이 생각보다 두렵지 않다는 사실을 알았다는 듯이, 그녀는 더욱 대담하게 행동했다.

어떤 때에는 두 다리를 내 몸에 감고 점점 더 세차게 몸을 밀어대다가 헐떡거렸다. 내가 등을 대고 반듯이 누워 있으면 내 팔을 머리 위로 당겨 내 손이 자기 허벅지와 맞닿게 했다. 내 손이 제멋대로 떨리면 내 손가락을 자기 성기에 집어넣고는 가쁜 숨을 몰아쉬었다.

나를 상대로 욕망을 채울 때면 보통 아무 말도 하지 않았다. 어떤 때는 내 몸에 대고 자신의 몸을 흔들고 밀어대서 서로의 몸이 아주 오랫동안 마구 흔들리다가 겨우 잠잠해지곤 했다. 그럴 때마다 나는 내 안으로 들어가 문을 걸어 잠근 채, 그저 적막에 잠겨 있으려 했다. 아무리 그렇게 해도 영혼은 꽁꽁 얼어붙을 수밖에 없었다. 나중에야 그때 나를 압도한 감정이 수치심이라는 사실을 알았다.

어쩌다 그녀가 말을 걸 때도 있었는데 마치 어린아이가 실재하지 않는 가상의 인형에게 말하는 식이었다.

그녀는 나를 휠체어에서 끌어당기며 속삭였다.

"나랑 놀자."

어떤 경우에든 내가 그녀를 보지 못하게 했다.

"너는 날 보면 안 되지."

그녀는 내 머리를 자신이 보이지 않는 방향으로 돌리며 말했다. 이 역시 내가 아니라 자기 자신에게 하는 말이었다.

항상 이런 일이 있었던 것은 아니었다. 어떤 때에는 내 몸에 다시 손을 대기까지 몇 주 혹은 몇 달이 지나가기도 했고, 연속해서 몇 번씩 나를 찾아오기도 했다. 다시 내게로 다가오는 그녀를 잠자코 지켜볼 때만큼 무력한 순간은 없었다. 나는 그녀가 언제 또 나타나 무슨 짓을 할지 몰라 늘 불안에 떨었다. 나의 일상에는 공포의 장막이 드리워져 있었다. 그녀의 행위를 멈출 수도, 소리쳐서 알릴 수도 없음을 알고 있었다. 나는 그녀가 아무 때나 사용하는 반응 없는 물건, 검은 욕망을 마음껏 채울 수 있는 빈 캔버스나 다름없었다.

그녀는 나를 내려다보고 웃으며 말한다.

"안녕, 마틴."

나는 그녀를 응시한다. 구역질이 차올라 속이 메스껍다. 바람에 나부끼는 깃발처럼 내 안에서 비명이 펄럭대는데 밖으로 내지를 수가 없다.

"시작해볼까."

그녀의 말과 함께 내 휠체어가 움직이기 시작한다. 그녀는 나를 아무도 볼 수 없는 방으로 데려가서 벤치에 눕힌다. 한쪽 발은 들어 올려 내 옆에 두고, 다른 쪽 발은 바닥에 디딘 채로 치마를 올린다. 자기 몸을 내 몸에다 대고 리듬을 타기 시작하면서 내 왼발 엄지에 자기 몸을 눌러댄다. 나는 사라지고 싶다.

그러고 나서 그녀는 움직이지 않고 누워 있는 내 옆에 앉는다. 코를 후비며 하릴없이 잡지를 훑어본다. 마침내 시계를 보더니 자리에서 일어난다. 방을 나가기 전에 다시 몸을 돌린다. 뭔가가 생각난 것이다.

그녀는 손가락을 내 티셔츠 팔 부분에 천천히 문지르며 오물을 닦아낸다. 기다란 점액 자국이 소매에서 번들거린다. 이로써 그녀의 모욕이 완성된다.

그녀는 내 옆에 누워 있거나 내 위에 누워 있다. 어떤 때는 자기 몸을 만지고, 또 어떤 때는 내 몸을 만진다. 그럴 때마다 나는 그녀에게 아무것도 아니다. 그녀는 꿈 속에서 인간을 잡아먹는 괴물 오우거(사람을 잡아먹는 괴물-옮긴이)로 나타난다. 나를 뒤쫓고, 괴성을 지르고, 괴롭히고, 겁을 주는 괴물이다. 밤이면 밤마다 다시 나에게 다가오는 그녀를 보고 겁에 질려 땀에 젖은 채 잠에서 깬다. 그녀는 나의 영혼을 갉아먹는 기생충이다. 어둠 속에서 자리에 누울 때마다 언젠가 그녀를 떨쳐낼 수 있는 날이 오기는 할까, 하고 나는 생각한다.

환상의 세계

어느 때보다 상상력에 의존해야 했던 순간이 바로 이때였다. 내 환상의 세계에서 한 가지 되풀이되는 테마는 도피였다. 현실에서 도피함으로써 나는 무엇이든 될 수 있었다. 해적뿐 아니라 파일럿, 우주 침입자, 포뮬러원 자동차 레이서, 인어, 비밀 정보 요원, 또는 마음을 읽는 힘을 지닌 제다이 전사까지.

이따금씩 돌봄시설의 교실에서 나는 세상을 뒤로한 채 점점 몸이 줄어드는 상상을 했다. 휠체어가 갈수록 커지는 한편 나는 장난감 병정만큼 작아졌다. 내 몸은 교실 한구석에 있는 제트기에 꼭 맞았다. 다른 사람들 눈에는 그저 장난감으로 보인 제트기가 사실은 전투기이며 엔진이 작동되고 있는, 나를 위한 제트기임을 알고 있었다.

공상 속에서 내 몸은 언제나 강했다. 나는 들려오는 발자국 소리에 휠체어에서 펄쩍 뛰어오를 만큼 놀라 사방을 둘러보았다. 누군가 나를 봤다면 깜짝 놀랐을 것이다. 나는 맞서 싸울 준비가 되어 있었다. 사람들은 나를 보고 자신들의 상상력이 빚어낸 착각이라고 생각했겠지만 아니었다. 나는 진짜였다. 휠체어에서 바닥으로 가볍게 뛰어내린 나는 어느새 티셔츠와 바지 대신 회색 비행복을 입고 있었다. 비행복의 옷깃 스치는 소리를 들으며 제트기를 향해 달렸다. 계단을 뛰어올라 조종석에 앉자마자 헬멧을 썼다. 엔진이 으르렁대고 눈앞에서는 불빛이 번쩍였지만 아무 걱정이 없었다. 나는 잘 훈련된 전투기 조종사라서 제트기의 작동법을 훤히 꿰고 있으니까.

레버를 앞으로 밀자 제트기가 움직이기 시작했다. 제트기는 점점 더 빠르게 교실의 리놀륨 바닥을 따라 달리다가 공중으로 솟아올라 복도 쪽으로 날았다. 나를 향해 걸어오고 있는 마리에타의 머리 위에서 속력을 냈다. 워낙 빠르고 작아서 그녀의 눈에는 잘 띄지 않았다. 레버를 다시 당기자 제트기는 더욱 쏜살같이 날았다. 내 앞으로 치고 나가는 카트 탓에 발생한 중력가속도로 나는 뒤쪽으로 밀려났다. 황급히 조종간을 움직이면서 나는 단 한 번의 실수로도 제트기의 날개가 잘려나가고 땅바닥에 곤두박질 칠 수도 있음을 명심했다. 나의 손은 안정된 상태로 움직였다. 빠바바밤! 나는 밖으로 나가는 문을 향해 카트의 다른 쪽으로 날았다.

문이 삐걱거리며 닫히려는 찰나에 제트기는 기체를 세로 방향으로 기울여 깔끔하게 통과했고, 나는 이제 자유의 몸이다. 하늘은 푸르렀고 흙먼지와 햇살의 내음이 났다. 나는 제트기를 위쪽으로 몰았다. 제트기는 곧장 지구를 내려다볼 만큼 높이 올라갔다. 얼룩덜룩한 초록과 꿈틀거리는 갈색 덩어리들이 보인다. 다시 레버를 한껏 당기자―속력은 전속력, 음속반동추진 엔진은 최대치로―제트기가 코르크 마개처럼 하늘로 솟아올랐다. 제트기는 빙글 빙글 돌았다.

머리가 어지러웠지만 기분만은 새털처럼 가벼웠다. 나는 웃기 시작했다.

알았다, 오버. 나는 자유의 몸이었다.

교외 돌봄시설 침대에 누워 있을 때면, 나는 근처에 있는 철로를 떠올리며 하이펠트 고원의 기다란 갈색 초원을 가로질러 달리는 상상을 했다. 멀리서 갈색 화물을 끌고 지나가는 기차를 보았다. 어떤 화차는 방수포로 덮여 있었고, 또 다른 화차는 방수포가 조금 열려 있어 검게 윤기가 도는 석탄이 보였다. 기차를 향해 달리던 나는 기차가 손이 닿지 않는 먼 곳으로 사라지기 직전에 가까스로 맨 끝 화차를 붙잡았다. 기차가 어디로 나를 데려갈지는 몰랐다. 무조건 시설을 떠나고 싶었을 따름이다.

물 역시 나의 상상에 자주 등장했다. 내가 어느 방에 앉아 있든지 물이 방 안으로 밀려 들어와 물마루와 함께 나를 멀리 실어 나르는 상상을 하곤 했다. 물에 들어가면, 나는 거칠 것 없는 강인한 몸으로 물속 깊이 잠수했다. 그런가 하면, 내 휠체어에서 제임스 본드의 비밀 병기 같은 날개가 나와서 입을 벌린 채 속수무책으로 나를 쳐다보는 직원들을 뒤로하고 하늘로 날아오르는 상상을 하기도 했다.

상상의 세계에서 나는 여전히 이내 잠에 빠져들던 어린아이였다. 나이가 들면서 바뀐 거라면, 스포츠를 즐기는 아빠와 데이비드를 보면서 자연스럽게 스포츠에 관심이 생겨 세계적으로 유명한 크리켓 선수가 된 나를 상상하게 되었다는 점이다.

데이비드는 크리켓을 매우 잘했다. 집에 돌아오면 아빠, 엄마에게 그날 있었던 경기를 설명해주곤 했다. 나도 데이비드와 무언가를 공유하고 싶었다. 데이비드는 내게 농담을 하거나, 우스운 목소리로 말하거나, 간질이는 따위의 일로 늘 나를 웃겼다. 그래서 나는 텔레비전이나 라디오에서 크리켓 경기가 중계될 때마다 주의 깊게 듣기 시작했다.

얼마 지나지 않아 나는 상상 속의 크리켓 경기에 빠져 며칠, 몇 주씩을 보낼 수 있게 되었다. 경기는 항상 조용한 탈의실에서 신발 끈을 매고 햇빛 속으로 발걸음을 내딛는 나의 모습으로 시작되었다. 경기장을 가로질러 걸으며 셔츠 끝자락으로 적당히 광이 나도록 공을 문지른다. 관중들이 숨을 죽인 가운데 나는 타자를 응시한다. 모든 사람이 나를 바라보고 있었음에도 전혀 긴장하지 않았다. 나는 오로지 둥글고 단단한 공을 손 안에 느끼며 타자에게 던지는 일만 생각했다.

공이 내 손을 빠져나갈 때 새빨간 번갯불이 공기를 갈랐다. 스텀프에서 베일(스텀프는 필드 중앙에 세워진 세 개의 세로 막대이고 베일은 스텀프 위에 가로놓인 두 개의 막대이다-옮긴이)이 떨어지는 부드러운 소리와 함께 관중들의 환호성이 귀를 때렸다. 항상 정확히 맞히진 못했다. 완전히 벗어나게 던지는 경우도 있었고, 무득점으로 아웃당하는 경우도 있었다. 그럴 때는 부진을 통감하며 경기장을 떠나야 했다. 하지만 나는 스포츠 스타인지라 그건 별로 문제가 되지 않았다. 나는 질 때도 있지만 게임을 살려내는 일이 훨씬 더 많은, 남아프리카공화국 팀에서 가장 유명한 올라운드 플레이어로서 연이어 경기를 치러냈다. 게임은 거의 끝없이 계속되었다. 현실에서 도피해 있는 동안 나는 계속해서 공을 던졌고, 위켓(타자가 지키는 두 개의 문으로 스텀프와 베일로 구성된다-옮긴이)은 때론 무너지고 때론 방어되었다.

나의 유일한 대화 상대는 신이었다. 나에게 신은 마음속에 실존하며 나를 달래주고 위로해주는 현실이었다. 북아메리카 인디언들이 영적 존재들과 교감하고 이교도들이 계절과 태양에 의지하듯, 나는 내게 일어난 일을 이해하려 애쓸 때마다 신에게 말을 걸었고 위험에서 나를 지켜달라고 청했다. 우리는 삶의 거창한 주제를 이야기하지는 않았지만—철학적인 토론이나 종교를 둘러싼 논쟁을 벌인 적이 없다—중요한 것을 서로 공유했기에 나는 신께 끊임없이 이야기를 했다. 존재한다는 증거는 없었지만 신이 진짜임을 알았기에 나는 믿었다. 사람들과는 달리, 신에게는 내가 깨어 있다는 증거가 굳이 필요하지 않았다. 이미 내가 존재한다는 사실을 알고 있었으니까.

새 친구

마치 멀리서 속도를 높이며 달려오는 기차 소리 같다. 소리가 점점 더 커지더니 별안간 무언가 방 안으로 들이닥친다. 크고 빨간 혀가 달린 노란 털 뭉치가 흠뻑 젖은 발로 냅다 소파로 뛰어올라 순식간에 흥건히 소파를 적신다. 커다란 꼬리는 격렬하게 흔들리고 동그란 갈색 눈동자는 실내를 둘러본다.

"코작! 내려와!"

개는 들은 체도 않고 계속 방 안을 둘러보다가 마침내 소파에서 뛰어내려 내게로 달려온다. 녀석은 틀림없이 웃고 있으리라.

"코작! 안 돼!"

강아지는 주인 말을 들으려 하지 않는다. 그저 이상하게 생긴 의자에 앉은 낯선 남자에게 인사를 하고 싶다.

"앉아!" 남자는 털이 노란 커다란 래브라도를 내게서 끌어내 억지로 앉은 자세를 취하게 한다. 그러나 목덜미를 꽉 잡힌 채 개는 멈추지 않고 계속 움직인다. 머리를 이리저리 흔들고 엉덩이를 꿈틀거리며 가쁘게 숨을 쉬어대느라 입 밖으로 혀를 늘어뜨리고 있다.

나는 엄마, 아빠를 바라본다. 부모님이 겁을 먹은 것처럼 보이기는 처음이다.

아빠가 담담한 어조로 말한다.

"그럼 주인을 찾아주고 싶다는 게 이 개인가요?"

남자가 대답한다.

"네. 스코틀랜드로 이사를 가게 돼서 이 녀석에게 새 가족을 찾아주고 싶어요. 아주 사랑스러운 개랍니다. 흠뻑 젖은 모습이라 죄송해요. 코작은 수영장을 여간 좋아하는 게 아니랍니다!"

블라인드가 창문에 드리워지듯 엄마의 얼굴에 공포가 스며들고 있다. 엄마는 아무 말도 하지 않을 것 같다.

남자가 말을 잇는다. "예방접종도 다 했고 복종 훈련도 시켰어요. 보시다시피 생후 8개월밖에 안 돼서 에너지가 넘친답니다."

때맞추어 코작은 우렁차게 짖으며 주인의 손에서 빠져나온다. 나는 엄마가 비명을 지를까 봐 걱정이다.

"어떠니, 마틴?"

나는 개를 바라본다. 몸집이 너무 크고 극도로 활발한 데다, 명령이 별로 먹혀들지 않을 듯하고, 부모님의 깔끔한 집 안을 엉망으로 만들어놓을 게 뻔하다. 지난 넉 달간 임시로 보호하는 동안 이런 개는 본 적이 없다는 생각을 했다. 하지만 왠지 나에게 꼭 맞는 녀석인 것만 같다.

나는 아빠에게 미소를 지어 보인다.

"음, 마틴이 마음을 정한 것 같네."

아빠가 말한다.

코작의 주인이 외친다.

"오, 정말 잘됐네요. 절대 후회하지 않으실 거예요."

나는 엄마를 바라본다. 엄마는 울지 않으려고 애쓰는 것 같다.

길들일 수 있을까?

나는 푸키를 잊은 적이 없었다. 개를 그토록 원했던 이유도 바로 푸키 때문이다. 나는 푸키와 함께했던 일들을 늘 기억하고 있었기에 녀석과 똑같은 친구를 원한다. 나의 한계와 장애를 아랑곳하지 않는, 내가 돌봐줄 수 있는 존재를 원한다. 나의 낙관론에도 불구하고, 엄마는 이런 생각을 별로 좋아하지 않는다. 여기저기 돌아다니며 털과 먼지를 떨어뜨리는 커다란 개는 물론, 돌보아야 할 또 다른 존재 자체를 원하지 않는다.

　마지막 순간에 나를 응원해준 사람은 바로 올 초에 영국에서 왔다 간 킴이었다. 그녀는 내가 어느 때보다도 열심히 — 말 그대로 어떤 때는 밤낮으로 — 일하고 있으며 때로 네다섯 시간씩만 자면서 절대 뒤처지지 않기 위해 애쓰고 있음을 단박에 알아보았다.

지금은 2005년 4월, 내가 처음 검사를 받은 지도 4년이 다 되어 간다. 지금까지 나는 일을 쉰 적이 없었다. 내 삶에 기회라는 빛이 주어진 뒤부터는 단 1초도 헛되이 시간을 보내지 않았다. 나는 사교생활을 하지도 않고 취미도 없다. 뒤처지지 않으려고, 더 나아가 조금이라도 나아지려고 발버둥 치며 일할 따름이다. 오랜 시간 동안 정체되어 있었던 탓에, 나는 계속해서 앞으로 나아가기를 원한다. 사람들이 나에게 기회를 주고 있다는 사실을 지금도 믿을 수가 없다. 정상적인 일상생활을 해본 적이 없다는 사실을 들킬까 두려워 부족한 부분을 메우기 위해 더 열심히 일한다. 그렇지 않으면 사기꾼이 된 기분이 들기 때문이다.

의사소통센터의 웹사이트 재편 업무를 맡은 후, 나는 한 과학연구기관에 파견되어 장애 관련 인터넷 리소스를 생성하는 일을 도왔다. 이 일은 새로운 가능성을 열어주었고, 나는 건강증진센터에서 하던 일을 그만둘 수 있었다. 현재 나는 일주일에 사흘은 의사소통센터에서 일하고, 이틀은 과학연구기관에서 컴퓨터 기술자로 일한다.

근무 시간 이후에는 AAC에 대한 인식을 높이는 활동을 한다. 나는 또 말을 거의 혹은 전혀 할 수 없는 나 같은 사람들을 위한 정부 기관의 집행위원회에 합류하게 되었다. 지난 1월에는 자선기금 모금을 위해 전국 5개 도시를 잠깐씩 방문하는 일정에 따라 난생 처음으로 비행기에 몸을 싣기도 했다. 비행기가 이륙하자 몸이 너무 가벼워지는 기분이 들어서 새들이 왜 굳이 땅으로 내려오는지 의아해질 정도였다.

보수를 받는 일이나 자원봉사를 하지 않을 때면 공부를 한다.

한데 이 모든 활동들 때문에 킴은 내 삶에는 오직 일밖에 없다고 느꼈고 엄마, 아빠에게 이를 지적하며 내가 개를 키우는 데 찬성했다.

엄마가 경고했다.

"하지만 그러려면 네가 돌봐야 한다. 먹여주고, 씻겨주어야 해. 이 집에서 나는 이미 네 사람이나 돌보고 있으니 더는 여력이 없어. 개를 키우게 되면 그건 네 몫이야."

나는 휠체어를 탄 채 활기 넘치는 어린 래브라도를 산책시키는 일이 어떨지 알지도 못한 상태로 이렇게 말했다.

"엄마한테 아무 부탁도 하지 않을게요."

이렇게 해서 나는 코작을 탐색하기 시작했다. 사람들은 내가 조그마한 개를 키우기를 원했지만, 내 마음은 세상에서 가장 행복해 보이는 노란 털 래브라도에게 기울어 있었다. 코작을 처음 본 순간, 나는 내 개임을 알아보았다.

코작처럼 천방지축인 녀석을 돌보는 일은 생각보다 어려웠다. 집에 도착한 순간부터 코작은 말썽을 일으켰다. 내가 현관문을 닫자마자, 녀석은 펄쩍거리며 집 구석구석을 킁킁대고 탐색하더니 거실로 뛰어들어오면서 꼬리로 찻잔을 날려버렸다. 부모님이 그것을 치우려고 팔걸이의자에서 일어나자 녀석은 아빠 의자로 뛰어올랐다.

엄마가 고함을 쳤다.

"내려와!"

코작은 엄마 말대로 했다. 대신 엄마 의자로 뛰어올랐다. 단 한 번 둘러보고는 녀석은 이미 우리 집안의 서열을 파악했다.

엄마가 지친 목소리로 말했다.

"우리가 이 개를 감당할 수 있을까?"

그날 밤, 우리가 저녁을 먹는 동안 결국 주방에 갇힌 신세가 된 코작을 보고 나 역시 그런 걱정이 들었다.

주방에 들어갔다가 식용유와 토사물로 범벅이 된 바닥을 보고 엄마가 소리를 질렀다.

"무슨 짓을 한 거야?"

코작이 식용유 한 병을 거의 다 들이켜고는 바닥에 다시 게워낸 것이다. 그러고서도 웃음 짓고 있는 듯했다. 머리끝까지 화가 난 엄마를 남겨두고 아빠와 나는 슬그머니 주방에서 나왔다. 엄마가 잠자리에 들어 잠잠해질 때까지 나는 다시 주방에 들어가지 않았다.

코작은 그런 녀석이다. 영리하지만 둘째가라면 서러운 말썽꾸러기에다, 빤히 상황을 이해할 만큼 머리가 좋지만 늘 그렇게 분위기 파악을 잘하진 못한다. 휴대폰을 물어뜯거나 텔레비전 리모컨을 물고 사라지기 일쑤며, 부모님의 정원에 자라난 거의 모든 식물을 망쳐놓는 등 코작의 물어뜯는 버릇으로 인해 발생한 손실이 이만저만이 아니다.

엄마가 화단에 난 커다란 구멍을 보고 한숨을 지으며 말한다.

"코작 짓이군."

무슨 이유에선지 코작은 엄마가 너무나 자랑스러워하던 오렌지빛 극락조화를 지칠 줄 모르고 뜯어놓는다.

코작의 괴벽은 여기서 그치지 않는다. 승용차 창문이 열려 있으면 무조건 밖으로 기어나가려고 하고, 오줌을 참고 앉아 있을 줄 몰라 경기에 나서는 권투선수처럼 발을 구르며 껑충껑충 뛴다. 뭔가를 향해 돌진하듯 내게 달려들다가 휠체어를 넘어뜨린 적도 몇 번 있다. 개 짖는 소리가 들리거나 낯선 냄새가 날 때마다 정체를 밝혀내지 못해 안달이고, 내가 우리 집 수영장에 들어가기만 하면 영락없이 물에 뛰어들어 나를 구하려 한다. 어느 날은 복종 훈련을 받던 도중에 탈출을 감행해 1미터 30센티미터의 담을 뛰어넘다가 실패해 목줄에 매달린 상태로 마치 사형집행인에게 애원하듯 나를 바라보았다. 그러는 사이 아빠가 복종 훈련을 하던 교관의 도움을 받아 코작을 구출했다. 다른 개들은 그저 낙담한 표정으로 녀석을 지켜보았다.

그러나 코작의 깊은 내면에는 분별력이 있다는 사실을 나는 알고 있다. 나는 몇 가지 규칙을 가르쳐야만 개를 통제할 수 있음을 깨닫고 녀석을 데려오기도 전부터 복종 훈련 수업에 등록했다. 코작은 지금 비언어 명령에 반응하는 법을 배우고 있다. 엄마나 아빠가 매주 데려다주는 애견 학교에서 우리는 점차 서로를 이해하는 법을 알아가고 있다.

주먹을 가슴에 올리는 동작은 앉으라는 지시이다. 손가락으로 바닥을 가리키는 동작은 엎드리라는 뜻이다. 또한 몸 옆으로 주먹을 쥐는 동작은 다시 일어나라는 지시이며, 곧게 편 손은 기다리라는 지시이다. 다행스럽게도, 코작이 이런 기본 동작들을 빠르게 숙지한 덕분에 우리는 좀 더 즐거운 동작들로 넘어갈 수 있었다. 예를 들어 내가 코작을 향해 손을 흔들면, 코작도 발을 흔들어준다. 내가 손을 들어 올리면, 코작도 하이파이브를 하듯 내 손에 발을 마주 댄다. 그리고 내가 손을 내밀면, 발을 들어 내 손에 얹고 흔든다.

시간은 좀 걸리겠지만 코작이 서서히 차분해지고 있다. 코작은 문 열기나 서랍 닫기 등 몇 가지 서비스 기술까지 익혔다. 그런데 이런 것이 생각지 못한 결과를 불러오기도 한다. 내 양말을 벗기는 법을 코작에게 가르쳤더니 재미를 붙여서 이젠 빨래 바구니에서 양말이 보이기만 하면 죄다 물고 가버린다. 집 안팎에서 할 만한 일들을 가르치다 보니 초인종 누르는 법을 가르쳐보자는 생각이 떠올랐는데 이젠 걸핏하면 밖으로 뛰쳐나갔다가 모두에게 자신의 귀환을 알리며 벨을 누르기에 이르렀다.

하지만 이런저런 단점이 있다고 해도 코작은 내가 원하던 개다. 지칠 줄 모르는 활기와 사랑스러운 성격으로 늘 웃음을 안겨주는 인생의 친구. 아무리 말썽을 부려도 코작의 존재만으로도 나의 세상은 좀 더 행복해졌다.

지디와 미미

조부모님인 지디와 미미는 사랑에 관한 가장 소중한 교훈을 가르쳐준 분들이다. 나는 지디와 미미 이야기를 늘 들어왔다. 지디는 열여섯 살 때 바다에 빠진 여성을 구해 시민훈장을 받았다. 미미는 젊었을 때 춤 추는 것을 너무 좋아해서 수킬로미터 떨어진 곳까지 댄스 교습을 받으러 다녔다. 두 사람이 처음 만났을 때 지디는 견습 광부로 일하고 있었다. 지디는 자전거로 약 50킬로미터를 달려 미미를 만나러 가곤 했다. 미미가 청혼을 받아들인 후에는 아내에게 편안한 삶을 안겨주 겠다는 일념으로 관련 시험을 열한 번이나 치른 끝에 관리자가 되었 다. 지디는 열여섯 명의 형제자매 중 막내였고 미미는 네 자녀 가운데 장녀였다. 두 사람은 자연스럽게 아이를 원하게 되었고 곧 나의 아버지와 두 딸의 부모가 되었다. 미미는 가정을 돌보며 틈틈이 아이들에게 찰스턴 춤을 가르쳐주었다. 한편 지디는 가족들을 위해 광부들의 거처를 떠나 새 보금자리로 이사했다.

나의 할아버지, 할머니는 거의 60년 세월을 행복하게 살았다. 미미가 아파서 자리에 눕게 된 후에도 여전히 함께했기에 행복했다. 미미는 내가 의식을 찾기 시작하던 무렵 넘어져서 둔부가 골절된 후 다시는 일어서지 못했지만 침대에 누워서도 충직한 집사처럼 집안일을 진두지휘했다. 지디는 미미로부터 가게에서 무엇을 사올지, 어떻게 요리할지, 언제 심장약을 먹을지 등을 지시받았다. 그는 연금수령자들을 위한 요양시설로 오랜 벗들을 만나러 가는 아이러니를 결코 경험할 일이 없었다.

나는 두 분을 매우 사랑했다. 그분들의 집에 놀러갈 때마다, 나의 휠체어는 미미의 침대 옆에 자리를 잡았고 미미는 손을 뻗어 내 손을 잡곤 했다. 종잇장처럼 얇아서 찢어질 것처럼 보이는 할머니 피부를 보면서, 언젠가 나도 이렇게 나이가 들겠구나 하고 생각했다. 그러나 내가 스물셋이던 해에 미미는 또 다른 병에 걸려 더 이상 손쓸 수 없게 되었다. 할머니의 몸은 그저 노쇠해지고 있었다. 나는 곁에 앉아 정신이 들었다 나갔다 하는 할머니 모습을 지켜보았다.

할아버지는 무척 힘들어 보였다. 할아버지, 할머니 집을 방문했던 어느 날 나는 할아버지가 아빠에게 밝힌 간절한 소원을 들었다.

"마지막으로 네 엄마 곁에서 잠을 자고 싶구나."

미미가 너무나 아파서 이제껏 그러지 못해온 까닭이었다.

이틀 뒤, 전화벨 소리에 아빠가 수화기를 들었다. 아빠는 조용히 말을 하고는 수화기를 내려놓았다.

"어머니가 돌아가셨어."

나는 두 손을 머리 뒤에 올린 채 복도로 걸어가는 아빠를 바라보았다. 어머니를 잃었다는 믿기 힘든 사실을 자신의 두뇌에 전달하는 동작 같아 보였다.

나를 차에 태운 뒤 마지막으로 할머니를 보기 위해 할아버지, 할머니의 집으로 향하는 아빠를 보며 나는 슬픔에 잠겼다. 도착해보니 할머니는 침대에 누워 계셨다. 아빠는 할머니에게 입을 맞추었다. 내가 무슨 일이 일어났는지를 완전히 이해하고 장의사를 기다리는 동안 줄곧 울고 계시던 할아버지를 위로하고 싶은 마음이 간절하다는 것을 아는 사람은 아무도 없었다.

"꼭 팔 하나가 잘려나간 기분이구나."

할아버지는 흐느꼈다. 나는 오랜 세월 사랑해온 여인을 잃고 가슴이 무너져 내리고 있을 할아버지의 심정을 느낄 수 있었다.

두 분의 사랑은 평생 두텁고 흔들리지 않았기에 어느 것이 누구의 인생인지, 또 이야기가 어디서 시작되고 어디서 끝나는지 잊어버렸다. 우리를 둘러싼 주변의 모든 것에 두 분의 사랑이 깃들어 있었다. 아빠와 고모들이 미미의 옷장에서 발견한 겨울 코트처럼 흔하디흔한 물건에도 할아버지와 할머니의 사랑의 기억이 스며들어 있었다. 지디는 아내를 따뜻하게 해주고 싶어 힘들여 번 돈을 그녀를 위해 썼다.

며칠 후 미미의 장례식에서 아빠는 할머니의 사랑에 대해 이야기했다. 할머니는 '사랑의 바늘땀'으로 옷을 떠주곤 했다. 그 옷을 입고서 아빠는 온화하고 고요하게 곁을 지켜주는 엄마의 존재를 느꼈다. 아빠가 꼬마였던 시절, 복숭아 병조림 만드는 일을 옆에서 돕다가 그만 뜨거운 시럽을 어머니에게 쏟았다. 미미의 피부에는 곧바로 수포가 부풀어 올랐지만 그녀는 화를 내거나 소리치지 않았다. 그저 차가운 물로 데인 부위를 씻은 후 조용히 하던 일을 계속했다.

아빠의 이야기를 들으며, 나는 남녀 간의 사랑에 관한 또 다른 깨달음을 얻었다. 사랑의 모습은 때로는 헹크와 아리에타의 경우처럼 유희에 가까울 때도 있고, 잉그리드와 데이브의 사례처럼 평화로울 때도 있다. 그러나 정말 운이 좋다면, 지디와 미미처럼 영원히 지속되는 사랑을 할 수도 있다. 그런 사랑은 한 사람에게서 또 다른 사람에게로, 한 세대에서 다음 세대로 전해진다. 누구에게나 포근한 위안을 주는 생명의 힘처럼, 두 사람을 굳건히 맺어준 숱한 풍파 속에서 빚어진 기억을 어루만지고 새로이 피어나게 한다.

아빠는 바로 그런 사랑을 배웠다. 그리고 할머니 이야기를 하는 아빠를 보면서, 나는 아빠가 할머니를 마음의 눈으로 또렷하게 보고 있음을 알았다. 어린 시절의 특별한 순간을 기억하면서, 아빠는 어머니와 복숭아 병조림을 만들던 날의 사랑받던 소년으로 돌아가 다시금 어머니의 따스한 손길과 목소리를 느끼고 있었다.

삶을 사랑하기,
그리고 사랑하며 살기

해변으로 파도가 밀려오고, 짭조름한 바람에는 프라이드치킨 냄새가 솔솔 실려 온다. 한 조각을 입으로 들어 올리는데 입안에 침이 고인다. 얼마나 맛있는지.

2006년 12월, 나는 친구 그레이엄과 함께 케이프타운의 해변에 앉아 있다. 그레이엄은 20년 전쯤 남아프리카공화국 해안의 한 섬에서 일하다가 뇌졸중으로 쓰러진 후 AAC 시스템 사용자가 되었다. 헬기로 병원에 이송되었지만, 눈 아래부터 전신이 마비된 상태로 깨어났다. 스물다섯 살 때였다.

현재 그레이엄은 움직이거나 말할 수는 없지만 누구에게든 자기 존재를 입증할 수 있을 만큼 당당하게 살아가고 있다. 신체적으로 완전히 남에게 의지할 수밖에 없게 된 그레이엄은 몸이 마비된 뒤 모두의 예상과 달리 고향으로 돌아가 어머니의 보살핌을 받는 길을 택하지 않았다. 계속 케이프타운에 살기를 원했기에 요양시설에 들어가 지금까지 살고 있다. 나는 그토록 삶에 강한 애정을 가진 사람은 본 적이 없다.

그레이엄은 매 시간을 헛되이 보내지 않으며 주저 없이 규칙을 깨기도 한다. 딱딱한 음식을 먹으면 안 되지만 틀림없이 치킨을 한 입 가득 달라고 청할 것이다. 나는 이처럼 거부할 수 없는 강렬한 열망을 이해한다.

누군가 그래도 되냐고 묻는 사람이 있으면 그레이엄은 이렇게 대답한다.

"의사가 시키는 대로만 하고 살 수는 없어."

그레이엄은 그저 맛을 느끼고 싶은 게 아니라 씹고 삼키는 육체적 행위를 열망하며 이를 충족하고 싶다고 말한 적이 있다. 그래서 음식을 섭취할 때마다 의사들의 권고는 잠시 잊는 것이다.

우리는 18개월 전에 한 컨퍼런스에서 처음 만났다. 내일은 같은 행사에서 강연을 할 예정이어서 나는 케이프타운에 와 있다. 우리는 지금 철사 줄을 움켜쥐고 앉은 새들처럼 나란히 앉아 바다를 바라보고 있다. 나는 치킨을 씹으며 그레이엄이 예전에 보여준 사진을 떠올리고 있다.

그는 카메라 렌즈를 향해 웃고 있는 아름다운 여자의 사진을 보여주며 말했다.

"그냥 아는 여자야."

머리의 움직임 하나하나를 감지하여 의사소통 기구를 작동시키는 적외선 포인터로 이야기할 때면 그레이엄의 눈동자가 빛났다. 나도 그에게 사랑하는 여자의 사진을 보여주고 싶었다. 하지만 나에게는 연인이 없을뿐더러 앞으로도 결코 생기지 않을 거라는 두려움이 있다. 뼈아픈 경험들을 통해, 내 몸 안의 참된 나를 보아줄 여자는 별로 없다는 사실을 알아가는 중이기 때문이다.

사랑에 대한 갈망이 원래 내장돼 있었는지, 아니면 이미 10년 전 일인데도 지금까지 선명하게 기억이 나는 그날 싹텄는지 잘 모르겠다. 10년 전 어느 날 늦은 오후, 한 무리의 간호학과 학생들이 돌봄시설에 찾아왔다. 매트리스에 누워 있는 내 곁으로 누군가 무릎을 구부리고 앉는 것이 느껴졌다. 입안으로 빨대가 들어올 때 올려다보니 앳된 여학생이 보였다. 얼굴선을 따라 긴 갈색 머리가 드리워진 여자를 보자 나는 순간적으로 강렬한 열망에 사로잡혔고 그녀의 손에서 부드러운 감촉이 느껴지는 순간 헉 하고 숨소리를 낼 뻔했다. 꽃향기와 태양의 내음이 나는 여인이 나의 세계로 들어온 그 순간이 영원하기를 바랐다. 사랑에 대한 갈망이 내 마음속에 타오르게 된 것은 그때의 기억 때문일까, 아니면 헹크와 아리에타, 데이브와 잉그리드, 그리고 지디와 미미 사이에서 본 모습들 때문일까? 아니, 어쩌면 부모님이 나와 동생들에게, 그리고 서로에게 오랫동안 헌신하는 모습들을 보며 커왔기 때문인지도 모른다.

이유가 무엇이든 간에, 사랑에 대한 갈망은 의사소통을 시작한 이후 더 강렬해졌고 그동안 내가 얼마나 순진했는지 이제야 알 듯하다. 예전에는 내가 간절히 원하기만 한다면 사랑을 얻을 수 있으리라 굳게 믿었고 유령 소년으로 존재하면서 엿보았던 사랑의 감정을 함께 나눌 사람을 찾을 수 있으리라 생각했다. 하지만 그것이 생각보다 훨씬 어려운 일이라는 것을 버나가 가르쳐주었고 나는 현실을 받아들이려고 노력했다. 하지만 사랑에 대한 기대를 가슴속에 묻어두고 일에 몰두하며 내게 주어진 축복들을 헤아려보아도, 의사소통을 할 수 없었던 때만큼이나 외롭다고 느껴질 때가 있다.

나는 이미 오래전에 버나에 대한 사랑이 나를 위해 지어낸 신화이며, 현실에서는 결코 손에 잡히지 않는 상상 속의 요정 이야기임을 깨달았다. 내가 어떻게 생각하건, 버나는 나를 친구로만 여겼고 그렇다고 그녀를 탓할 수도 없다. 하지만 나는 버나가 가르쳐준 교훈을 제대로 받아들이지 못하고 자꾸만 같은 실수를 되풀이했다. 내 나이 서른이지만, 여자에 대해 아는 것은 암흑 속에 잠겨 있던 열두 살 소년 시절과 별 다를 바 없다고 느껴질 때가 많다.

올해 초, 나는 아빠와 함께 이스라엘에서 열리는 컨퍼런스에 다녀왔다. 나는 어두운 객석에 앉아, 나와 같은 사람들이 이성 관계에서 부딪히는 어려움에 대한 강연을 들었다. 정말 믿고 싶지는 않았지만, 교수가 한 이야기는 사실이었다.

의사소통을 하게 되면서, 나는 불빛으로 달려드는 나방처럼 다시금 여성에게 관심을 기울였지만 그들의 냉대에 한없이 상처받을 뿐이었다. 인터넷 데이트 웹사이트를 통해 만난 한 여성은 나를 동물원의 구경거리 보듯 힐끔거렸고, 언어치료사였던 또 다른 한 여성은 친교 자리에서 나에게 빨대를 주더니 마치 자신의 환자에게 숨쉬기 연습을 시킬 때처럼 빨대를 불어보라고 말했다. 이들에게 나는 짖거나 물지 못하게 중성화수술을 한 개가 아니라고 외치고 싶었다. 나도 당신들과 똑같은 열망과 감정을 가진 사람이라고 말이다.

이스라엘에서 돌아온 지 얼마 안 되어 나는 마음을 잡아끄는 여성을 만났고, 또다시 희망을 품기 시작했다. 나는 교수의 말이 틀렸다고 주문을 외었다. 그가 뭘 알겠는가? 나는 또다시 헛된 희망을 참된 현실로 착각하고 말았다. 이번만은 진짜라고 확신했기에 저녁 데이트를 하며 함께 피자를 먹고 이야기를 나눌 때 내 마음은 하늘로 날아오를 것만 같았다. 잠시나마 다른 사람들처럼 정상인이 된 기분을 느꼈다. 하지만 얼마 후 남자친구가 생겼다는 이메일을 받고 나는 다시 절망감에 무너져 내렸다.

나는 정말 어리석었다. 어떻게 여자가 나를 사랑할 거라는 희망을 품을 수 있었을까? 도대체 왜 나를 사랑하겠는가? 나는 쉽게 마음에 멍이 들었고 고통과 슬픔도 바로 느낀다. 그래서 삶에 좌절도 해보고 인생의 규칙에 따라 살아가는 법을 배울 수 있었던 십대 시절을 경험한 또래들에게 질투를 느낀다. 아무리 상관없다고 생각하려 해보아도,

열망은 내 안에서 너무도 강렬하게 타올랐기에 결코 사랑할 대상을 찾을 수 없다는 현실을 받아들이기 힘들었다.

모래 위로 부서지는 파도를 바라보며, 의사소통센터에서 내가 주관한 개막식에 참석했던 부부를 떠올린다. 그들은 단박에 내 눈에 띄었다. 아내와 어린 두 아이들과 함께 온 남자가 내 나이 또래인 데다 서로를 바라보는 표정에서 마음을 주고받는 침묵과 미소에 이르기까지 애정이 넘치는 사이라는 사실을 알아챌 수 있었기 때문이다.

그녀의 남편이 전시해놓은 장비들을 바라보는 사이 아내가 내게 나직이 말했다.

"제 남편은 뇌종양 말기에 접어들어 점점 말하는 능력을 잃어버리고 있어요. 하지만 우리는 할 수 있는 한 서로에게 많이 이야기하기를 원해요. 그래서 뭔가 도움이 될 만한 것이 있을까 해서 오게 되었지요. 남편은 가능할 때 아이들을 위해서 영상 메시지를 남기고 싶다고 해요. 저를 위한 영상도 남기고 싶은 것 같고요."

순간 그녀의 얼굴이 얼어붙었다. 그녀가 속삭였다.

"저는 아직 그를 보낼 준비가 되지 않았어요."

자신의 삶을 이끌어준 한 남자가 사라져버린 미래를 생각하자, 황량한 겨울 바다에 불어오는 바람처럼 참담한 기운이 여자의 얼굴에 몰아쳤다.

그녀가 부드럽게 물었다.

"우리를 도와주실 수 있나요?"

나는 고개를 끄덕였다. 그녀가 남편에게 돌아가는 뒷모습을 보니 가슴이 아렸다. 저렇게 사랑이 넘치는 가족이 어째서 이별을 해야만 하나? 그러다가 또 다른 감정이 슬그머니 솟아났다. 질투였다. 그들은 내가 몸서리치게 갈구해온 사랑을 하고 또 사랑을 받을 기회를 누렸던 것이다.

두 세계의 충돌

내 휠체어를 사무실 밖으로 밀고 나가는 물리치료사를 향해 엄마가 미소 짓는다. 매주 이곳에 와서 아픈 다리와 발로 비틀거리며 걸음을 내딛는 일이 지겹다. 하지만 내가 다시 걷는 모습을 보겠노라는 부모님의 희망이 결코 사그라지지 않기에 싫어도 이걸 하고 있다. 때로 가족들이 어렸을 적의 내 모습을 기억하고 그때를 그리워한다는 생각이 든다. 그렇기에 내가 다시 걷기를 그토록 원하고, 알파벳 보드보다는 컴퓨터 음성을 사용하는 쪽을 선호하는 게 아닐까.

가족들에게 내 몸이 예측 불가능하다는 사실을 납득시키기는 어렵다. 어느 날 내가 일어섰다고 해서 다음에 또 그럴 수 있으리라는 보장도 없다. 바라는 만큼 몸 상태가 개선되지 않다 보니 기대에 부응하지 못하고 있다는 생각이 들 때가 있지만 부모란 다 그렇다는 사실을 나는 알고 있다.

언젠가 한 소년이 검사를 받으러 의사소통센터에 왔다. 우리는 소년의 몸에서 안정된 부분이 목뿐이었기에 헤드 스위치를 사용해서 의사소통하는 법을 배우게 해야 한다고 그의 어머니에게 말했다. 하지만 소년의 어머니는 머리가 아니라 손을 사용하게 하고 싶다며, 단호한 입장을 취했다. 할 수 있는 한 소년을 그 방법에 적응시키기를 바랐다. 아무리 미미한 움직임이라 하더라도 다른 사람들의 언행과 조금이라도 비슷하게 구현하고 싶었던 것이다.

내가 걷고 말하는 모습을 보고 싶어 하는 부모님의 마음을 이해하지만, 나는 꼭 남의 것처럼 느껴지는 몸 안에서 사는 데 진력이 난다. 그래서 어제 엄마에게 이번 주에는 물리치료를 한 번만 받고 싶다고 말했고 엄마도 이 절충안에 합의해주리라 기대하고 있다.

마침내 의자에 앉아 쉴 수 있게 되니 물리치료사가 묻는다.

"금요일로 다음 약속을 잡아놓을까요?"

나는 부디 내가 했던 말을 기억하길 바라며 엄마를 바라본다.

엄마는 나를 쳐다보지도 않고 대답한다.

"네."

온몸의 피가 뜨거워질 만큼 화가 난다. 내일 동료 키티를 만나러 가서 이 울분을 털어놓을 테다!

'아무도 듣지 않을 거라면 도대체 뭐하러 의사소통을 하냐고! 이

렇게 많은 시간이 흘렀는데 왜 사람들은 아직도 내 말을 들으려 하지 않는 거야?'

분노와 함께 지나간 온갖 일들이 밀려오는 사태를 막으려고 애써 화난 마음을 억누른다. 아무리 화가 치밀어 올라도, 표출하는 건 두렵다. 너무나 오랫동안 화를 속으로 삭이며 살아온 탓에 분노는 밖으로 드러내기가 어려운 감정이다. 일정한 음으로 말하는 컴퓨터 음성의 한계도 있거니와 다른 사람들과 멀어질까 두려워 나는 지금도 화를 잘 내지 못한다. 오랜 시간을 아웃사이더로 살아온 탓에 다시 외톨이가 될 만한 행동은 하고 싶지 않다.

시간이 흐를수록 나는 더 자주, 더 심하게 두려움을 느낀다. 그릇된 행동을 하거나 누군가의 기분을 상하게 하거나 일을 잘해내지 못할까 봐 두렵고, 다른 사람의 발가락을 밟을까 봐 두렵고, 주어진 일을 제대로 처리하지 못하거나 의견을 피력하지 못해서 웃음거리가 될까 봐 두렵다. 늘 이런 마음이기 때문에 의사소통을 시작한 지 6년이 흐른 지금도 엄마에게 진심을 다 말하지 못한다.

하지만 나에게는 또 다른 세계도 있다. 남아프리카공화국 사람 가운데 처음으로 언어장애를 안고 대학을 마친 최초의 두 명 중 한 사람이 되었고 정부의 초청으로 타보 음베키 대통령을 만나기도 했다. 또한 이곳저곳을 방문하여 수백 명의 사람들 앞에서 강연을 하기도 하고 동료들의 존경도 받고 있다.

반면 사생활에 있어서 나는 여러 면에서 예전처럼 닦아주고 밀어주고, 때로는 바라봐주고 때로는 주변에 남겨두어야 하는 수동적인 아이로 남아 있다. 부모님은 계속해서 나를 돌봐주며 외부 세계의 폐해로부터 보호해주신다. 하지만 나는 때로 그분들이 내 이야기에 더욱더 귀 기울여주길 바란다. 내 여동생 킴은 영국에서 온갖 새로운 기구들—욕실용 미끄럼 방지 매트 혹은 음식이 접시 밖으로 떨어지는 것을 막아주는 플라스틱 도구 따위—을 집으로 가져온다. 그럴 때마다 나는 오빠라기보다 일종의 재활 프로젝트 대상으로 존재하는 것 같다. 다른 사람들에게 나는 뭔가 고쳐주어야 할, 자선 프로젝트의 대상이거나 구석에서 평온하게 미소 지으며 앉아 있는 소리 없는 인간이다. 이 모든 것을 종합해보면, 나는 내 인생에 대한 권리가 없는 것처럼 여겨지고, 잘못된 행동을 하게 될까 봐 늘 허락을 받아야 하는 존재처럼 느껴진다. 과거는 지금도 내게 그림자를 드리우고 있다.

물론 반항심이 꿈틀대지만 나는 어찌해야 할지 모른다. 아주 사소한 비행을 몰래 한 적은 있었다. 몇 해 전, 내 다리의 부목으로 엄마의 차를 긁었을 때 느꼈던 야릇한 쾌감을 아직도 기억한다. 엄마가 나를 차에서 내려줄 때 우연히 저지르게 된 그 반항적인 행동에 기분이 묘하게 좋았다.

나는 그런 행동을 정당화할 수 없고, 내가 느끼는 좌절감을 다른 사람 탓으로 돌릴 수도 없다. 새끼 사자도 겁이 많으면 어미 곁을 떠나지 못하는 법이다. 독립성이란 주어지기도 하지만 스스로 얻어야 하는 것이다. 독립성을 요구하는 법을 배워야 한다는 점을 잘 알지만 과연 그럴 용기가 있나 생각하면 자신이 없다. 앞서 말했듯 2007년 초, 나는 마침내 의사소통센터를 그만두고 과학연구기관에서 정규직으로 일하게 되었다. 엄청난 성취이자 나와 같은 사람들이 경험하기 힘든 굉장한 행운이다.

새 직장에서는 모두에게 공부를 권장하는 분위기라서, 나는 한 대학의 시간제 학위 과정에 지원했지만 먼저 고등학교를 졸업해야 한다는 이야기를 들었다. 다른 대학에서 우수한 성적으로 과정을 마친 지 얼마 되지 않았다고 아무리 참을성 있게 설명을 해봐도 들어주는 사람은 없었다. 그동안 애써 오른 산이 무용지물이 된 셈이다.

그래서 요즈음 나는 일을 마치고 돌아오면 열여섯 살 학생들처럼 고등학교 졸업장을 받기 위해 밤마다 공부를 한다. 하지만 나를 짓누르는 삶의 무게를 감당할 수 없다는 생각이 들 때면 인생에서 앞을 향해 나아가는 것이 무슨 의미가 있을까 싶기도 하다. 그런 의문을 품다 보면 두려움이 커지고, 과연 삶에서 내가 설 자리를 확보했는지 알 수가 없어 더 이상 싸울 힘이 없다고 느껴질지도 모른다.

타인들

밧줄과 체인 없이도 아주 사소한 행동만으로 우리를 세상에 묶어둘 수 있다는 사실을, 나는 삶을 포기하려는 순간에 비로소 깨달았다.

1998년, 내가 의식을 되찾은 지 6년째 되는, 스물두 살 때였다. 내 몸 안에 온전히 살아 있는 정신을 아무도 알아차리지 못하리라는 생각이 확신으로 변하기 시작했다. 언젠가는 구출될 거라는 헛된 희망으로 많은 시간을 보내고 나서, 나는 존재의 이 지독한 단조로움에서 결코 벗어날 수 없으리라는 생각에 마음을 닫아버렸다. 그저 삶이 끝나기만을 바랐다. 마침, 폐렴을 심하게 앓게 되면서 그 바람이 실현될 듯했다.

그토록 싫어했던 교외의 돌봄시설에 가야 한다는 사실이 내가 삶을 포기할 마음을 먹은 결정적인 계기로 작용했다. 부모님이 나를 데리고 친구들을 만나러 갔던 기억이 난다. 엄마가 내게 점심을 먹이는 동안, 나는 다시는 시설에 가고 싶지 않다는 뜻을 알리기 위해 할 수 있는 일이 전혀 없다는 사실을 알았다. 곁에서 웃고 떠드는 가족들은 나의 마음이 얼마나 절망적인지 알지 못했다.

그다음 주부터 나는 콧물을 흘리기 시작했고 상태가 급격히 나빠졌다. 체온이 오르고 구토가 시작되자 사람들은 예사 감기가 아니라고 느꼈다. 상태가 급격히 악화되는 바람에 부모님은 나를 데리고 지역 병원 응급실에 갔고, 의사는 몇 가지 처방을 한 후 집으로 돌려보냈다. 증상이 다시 심해지자, 엄마는 나를 다시 병원으로 데려갔고, 엑스레이 촬영으로 내가 폐렴에 걸렸다는 것을 알게 되었다.

나는 치료를 받건 말건 상관이 없었다. 머릿속에는 오로지 아빠가 예정대로 출장을 떠나면 시설에 보내진다는 생각뿐이었다. 더 이상 버텨낼 수 있을 것 같지가 않았다. 나의 신장과 간이 제대로 작동하지 못하자, 부모님이 곁에 앉아 걱정스레 이야기하는 소리가 들렸다. 나는 의식과 무의식 사이를 왔다 갔다 했다. 다른 환자들과 함께 지내는 병실이라서 이따금씩 알람이 울리면 간호사들이 환자들을 보러 황급히 들어오는 소리도 들렸다.

슬픔이 내 안에 깊은 골을 파놓았다. 나는 사는 데 진력이 났다. 더 이상 애쓰고 싶지 않았다. 산소 공급을 위해 얼굴에 마스크를 씌울 때, 마스크가 벗겨지기를 빌었다. 물리치료사가 와서 내 흉곽을 두드리며 가슴의 막힌 곳을 뚫으려 할 때도 실패하기를 빌었다. 말을 듣지 않는 내 목구멍으로 관을 넣어 가슴 속의 울혈을 완화하려 할 때도 나는 제발 날 내버려두고 나가주길 바랐다.

"이걸 네 몸 속으로 집어넣어야 해. 안 그러면 넌 죽어."

물리치료사는 거의 성난 목소리로 말했다. 나는 그 말을 듣고 기뻤다. 병이 나를 무너뜨리고 온몸을 탈환해서 어서 빨리 나를 이 연옥에서 해방시켜주길 빌었다. 아빠가 병실에 오면 맨 먼저 읽는 전달 사항을 두고 부모님이 이야기하는 소리가 들렸다. 킴도 나를 보러 왔다. 그녀의 신발 소리가 병실 밖 복도에서 울렸다. 나를 바라볼 때 그녀의 얼굴에 떠오르는 환한 미소가 컴컴한 어둠을 밝히는 것 같았다. 하지만 아무것도 와 닿지 않았다. 간호사들이 근무 여건을 불평하는 소리, 남자친구에 대해 잡담하는 소리가 어렴풋이 들려왔다.

내 몸을 씻기며 한 간호사가 동료 간호사에게 말했다.

"그가 극장으로 걸어 들어갈 때 유심히 봤어. 엉덩이가 그렇게 섹시할 수가 없는 거야."

동료 간호사가 낄낄대며 대꾸했다.

"넌 맨날 그것만 밝히더라."

나는 토끼굴 속으로 점점 더 깊이 빨려 들어가는 느낌이었다. 내 몸이 빨리 항복하기를 바랐다. 이 세상에서 나를 필요로 하는 사람은 아무도 없었고 내가 사라진들 누구 하나 눈치채지도 못할 터였다. 죽고 싶었기 때문에 앞날에 관심이 없었다. 그저 무덤으로 불어오는 신선한 바람의 숨결 따위를 꿈꿀 뿐이었다.

어느 날 오후였다. 침대에 누워 있는데 누군가 간호사에게 말하는 소리가 들렸고 내 눈앞에 어떤 얼굴이 나타났다. 잘 알지는 못하지만 면식이 있는 마이라라는 여자였다. 아빠가 돌봄시설의 운영위원회 회장으로 있을 때 그 사무실에서 일한 사람이었다. 가족 말고는 방문하는 사람이 없었으므로 나는 어째서 그녀가 나를 보러 왔는지 어리둥절했다.

마이라가 몸을 굽히며 말했다.

"좀 어떠니, 마틴? 네가 많이 아프다고 해서 보러 오고 싶었어. 가엾어라. 여기서 널 잘 돌봐줬으면 좋겠다."

나를 내려다보는 마이라의 얼굴에 걱정스러운 표정이 떠올랐다. 그녀가 엷은 미소를 지을 때, 나는 문득 혈연 또는 의무로 엮여 있지 않은 사람도 나를 생각했다는 사실을 깨달았다. 아무리 원하지 않았다 해도 이런 배려와 깨달음은 내게 힘을 주었다. 그후로 나는 자연스레 타인들의 따뜻함을 느끼기 시작했다. 어떤 간호사가 자신의 동료에게 착한 환자라서 나를 좋아했다고 말하는 소리를 들었다. 한 간병인은 욕창이 생기지 않도록 내 어깨에 로션을 발라 피부 통증을 완화시켜주었다. 병원을 나서던 날 차 안에 있는 나를 보고 지나가다 미소짓던 남자도 있었다. 이 모든 일이 한순간에 일어나지는 않았지만 돌이켜보면, 나를 다시 세상과 연결해준 것은 이러한 타인들의 작은 배려였다.

요양시설로 돌아갔을 때 생긴 일이 나를 다시 세상과 연결하는 결정적인 밧줄이 되었다. 나도 이 세상에 설 자리가 있음을 넌지시 알려주는 일들이 있긴 했지만 당시 나는 죽음조차 내 뜻대로 할 수 없다는 절망감에 온통 휩싸여 있었다. 산소가 몸에 채워졌고, 아침에 깨어났다가 밤에 잠들었으며, 기력을 강화하기 위해 음식이 주어졌고, 관리가 필요한 식물처럼 햇볕을 쐬도록 밖으로 내보내졌다. 내 생명을 부지하게 하려는 사람들의 행동을 막을 도리가 없었다.

그런데 어느 날 한 요양사가 빈백 체어에 누워 있는 내 곁에 앉았다. 새로 온 요양사라서 잘 모르는 사람이었지만 목소리는 귀에 익었다. 그녀는 두 손으로 내 한쪽 발을 잡더니 마사지를 시작했다. 나의 욱신거리는 추한 발을 손으로 계속 때리며 뭉친 곳을 풀어주고 굳어진 상태를 완화해주었다. 나는 그녀가 흔쾌히 내 몸을 만졌다는 사실을 믿을 수가 없었고, 어쩌면 삶을 완전히 포기하지 말아야 할 이유가 조금이라도 있을지 모른다는 생각이 들었다. 나란 존재가 생각했던 것만큼 혐오스럽지 않은지도 몰랐다. 그때, 그녀가 뽀드득 소리를 내며 가방 지퍼를 열었다. 그 안에는 아로마 테라피용 오일들이 가득 들어 있었다.

그녀의 부드러운 목소리와 함께 민트향이 공기 중에 퍼졌다.

"자, 이제 훨씬 나아졌을 거예요, 그렇지 않아요? 그럼 이제 다른 발까지 마사지해서 얼마나 풀어지나 한번 볼까요?"

그녀의 이름은, 물론 버나였다. 그때 처음으로 우리는 만났다. 온갖 작은 조각들이 한데 모여 온전한 직소 퍼즐이 완성된 순간이었다. 누군가 망가지고, 뒤틀리고, 쓸모없는 몸을 만져주며 내가 그저 끔찍하기만 한 존재는 아니라는 사실을 깨닫게 해주고 나서야 타인들 하나하나가 내게 베푼 것들을 비로소 느낄 수 있었다. 그리고 깨달았다. 우리를 다시 일어서게 해주는 사람들은 가족들이지만 타인들도 우리를 구원해줄 수 있음을. 비록 그들은 자신의 행동에 어떤 의미가 있는지 모른다 해도 말이다.

누군가 망가지고, 뒤틀리고,

쓸모없는 몸을 만져주며

내가 그저 끔찍하기만 한 존재는

아니라는 사실을 깨닫게 해주고 나서야

타인들 하나하나가 내게 베푼 것들을

비로소 느낄 수 있었다.

모든 것이 바뀌다

삶이란 한순간에 파괴될 수 있다. 혼잡한 도로에서 차가 튕겨져 나가
거나 의사로부터 불행한 소식을 통보받거나 아무도 찾을 수 없으리라
여겼던 곳에 숨겨둔 연애편지가 발각될 수도 있다. 이런 일들은 찰나
에 한 세계를 산산조각 낼 수 있다. 하지만 반대로 삶이 한순간에 창
조된다면? 한 남자가 얼굴만 보고도 첫눈에 평생 함께할 사람임을 알
수 있는 여자를 만난다면?

그녀에게는 나만 특별히 느낄 수 있는 무언가가 있다. 한 달 전,
뉴이어스데이에 영국에 있는 킴과 통화할 때 그녀를 처음 보았다. 부
모님이 웹캠으로 킴과 이야기하고 새해 첫날을 함께 보내고 있는 킴
의 친구들과 인사를 나눌 때는 별로 주목하지 않았다. 그러다 고개를

돌렸을 때, 파란 눈동자와 금발, 세상에서 가장 따뜻한 미소를 가진 여인을 보게 되었고 나의 세상은 완전히 바뀌었다.

그녀는 킴과 짙은 갈색 머리 친구 사이에 앉아 있었다. 세 친구는 컴퓨터 화면에 얼굴을 바짝 붙이며 서로 웃었다.

킴이 짙은 갈색 머리를 가리키며 말했다.

"이 친구는 대니얼이야."

"그리고 얘는 조애나."

그들은 합창하듯 말했다.

"안녕, 마틴."

나는 목소리를 듣고 둘 다 남아프리카공화국 사람이라는 사실을 단번에 알 수 있었다. 그녀가 미소 지었다. 나도 미소 지었다.

대니얼이 말했다.

"우와! 네 오빠 잘생겼다."

세 사람이 함께 웃자 내 얼굴이 빨개졌다. 킴이 할 일이 있다면서 일어나서 나는 조애나와 대니얼 두 사람과 이야기하게 되었다.

대니얼이 말했다.

"팔 좀 보여주세요! 저는 재활치료사라서 마틴 같은 사람의 팔이 멋지다는 것을 잘 알거든요!"

화면을 바라보고 있는 내 얼굴이 한층 더 빨개졌다. 무슨 말을 해야 할지 몰랐다.

나는 글자를 입력했다.

"두 사람은 잘 지내요?"

대니얼이 말했다.

"아주 잘 지내요! 오늘은 뭘 하실 거예요?"

"일하러 가야죠, 뭐. 어제 뉴이어 전야는 어땠어요?"

"재밌었어요. 우린 어제 런던에 갔었어요. 정말 굉장했죠."

조애나는 대니얼보다 조용한 편이었지만 내가 뭔가를 쓸 때마다 그녀의 눈동자는 아래쪽으로 향했다. 내가 하는 모든 말에 귀 기울이고 있었다. 나는 그녀의 목소리가 듣고 싶었다.

내가 물었다.

"내 동생이랑은 어떻게 알게 되었나요, 조애나?"

그녀가 말했다.

"킴이랑 같이 일해요. 저도 킴과 같은 사회복지사라서요."

"영국에 산 지는 얼마나 되었어요?"

"7년요."

"살기엔 어때요?"

"일이 많긴 하지만 즐기고 있어요."

조애나가 미소 지었고 우리 두 사람은 다시 이야기를 시작했다. 평범한 이야기였다. 우리는 크리스마스에 대해서, 새해를 맞아 계획한 바에 대해서, 그리고 좋아하는 음악과 보고 싶은 영화에 대해서 이야기했다. 대니얼이 컴퓨터에서 사라진 후에도 우리는 계속 이야기를 이어나갔다. 말 자체는 아무 문제가 되지 않았다. 조애나는 아름다웠다, 정말 아름다웠다. 그리고 함께 이야기하기 편한 사람이었다. 잘 웃고 농담을 했으며 내가 하는 말을 잘 들어주고 질문도 했다. 그렇게 쉽게 대화를 나눌 수 있는 사람을 찾기란 흔한 일이 아니었다. 두 시간이 언제 지나갔는지도 모르게 흘러갔다.

나는 벌써 자정이 지났음을 깨닫고 주뼛거리며 말했다.

"이제 그만 일어나야겠어요."

조애나가 물었다.

"왜요? 이야기하는 게 즐겁지 않아요?"

나는 얼마나 즐거운지 내 마음을 열어 보여주고 싶었다. 사실 밤이 늦었기 때문에 아빠가 나를 침대에 눕히고 잠자리에 들고 싶어 하신다고 말하고 싶지 않아서, 그저 이렇게 대답했다.

"내일 아침 일찍 나가야 해서요."

조애나가 대답했다.

"알겠어요. 페이스북 친구를 맺고 나중에 더 이야기하죠. 어때요?"

"좋아요. 곧 다시 이야기해요."

우리는 그렇게 작별 인사를 나눴다. 컴퓨터를 끄고 자기 전에 마지막으로 코작을 뛰게 해주려고 데리고 나가는데 흥분이 가시지 않았다. 조애나는 참 친근했다. 내게 관심이 있어 보였고 분명 나와 더 이야기하고 싶은 것 같았다.

하지만 다시 나의 현실과 예전 기억이 떠올랐다. 크리스마스 직전에 정말 마음에 드는 여자를 만났고 그녀가 나를 극장으로 초대했을 때 무척 기뻤다. 하지만 그녀는 남자친구와 함께 나타났고, 나는 크게 인심 쓰는 주인 앞에서 몸둘 바 몰라 하는 비루한 개라도 된 심정이었다. 그런데도 또 이렇게 흥분을 하다니…….

내가 여자들에게 사랑받을 수 있는 사람이 아니라는 사실은 계속해서 입증되었고 그동안 거절도 참 많이 당했다. 조애나가 우정을 원하는 거라면—내가 만났던 다른 여자들처럼—그냥 이 정도로 만족해야만 한다.

방으로 들어와 잠자리에 들면서 나는 다 잊어버리기로 마음먹었다. 조애나는 나와는 먼 세계에 살고 있고 이는 앞으로도 변하지 않을 현실이다. 불가능한 것을 자꾸 원하다니 참 어리석다.

그런데 이메일이 왔다.

"안녕, 마틴."

조애나였다.

"메시지가 오기를 기다렸는데 오지 않아서 내가 먼저 연락하기로 했어요. 나는 당신과 이야기하는 게 참 좋았는데 당신도 나와 좀 더 이야기하고 싶은지 알고 싶어요."

어쩌면 좋을까? 도저히 거부할 수 없는 유혹이었다.

미키마우스를 만나볼까?

화면으로 서로 얼굴을 보자 조애나가 말한다.

"물어보고 싶은 게 있어요."

2월 중순이다. 우리는 처음 본 후로 줄곧 이렇게 연락을 해왔다. 첫째 주에는 마치 해수욕객들이 바닷물에 뛰어들기 전에 슬그머니 발을 담그듯 조심스럽게 이메일을 주고받았다. 그러나 곧 신중한 태도는 사라지고 밤마다 인터넷으로 이야기하기 시작했다. 매일 밤의 대화가 처음 이야기했을 때처럼 순조로웠고, 새벽이 밝아올 때까지 온라인 채팅을 했는데도 서로 할 얘기가 남아 있었다.

다른 사람과 함께 하는 대화가 이럴 수도—정말 순조롭고 단순할 수도—있을 뿐 아니라 여자와의 대화가 이렇게 자연스러울 수 있다는 사실을 처음 알았다. 나는 그녀에 대해 전부 알고 싶다. 서로의 삶과 이제까지 경험했던 일들—좋아하는 노래처럼 작고 사소한 것부터 내가 유령 소년으로 지냈던 시절과 조애나가 사랑했던 아버지의 죽음처럼 중대한 일들에 이르기까지—에 대해 이야기할 때면 말이 술술 흘러나왔다. 조애나는 전에는 한번도 경험하지 못한 방식으로 내 이야기를 들어주었기 때문에 못할 말이 없었다. 그녀는 사려 깊고, 재미있고, 섬세하고, 긍정적이고, 탐구심이 강하고, 나와 같은 몽상가다. 우리는 그날그날 있었던 온갖 사소한 일들과 미래에 대한 희망을 이야기하고, 함께 농담을 하고 웃으며, 전에는 누구에게도 말하지 않았던 마음속 깊이 간직한 감정을 솔직하게 털어놓는다. 그녀에게는 숨길 이유가 없다.

나는 조애나를 믿는다. 그녀가 미소 지을 때마다 감정에 너무 치우치지 않겠다는 다짐은 자꾸만 약해지고 이 새로운 세계에 점점 더 깊이 빠져드는 자신을 느낀다. 나는 서른셋, 조애나는 나보다 한 살 많아서 서른넷이다. 그녀는 내 동생 킴과 마찬가지로 사회복지사이고 에식스에서 킴과 가까이 살고 있다. 그러나 킴을 사이에 두고 만나지 않았더라도 우리에게는 지난 수년간에 걸쳐 만날 뻔했던 기회가 수없이 많았다. 조애나와 나는 어린 시절에 같은 지역 스포츠 행사에 참석했음을 알게 되었다. 그녀는 학교에 다닐 때 내가 다니던 돌봄시설에 온 적도 있었다. 그렇기에 나는 우리의 만남이 필연처럼 여겨졌다. 운명이라는 게 정말 있다면, 나는 우리가 서로 만나게 될 운명이었다고 믿는다.

조애나가 입을 떼는 모습이 오늘따라 조금 긴장한 기색이다. 나 자신에게 웃음이 나온다. 조애나를 안 지 얼마 되지도 않았건만, 이제는 그녀의 감정을 다 파악해서 표정만 보아도 피곤한지, 즐거운지, 기분이 언짢은지, 아니면 화가 났는지 알 수 있다. 이야기를 나누는 매 시간마다 그녀를 탐구하면서, 다른 사람들과는 달리 조애나의 얼굴은 가면이 아님을 알았다. 자세히 들여다보기만 하면 모든 감정을 가늠할 수 있다.

조애나가 다소 황급한 어조로 말한다.

"이달 말쯤 디즈니월드에 갈 생각이에요. 밤새도록 계속 생각한 거라 말해야겠어요. 나랑 같이 갈래요? 좀 이르다는 건 알지만요."

나는 믿을 수가 없어서 멍하니 화면을 바라본다. 그녀가 하는 말 한마디 한마디에 행복감이 차오른다.

"장거리 비행은 해본 적이 없다는 거 알아요. 하지만 당신에게 적합한 항공 노선을 함께 찾아볼 수 있을 거예요."

조애나가 계속 말했다.

"비행기 표를 알아봤는데 가능한 자리는 있어요."

"나는 2주 정도 있을 예정이지만 당신은 원하는 만큼 있어도 돼요. 내가 예약한 호텔에 전화해보니까 방에 침대가 두 개라서 같은 방을 쓰면 될 것 같고요. 한번 생각해보세요. 그냥 안 된다고만 하지 말아요."

"나는 당신을 만나고 싶고 당신도 나를 만나고 싶어 한다고 생각해요. 돈 때문에 신경을 쓰거나 일 걱정은 하지는 말았으면 해요. 그냥 흘러가는 대로 살면 안 된다고 생각할 수도 있겠지만 때로는 그렇게 살기도 해야죠, 안 그런가요?"

키보드 위에서 내 손이 얼어버린다. 정말 놀랍게도 두렵거나 불안한 기분이 들지 않는다. 완전히 압도당한 기분이지만 두려워서가 아니라 황홀해서다. 조애나가 나를 만나고 싶어 한다. 내가 가고 싶으냐고? 그건 물어볼 필요도 없다. 살면서 이보다 더 간절히 원했던 일이 있었던가. 조애나를 원하며 당장 만나고 싶다. 이런 내 마음을 어떻게 전할까 생각해보니, 무슨 말로도 충분하지가 않다.

나는 글자를 입력한다.

"가고 싶어요. 정말 가고 싶어요."

"정말요?"

조애나가 웃음 지으며 내 말을 기다리지만 나는 아무 말도 할 수가 없다. 앞에 놓인 컴퓨터 화면으로 그녀의 얼굴을 바라보는 내 마음은 윙윙거리며 날고 있다.

그녀가 말한다.

"물론 당신은 도움이 필요하다는 사실을 잘 알고 있고 나는 기꺼이 도울 거예요. 우리가 만날 수 있는 기회가 왔으니 우린 기회를 잡아야만 해요!"

조애나가 웃는다. 나는 그녀가 웃을 때가 정말 좋다.

내가 말했다.

"그런데 왜 나를 만나고 싶어요?"

나는 질문해야만 한다. 조애나가 이 말도 안 되는 계획을 이야기한 다음부터 줄곧 머릿속에 떠다닌 물음이기 때문이다.

그녀는 잠시 말이 없다.

"왜냐하면 당신은 이제까지 내가 만난 사람 중에서 가장 솔직한 남자이기 때문이에요. 안 지는 비록 몇 주밖에 안 되었지만, 나를 행복하게 해주는 사람이기 때문이에요. 당신은 날 웃음 짓게 하고, 재미있고, 다른 어떤 사람들보다도 내 말을 잘 이해해줘요."

우리는 잠시 말이 없다. 나는 화면을 향해 손을 올리는 조애나를 본다. 1만 킬로미터나 떨어진 곳에서 나에게 닿기 위해 손을 내밀고 있는 것이다.

그녀가 물었다.

"그럼 틀림없이 오기로 한 거죠?"

내가 말했다.

"그럴 거예요. 당신을 만나기 위해서라면 어떻게든 갈게요."

나는 조애나의 얼굴을 바라본다. 그녀가 처음 보는 사람을 만나려고 주저 없이 비행기표를 살 만큼 자기 삶에 대한 확신이 있다니 믿어지지가 않는다. 조애나는 우리 둘 다 언젠가는 분명 사랑을 찾을 거라고 말한다. 그러니 서두르거나 애쓰지 말고 그저 흘러가는 대로 두어야 한다고. 그녀는 나와 달리 사랑에 좌절해본 적이 없는 듯하다. 조애나의 낙관주의가 나의 세포 하나하나에 스며들어 무엇이든 할 수 있을 것만 같다.

조애나가 말한다.

"모든 일에는 때가 있는 법이에요. 우리를 위한 계획이 있어요."

나는 손을 올려 화면에 나타난 조애나의 손 위로 포갠다. 얼마나 간절히 조애나를 가까이에서 느끼고 싶은지 모른다. 그녀의 얼굴을 바라보고 그녀가 진심을 말하고 있음을 느낄 때 마음이 얼마나 벅차 오르는지 모른다. 그녀가 나를 만나기를 원한다. 나와 시간을 보내며 나에 대해 좀 더 알고 싶어 한다. 나도 한시 바삐 그녀를 좀 더 알고 싶다. 하지만 먼저 그녀에게 이야기해야 할 것이 있다.

나는 글자를 입력했다.

"육체적으로 내가 어떤지 당신에게 얘기하고 싶어요. 내가 정확히 어떤 사람인지 알려주고 싶어요."

그녀가 대답했다.

"좋아요."

있는 그대로의 나

나는 그녀에게 이메일을 쓴다.

"조금도 미화하지 않을게요. 내게 어떤 도움이 필요한지 전부 당신에게 말할게요. 이걸 다 읽고 당신 마음이 변한다 해도 괜찮아요.

나는 손으로 집어 먹는 음식은 스스로 먹을 수 있지만 나이프와 포크를 사용할 때는 도움이 필요해요. 혼자서는 샤워를 하러 들어가고 나올 수 없지만 스스로 씻고 물기를 닦을 수는 있어요. 물론, 샴푸 뚜껑을 열어달라고 부탁할지는 모르지만요.

혼자서 면도를 못하기 때문에 누군가가 면도를 해주어야 해요. 옷이 내 옆에 놓여 있기만 하면 스스로 옷은 꽤 잘 입을 수 있어요. 하지만 단추 채우기와 지퍼 올리기, 신발끈 매기는 혼자서 하지 못해요.

나는 마룻바닥에서는 발을 사용해서 휠체어를 움직일 수 있지만 카페트 위에서는 잘하지 못해요. 수동 휠체어를 탄 경우에는 팔로 휠체어를 밀어서 움직일 수 있지만 도로나 인도에서 휠체어를 끌 정도로 힘이 강하진 않아요.

이 정도면 기본 내용은 다 쓴 것 같네요. 오, 그리고 나는 빨대로 음료수를 마셔요."

나는 마지막으로 화면을 한번 바라본다. 전송 버튼을 누르자 심장 박동이 빨라진다. 이런 우울한 사정을 버젓이 글로 적어 보내다니, 미친 게 아닐까. 하지만 조애나에게는 하나 숨김 없이 솔직해야 한다. 나를 돌보아줄 사람이나 가엾이 여겨줄 사람을 원하는 게 아니기 때문이다. 나는 현실에 부딪히면 깨어지고 말 환상을 품은 몽상가나 나를 구원해주고 싶어 하는 누군가가 아니라, 신체가 온전치 못함에도 나를 사랑하는 여자를 원한다. 있는 그대로 사랑받고 싶다면, 조애나에게 시시콜콜한 것까지 남김없이 알려야 한다. 이런 이야기를 하자니 두렵기도 하지만, 왠지 조애나는 문제 삼지 않을 것 같다. 이유는 잘 설명할 수 없다. 그냥 느낌으로 안다.

다음 날 아침 나는 이메일에 대한 답장을 받았다.

조애나는 이렇게 썼다.

"전혀 문제 될 거 없어요. 그런 일은 우리가 함께 처리해 나갈 수 있어요."

가을 나무에서 마지막 잎이 떨어지고 난 다음에 찾아오는 평온이 마음을 물들인다. 아주 고즈넉하다. 나는 평생 누군가에게 짐을 지우는 기분으로 살아왔다. 그런데 조애나는 내 마음을 새털처럼 가볍게 한다.

사자의 용기

조애나는 어쩌면 그렇게 두려움이 없을까? 내가 비자를 제때 받지 못하는 바람에 조애나가 홀로 미국으로 떠난 후 나는 이런 질문을 되풀이했다. 둘 다 크게 실망했지만 그래도 우리 만남은 단지 시간 문제라는 것을 알게 되었다.

나는 지금 예기치 않았던 새로운 삶의 가장자리에 난 길을 따라 걷는 중이다. 지금까지 내 삶은 질서정연한 일상의 흐름을 따르는, 일직선의 모퉁이와 깔끔한 모서리로 가득 차 있었다. 그런데 갑자기 예기치 않은 곡선들과 누군가가 만들어내는 일종의 카오스로 차고 넘친다. 조애나는 내가 예상하고 받아들여온 모든 것을 뿌리째 흔들고 있다. 나는 일과 공부로 꽉 짜인 진지한 삶을 살기로 마음먹었다. 그런데 갑자기 조애나가 나타나 나를 울리고 웃긴다. 사랑하는 여자를 결코 만날 수 없으리라 믿었는데 그럴 수 있다는 희망에 부풀어 오르고 있다. 평소에는 매우 신중하고 조심스러운 성격인데 조애나를 만나고서는 점점 무모해지고 있다. 그녀는 장애가 아닌 가능성을 본다. 말 그대로 두려움이 없어서 나도 조금씩 그렇게 변해가기 시작한다.

조애나는 사람의 겉모습만을 보아서는 안 된다는 사실을 가르쳐준 사람이 있다고, 목 아래 전부가 마비된 어린 시절의 친구라고 말했다. 타고 있던 자동차가 기차와 충돌하는 사고를 당했을 때 겨우 이십 대였기에 삶이 아무런 의미가 없다고 생각할 수도 있었을 이 사람은 아버지처럼 농부가 되기로 결심했다. 지금은 결혼도 했고 120만 평 규모의 농장을 운영하고 있다고 한다.

"그는 혼자서 차를 마실 수 없을지는 몰라도 말을 할 수 있기 때문에 농장을 경영할 수 있어요. 내가 아는 웬만한 사람들보다 훨씬 행복하게 살아요."

하지만 나는 조애나의 두려움 없는 성품은 훨씬 더 오래전, 어린 시절의 영향이라고 믿는다. 남아프리카공화국의 시골에서 사는 동안 대지에 가득한 자유가 자연스레 영혼에 스며들었으리라. 그녀의 용감무쌍함에 한몫을 한 사람이 있다면 바로 아버지 애트 판 빅이다. 역시 농부였던 아버지는 세 딸들과 아들을 농장에서 마음대로 뛰놀게 했다. 그는 이렇게 말했다고 한다.

"못한다고 말하고 아무 노력도 해보지 않고 포기해버리면 안 돼.

275

더 이상 할 수 없을 때까지 늘 최선을 다해야 한다."

그래서 조애나는 어릴 때부터 총기를 안전하게 다루는 법을 배웠고 농장에서 자유롭게 뛰어다니며 자랐다. 서른여섯의 나이에 심장마비가 와 혈관 우회 수술을 받은 애트는 병원에서 걸어 나온 후 맨 먼저 가장 높은 나뭇가지에 아이들을 위한 그네를 만들었다.

그는 아이들이 공기를 가르며 솟아오를 때 기쁨에 겨워 들뜬 음성으로 외쳤다.

"얼마나 높이 올라갈 수 있니?"

애트는 보통 사람들보다 더 일찍 죽음을 맞게 됐음을 알았지만 자신이나 아이들에게 예민하게 굴 만큼 영향을 받지 않았다. 그래서 함께 해변에 갔을 때도 아이들에게서 눈을 떼지 않으며 그들이 안전한지 확인하기는 했지만 파도 속으로 헤엄치도록 내버려두었고 바다와 자신들을 마음껏 시험해보게 했다. 아이들이 놀이를 하러 수풀로 들어갈 때에도 조애나와 형제자매들을 지붕이 없는 트럭 뒷자리에 앉게 했다. 아이들이 차를 타고 가는 모습을 본 조애나 친구의 엄마에게 그는 말했다.

"아이들이 떨어지기라도 하면 차를 멈추고 다시 태우겠지만 그 전까지는 그냥 둘 겁니다."

조애나가 가장 소중하게 간직하고 있는 어린 시절의 추억 중 하나는 아빠의 절친한 친구가 소유한 크루거 국립공원 근처의 농장에서 매년 가족과 함께 휴가를 보냈던 일이다. 꿈같은 휴가 기간에 조애나와 형제자매는 사자, 영양, 코끼리, 임팔라를 찾아다니고 수풀 속을 뛰어다니며 소중한 교훈을 얻었다.

우선 인간의 욕망만 앞세울 수 없는 자연 앞에서 겸손을 배웠다. 물을 찾아 익숙한 경로를 지나는 코끼리 떼는 앞길이 막히면 사람들을 밟아서 뭉개버리고 지나간다. 벌떼들은 꿀을 훔쳐가려는 사람의 손가락을 결코 가만히 두지 않는다. 스스로 아무리 대단한 존재라고 생각해도, 우리는 그저 자연의 일부, 티끌 같은 존재일 뿐이다.

둘째로 오후마다 길고 메마른 수풀에 웅크리고 누워 자는 사자한테서 매 순간 경각심을 유지하는 법을 배웠다. 아이들은 잠자는 밀림의 왕에게 발이 걸려 넘어지는 낭패를 피하려고 발걸음을 내디딜 때마다 경계를 늦추지 않는 법을 익혔다.

마지막으로 아이들은 언제 용기를 발휘해야 하는지 배웠다. 성난 코끼리와 맞닥뜨렸을 때는 최대한 빨리 달려야 한다는 사실을, 사자의 추격을 당할 때는 움직이지 않고 가만히 서서 좋은 먹잇감이 아닌 양 상대를 속여야 한다는 것을 알았다.

조애나는 어렸을 때 배운 교훈과 두려움 없는 기질 덕분에 자유로운 영혼의 소유자가 되었다. 조애나는 아주 조금씩 그 기질을 내게 전파하고 있다. 나는 내 안에서 서서히 날아오르는 기분을 느낀다.

그녀에게 말하다

어젯밤 늦게 나는 조애나에게 이렇게 썼다.

"계속 당신만 생각하고 있어요. 당신을 사랑해요. 이 말을 해야만 했어요."

내가 어떻게 이럴 수 있었을까? 논리와 이성이 아닌 무언가가 내게 이런 감정이 진짜라고 말한다. 조애나를 안 지 겨우 몇 주가 지났지만, 이제 그녀를 평생 알고 지내리라고 확신한다.

조애나는 다음 날 이렇게 썼다.

"내 사랑, 내가 그동안 얼마나 간절히 이런 말로 편지를 시작하고 싶었는지 알아요? 하지만 그럴 기회가 없었어요. 당신이 나를 얼마나 행복하게 하는지 몰라요. 당신에 대한 사랑이 너무 커져서 이제 고통스러울 지경이에요."

그녀의 편지를 읽는 사이 가슴이 방망이질 친다.

나는 이렇게 썼다.

"아직 만난 적도 없는데 이런 말을 하다니 미쳤는지도 몰라요. 하지만 무엇보다 당신에 대한 확신이 생겼어요."

조애나가 썼다.

"당신 마음 알아요. 내가 이런 감정을 느끼다니, 믿어지지 않아서 이게 현실이라고 자꾸만 되뇌어야 해요. 어떻게 내가 이럴 수 있을까요? 나한테도 이런 감정이 찾아올 수 있는지 몰랐기에 두렵기까지 해요. 내 감정을 더 이상 통제하지 못하겠어요. 내가 미친 게 아닐까 수백 번 되물으면서도, 그런 것에는 더 이상 신경 쓰지 않게 돼요."

내가 썼다.

"나는 당신을 사랑해요. 그래서 모든 것이 단순해요."

우리는 서로가 경험하고 있는 감정을 파악하기 위해 다급히 이야기를 주고받는다. 이메일로, 문자 메시지로, 인터넷 전화로, 우리의 말들이 이쪽저쪽으로 날아다닌다.

조애나가 물었다.

"그렇지만 우리는 만난 적도 없는데 당신이 느끼는 감정을 어떻게 확신할 수 있나요?"

내가 그녀에게 말했다.

"몸으로 느끼기 때문이에요, 내 안의 모든 조직으로 느껴요. 당신에게 말을 할 때면 심장이 조여와요. 논리적으로 설명이 되지 않지만 적어도 우리는 서로에게 연결돼 있어요. 나는 이제껏 만났던 어떤 사람보다 당신에게 더 잘 이해받는다고 느껴요."

그녀가 썼다.

"나도 거의 제정신이 아니에요. 아직 만난 적도 없는 남자와 사랑에 빠져버려서, 다 멈추고 나 자신을 꼬집어보아야 할 판인걸요. 하지만 당신을 몇 년은 알고 지낸 기분이에요."

아무런 경고도 없이 삶에 불어닥친 허리케인에 대해서 우리는 수많은 질문을 던질 수밖에 없다. 세상이 거의 하룻밤 사이에 다른 곳으로 변했으니 당연히 혼란스러울 터다. 하지만 사랑이란 논리로 따질 수 없으니 우리는 유령처럼 기웃거리는 의심을 쉽사리 떨쳐버린다. 인연을 만나면 알아볼 수 있다는 소리를 많이 들었는데 이제야 무슨 말인지 알 것 같다. 지금 이 감정은 살면서 한 번도 느껴보지 못했다.

설탕과 소금

나는 조애나에게 빠져들고 함께 꿈을 꾼다.

그녀에게 말했다.

"당신과 함께 춤추고 싶어요."

우리는 만나서 무엇을 할지 이야기하며 언어로 그림을 그린다. 이제 일할 때를 제외하면 늘 온라인에 접속해 있다. 남아프리카공화국과 영국의 시차는 겨우 몇 시간 안팎이어서 우리의 일상은 세상의 반대편에서 함께 나누는 리듬에 따라 흘러갔다. 말하자면 나는 아침에 문자로 조애나를 깨우고, 출근하기 전에 말을 걸고, 일과 시간 동안 이메일을 보내며, 저녁부터는 온라인으로 줄곧 함께 시간을 보내는 것이다. 밥을 먹을 때도 우리는 컴퓨터를 끄지 않는다. 조애나가 자기 전에 전화를 걸어오면 나는 전화기 버튼음을 사용해서 '예스' 혹은 '노'로 대답한다. 이런 식으로 우리는 하루를 마무리 한다.

서로를 향한 갈망이 너무 강해진 나머지, 나는 얼마 전 이른 새벽에 깨어 문자를 보냈다. 조애나가 퇴근 후에 친구들과 만나고 집으로 돌아올 시간쯤이었다.

"당신 생각 때문에 방금 깼어요."

장난스럽게 문자를 보내고 나니 곧 전화기가 윙 하고 울렸다.

"이 말을 들으면 정말 못 믿을 거예요. 방금 문을 열다가 열쇠를 떨어뜨리는 바람에 당신을 깨웠을까 봐 걱정했다가 그럴 리가 없다는 생각을 하던 참이란 말예요."

또 어떤 날은 오른손이 이상하게 아파서 조애나에게 왜 오른손이 아픈지 도통 모르겠다고 말했더니 그녀가 대답했다.

"나도 오늘 오른손이 아파요!"

그러고는 웃음을 터뜨렸다.

설명할 수 없는 일들이지만 우리 사이에 통하는 감정에 집중하다 보면 그런 불가사의한 우연들의 이유를 굳이 따질 필요가 없어진다. 지금은 2008년 4월이고, 나는 6월 초순에 영국으로 가는 비행기 표를 예약해두었다. 이제 8주 후면 드디어 조애나와 만나서 우리의 미래를 결정하게 된다. 우리는 이미 서로를 사랑하고 있기에 어떻게든 함께할 방법을 찾아내는 것이 유일한 고민거리이다.

부모님은 은근히 걱정을 하고 계신다. 항공사에서 그렇게 먼 거리를 혼자 여행하도록 허용할 것인가? 작은 접시에 담겨 나오는 음식을 누가 나에게 먹여줄 것인가? 혹은, 균형 감각이 충분하지 않은 내가 착륙할 때 앞으로 쏠려 머리를 부딪히지 않도록 붙잡아줄 사람이 있을까? 부모님의 이런 걱정 어린 질문들이 내 주위를 맴돌고 있지만, 나는 이제 독립해 살아가야 한다는 결심을 상기시킨다. 나는 서른두 살이다. 처음 검사를 받은 지 거의 7년이 흘렀고 그동안 많은 것을 배웠다. 이제는 때가 되었다. 더 이상 두려워할 필요가 없다.

조애나와 내가 아무리 서로를 굳게 믿어도, 우리가 사랑을 지키려면 남들의 불신이라는 커다란 바위를 뚫고 관계를 다져나가야만 한다. 몇 주의 시간이 몇 달로 이어지면서, 우리가 현실을 고려하지 않고 둘만의 각본대로 소설을 쓰고 있다며 우려하는 시선들이 점점 더 피부로 느껴졌다. 환상은 현실에서 깨지게 마련이라는 사람들의 회의적인 생각을 이해한다. 우리는 만난 적도 없는 데다 완전히 다른 삶을 살고 있으니 이건 말도 안 되는 일이라고 할 만한다. 하지만 좋은 의도로 하는 말이라도 조애나가 그런 말에 고통받는 것을 보고 싶지 않다. 나는 이미 그런 일에 단련되어 있지만 조애나가 마음을 다치지 않도록 무엇이든 할 작정이다.

어느 날 저녁, 나는 그녀에게 물었다.

"무슨 일 있었어요?"

조애나의 얼굴이 평소보다 시무룩해 보였고, 화사하던 빛이 다 빠져나가 있었다.

그녀가 말했다.

"끔찍한 오후를 보냈어요."

"왜요?"

"친구들을 만났고 기분이 좋아서 당신 이야기를 했어요. 그런데 다들 듣고 싶어 하지 않았어요. 그애들은 당신이 얼마나 상처받게 될지 아느냐는 얘기만 계속했어요. 당신에게 미래를 함께할 거라는 기대를 주는 내가 잔인하다면서."

조애나의 목소리가 슬픔으로 갈라졌다.

"정말 끔찍했어요. 나는 진심을 얘기할 수가 없어서 아무 말도 하지 못했어요."

"미안해요."

"당신 탓이 아니에요. 하지만 어떻게 내 친구들이 그런 말을 할 수 있는지 이해가 안 돼요. 나를 잘 모르는 애들도 아니잖아요? 꼭 철없는 어린애한테 말하듯 했어요."

"나도 그런 기분 잘 알아요."

조애나의 얼굴이 잠시 환해지더니 다시 어두워졌다.

"내 친구들 반응을 보니 다른 사람들은 우릴 만나면 무슨 생각을 할까 싶어요. 사람들이 그저 당신의 휠체어만 볼 뿐이라는 사실이 속상해요. 정말 잘못된 거예요. 내 친구들은 정작 우리가 만난 적도 없다는 사실은 언급조차 안 했어요. 그애들은 덜 중요한 것들만 붙들고 걱정해요."

내가 글자를 입력했다.

"그런 일은 흔해요. 사람들은 내가 걷지 못한다는 것만 기억해요."

그녀가 슬프게 대답했다.

"알아요. 하지만 그래선 안 되는 거잖아요."

조애나가 말하는 모습을 지켜보노라니, 곁에서 그녀를 토닥이며 사람들이 틀렸음을 증명해 보이자고 달래주고 싶었다. 우리가 그렇게 해나갈 수 있다는 확신을 심어줄 방법이 있다면 얼마나 좋을까. 사랑은 결국 또 다른 형태의 신념이다. 나는 우리의 사랑이 진실임을 알며 이 사랑을 온전히 믿는다.

나는 조애나에게 말했다.

"우리의 마음은 변하지 않을 테니, 대신 사람들이 우리를 대하는 법을 다시 배워야 할 거예요."

"하지만 사람들이 그럴 수 있을 거라고 생각해요?"

"네."

그녀는 잠시 말이 없었다.

"다시는 친구들과 당신 얘기를 할 일이 없을 거라 생각하니 슬퍼요. 내 인생에서 가장 소중한 것을 두고 이제는 믿고 얘기할 친구들이 없어진 듯해요."

"시간이 흐르면 다시 괜찮아질 거예요. 무슨 일이 있어도 우리가 함께하는 모습을 본다면 친구들도 마음을 바꿀 거예요."

그녀가 미소 지으며 부드럽게 말했다.

"아마도요, 내 사랑."

이제는 이게 내 이름이다, 내 사랑.

물론 우리는 난관에 부딪히기도 한다. 직접 얼굴을 마주하는 대신 서로 다른 대륙에서 전화와 인터넷만으로 대화하는 일은 오해를 불러일으키기 쉬운 탓에 우리는 규칙을 정했다. 첫째는 서로에게 항상 솔직할 것, 둘째는 함께 문제를 해결해나갈 것.

"소금도 먹게 마련이다."

남아프리카공화국의 엄마들은 놀이터에서 억울한 일을 당하고 울면서 집에 돌아오는 아이들에게 언제나 좋은 일만 경험할 수는 없음을 가르칠 때 이렇게 말한다.

조애나와 나도 안다. 그래서 우리가 경험하는 시련—사람들의 가시 돋친 말이든 나의 영국행 비행을 쉽게 허가하지 않는 항공사의 고집이든 간에—은 우리의 결속을 더욱 강하게 다진다. 비행기 표를 예약하려면 나는 의료 기록과 허가증, 의사가 작성한 각종 서류와 소견서 따위를 준비해야 했다. 그러나 조애나도 나만큼이나 의지가 굳었기 때문에 우리는 쉽게 포기하지 않았다. 어느 날 아침, 조애나가 직장에서 내게 전화했을 때 우리는 온 세상과 맞서 싸워 이긴 기분이었다.

그녀의 말이 들려왔다.

"항공사가 당신의 비행을 허가했어요. 이제 정말 영국으로 오는 거예요!"

이는 실로 엄청난 승리였지만 우리에게는 여전히 함께 극복해야 할 크고 작은 문제들이 있었다.

어느 날 밤, 조애나가 말했다.

"당신이 내 이름을 불러주는 소리를 결코 듣지 못한다는 사실을 깨달았어요."

우리는 지금까지 이 문제는 이야기해본 적이 없었는데 조애나의 목소리에서 고통스러운 감정을 읽을 수 있었다.

그녀가 말했다.

"당신이 '사랑해'라고 말하는 소리를 들을 수 없다고 생각하니 너무 슬퍼요. 왜 이런 생각을 자꾸 하는지 모르겠지만 어쩔 수가 없네요. 꼭 무언가를 잃어버린 기분이 들어요."

나는 조애나를 위로하고 싶었지만 어떻게 해야 할지 몰랐다. 오랜 시간 침묵을 당연하게 받아들이며 살아왔고 목소리를 잃은 신세를 한탄한 지도 오래라 언제 그런 것을 느꼈는지도 기억나지 않았다. 하지만 소중한 무언가를 잃은 상실감에 사로잡히는 조애나의 심정은 이해할 수 있었다. 며칠 후 온라인으로 이야기하다가 나는 노트북의 키를 눌러 의사소통 시스템을 작동시켰다. 이젠 손의 힘이 타이핑을 하기에 충분히 강해져서 조애나와 이야기할 때 의사소통 시스템을 거의 사용한 적이 없었다. 게다가 나의 노트북은 인터넷 전화선과 호환되지 않았다. 하지만 조애나로부터 내 목소리를 듣고 싶다는 이야기를 들은 후 나는 필요한 작업을 하고 있었다.

내가 입력했다.

"들어봐요. 하고 싶은 말이 있어요."

그녀는 내가 노트북 키보드에서 마지막 키를 누르는 동안 조용히 앉아 있었다.

목소리가 흘러나왔다.

"조애나."

내가 몇 시간 동안 모음과 자음의 발음을 다듬어놓은 대로 컴퓨터 음성이 흘러나왔다. '조-애-나'라고 발음하는 대신 그녀가 익숙하게 들었을 아프리카식 억양을 살려 '조-엔-나'라고 발음하는 음성이었다.

"당신을 사랑해요."

조애나는 미소 짓더니 이내 함박웃음을 지었다.

"고마워요."

조애나가 내 손을 만져보고 싶다는 말을 여러 번 해서 나는 최근에 찍은 사진을 첨부한 이메일을 보냈다.

조애나가 머나먼 세상 저편에서 미소를 보내며 말했다.

"이걸 보니 정말 당신이 내 곁에 있는 것 같아요."

모든 인생에는 설탕과 함께 반드시 소금이 있다. 나는 언제까지나 설탕과 소금을 조애나와 함께 나누었으면 좋겠다.

빠지다

사랑에 빠진다는 말은 참으로 적확한 표현이다. 우리는 그 안으로 미끄러지거나, 발을 헛디디거나, 넘어지는 것이 아니다. 누군가와 절벽 끝까지 나아가기로 결심한 순간 우리는 머리부터 내던지기 전에 우선 함께 날 수 있는지를 따져본다. 사랑이 비이성적인 행위이긴 해도, 어쨌든 우리는 무엇이든 무릅쓰겠다는 용감무쌍한 선택을 서슴지 않는다. 나는 조애나와 도박을 하고 있다. 아무리 사소하다고 해도 한 점 의구심까지 마음속에서 떨칠 수는 없기 때문이다. 하지만 그녀에게서 얻은 소중한 깨달음이 있다. 산다는 것은 두려움이 밀려와도 기회를 잡는 일이다.

조애나를 만난 지 일주일 만에 나는 그녀와 사랑에 빠져도 좋다는 마음의 결정을 내렸다. 그녀는 이메일을 보냈고 나는 답장을 하려다 멈추고 스스로에게 물었다.

'또다시 마음가는 대로 살아도 될까, 이 기회를 잡아도 될까?'

나는 생각했다.

'다시 도박을 하는 걸까?'

나는 질문을 던지는 순간 이미 답을 알았다. 이런 위험을 무릅쓴 끝에 찾아올 결과야말로 내가 진정 원하는 바이기 때문이다. 무엇을 해야 할지가 보였다. 그러나 먼저 나 자신과 약속했다. 만일 평생을 함께하는 대가로 어쩔 수 없이 맞닥뜨리게 될 폭풍우를 함께 견딜 사람을, 진정한 사랑을 찾게 된다면 절대로 꾸며낸 모습을 보여주지 않겠노라고. 겁이 난다고 해서 자신을 감추는 짓은 할 수 없었으므로 나는 무슨 이야기를 하든지—내가 학대받았던 경험이건, 돌봄을 필요로 하는 현실이건, 여자와 사랑을 나누고 싶다는 열망이건 간에—조애나에게 철저히 솔직하고 싶었다.

조애나에게 그런 이야기를 할 때면 스스로 용감하다고 여겼지만 한편으로는 거절당할지도 모른다는 불안감이 나를 괴롭혔다. 하지만 나는 계속 밀고 나가기로 마음먹었다. 휠체어를 타고 어느 방으론가 안내되어 공 그림에 시선을 집중하라는 지시를 받았던 그날 이후 얻은 깨달음 덕분에 나는 마음이 가리키는 바를 오롯이 따를 수 있었다. 때로 쓰디쓴 고통도 맛보았지만, 세상 밖으로 나가 실수를 저지르며 조금씩 전진하는 동안 삶이란 학술 과제처럼 한 발치 떨어져서 지켜보는 식으로는 절대 경험할 수 없음을 배웠다. 직접 살아내야 하는 게 인생이건만 나는 너무 오랜 시간을 일과 공부에 파묻혀 실제 삶에서 한 발 물러나 있었다.

이제 이유를 알 것 같다. 그동안 나는 이 세상에서 어떤 모습으로 존재해야 하는지를 몰랐다. 혼란스럽고 어리둥절했으며 많은 부분에서 어린아이 같았다. 꽤 오랫동안 선과 악이 텔레비전에서 보아온 것처럼 흑백으로 분명히 가려진다고 믿었고, 내가 본 바를 액면 그대로 말했다. 하지만 사람들이 늘 진실만을 듣고 싶어 하지는 않는다는 점을 알아챘다. 내가 옳다고 생각한 것이 반드시 옳다는 법도 없었다. 나는 대개 보이지 않는 것들, 말로 표현되지 않는 것들을 배우는 일은 어렵게만 느껴졌다.

가장 어려웠던 것은 동료들이 암묵적으로 따르는 예절과 위계질서라는 복잡한 그물이었다. 그것을 이해하면 여러모로 도움이 된다는 것은 알았지만 실수를 저지를까 봐 두려워 처음에는 시도조차 하지 못했다. 회의 시간에 발언할 경우를 대비해 몇 시간에 걸쳐 컴퓨터에 입력해둔 단어들을 사용하지 못한 채 나는 침묵을 지키고 있었다. 내가 잘 모르는 것을 동료들에게 이야기하기보다는 그저 잠자코 있었다. 한 여직원이 나를 위해 '베이비시터' 노릇을 하고 있다는 말을 했을 때에도, 나는 무슨 말을 해야 할지 몰라 멍하니 쳐다보기만 했다.

하지만 인생은 흑백이 아니라 무수한 회색 그림자로 이루어졌음을 깨달으면서 나는 때로 틀릴지언정 점차 나의 판단을 믿는 법을 배웠다. 내가 배운 것들 중에서 가장 중요한 것은 바로 위험을 감수하고 도전하는 일이었다. 의사소통을 시작하기 전에는 한번도 그렇게 해본 적이 없었지만, 일을 시작한 후에는 그렇게 해야만 직장생활을 계속 해나갈 수 있음을 알았기에 자신을 믿고 박차를 가했다. 그래서 업무 외 시간도 일에 할애했고, 잘 알지 못하는 업무를 받았을 때도 묵묵히 일했으며, 내가 기여한 부분이 큰 성과로 동료들이 칭찬받을 때에도 실망하지 않았다. 한편으로는 나 자신을 온전히 믿지 못했을 때 나를 돕고 이끌어주고 귀 기울여주며 응원해준 많은 사람들을 만났다.

때로는 스스로를 믿기가 너무나 힘들었던 것도 크게 작용했다. 복잡한 컴퓨터 문제로 씨름하다 보면 머저리 취급을 받던 시절의 망령들이 나를 괴롭혔다. 일을 시작해보니 내가 돌봄시설에 있는 동안 익숙한 것과 규칙적인 일과에 얼마나 길들여졌는지를 비로소 깨달았다. 내가 원하는 바는 오로지 계속 앞으로 나아가는 것이었지만 나는 종종 길을 잃었고, 자기 불신에 빠졌으며, 도저히 안정을 찾을 수 없다고 느꼈다.

익숙한 것들에 대한 애착 때문에 한때 몸담았던 직장을 떠나기가 그렇게 힘들지 않았나 싶다. 처음으로 일을 하게 되었던 건강증진센터에서나 나의 역량을 확장할 기회를 주었던 의사소통센터에서나, 나는 안전하고 편안했고 이를 내려놓기가 어려웠다.

현재 내가 일하고 있는 과학연구기관으로 옮기는 일은 여러모로 걱정스러웠지만, 이제는 나름대로 적응할 수 있게 되었다. 처음에는 고학력에다 능력과 경력을 갖춘 사람들에게 둘러싸여 무척 주눅이 들었다. 스물여덟의 나이에 읽고 쓰기를 독학으로 배우고 컴퓨터도 혼자 익히면서, 나는 경쟁은 고사하고 동료들을 결코 따라잡을 수 없음을 절감했다.

하지만 거기에 몸담을 자격이 있는 한, 내가 어디까지 올라가느냐가 중요한 것이 아님을 서서히 깨달았다. 시간이 흐르면서 점차 자신감이 늘고 동료들에게 신뢰받는다는 느낌이 커졌다. 인생은 결국 견제와 균형의 원리가 적용되는, 소소한 성공과 사소한 실패의 집합이라는 사실을 깨닫자 홀로 배워가는 것은 아무 문제가 되지 않았다. 나는 무슨 일이든 내게 일어나기를, 예상하지 못한 어디선가 내 길을 되찾을 사건이 일어나기만을 갈망하며 긴 시간을 보냈다. 매일, 매주, 혹은 매달. 막상 그것이 현실이 되자 갈피를 잡을 수 없어 헤매었지만 어차피 삶이란 예상할 수도 통제할 수도 없다.

그럼에도 나는 여전히 내 삶에서 소외되어 있었다. 사랑에 빠지지 않고서는 누군가를 온전히 이해하고 함께할 수 있는 기회를 얻을 수 없었기 때문이다. 그러다가 조애나를 만났고 내 생애 최고의 행운을 잡으려 노력했다. 생전 처음으로 다른 사람들의 생각을 신경 쓰지 않고, 외모를 꾸미고 좋은 인상을 주려면 어떻게 해야 할지 걱정하지도 않는다. 사람들을 실망시키거나 제대로 일을 해내지 못할까 봐 전전긍긍하지도 않는다. 처음 의사소통을 시작한 이후로 줄곧 일과 공부를 통해 나 자신을 정당화하려고 애써왔다. 그러나 정당화를 통해 뭔가를 보여줄 필요가 없는 유일한 존재가 바로 조애나이다.

최근에 나는 조애나에게 영국에서 만나기 전에 미리 나의 생김새를 정확히 보여주고 싶다고 말했다. 나는 컴퓨터 앞에 앉아 오른손에 웹캠을 들고 앞뒤로 카메라를 움직였다. 먼저 얼굴을 보여주고, 다음으로 팔과 상체를 덮고 있는 헐렁한 티셔츠를 보여주고 나서, 카메라를 뒤로 당겨 내가 늘 앉아 있는 휠체어를 비추었다. 물론 조애나는 이미 휠체어를 보았지만 이번에는 카메라를 내 쪽으로 향하게 해서 전부 보이도록 했다. 카메라가 나의 맨발을 받치고 있는 금속 발판을 비추자 조애나가 살며시 웃음 지으며 키득거렸다.

"호빗 발가락이잖아!"

눈앞에 나타난 조애나의 표정을 살펴보았지만, 두려움이나 곤혹스러움을 찾아볼 수 없었다. 평생 수도 없이 그런 낯빛을 보아온 터라 나는 단번에 그런 기색을 읽을 수 있었지만 조애나의 얼굴에는 오로지 미소만이 떠올랐다.

그녀가 부드럽게 말했다.

"당신은 정말 멋져요."

나를 믿어주는 그녀를 위해 전부를 걸어도 좋다고, 나는 혼잣말을 한다.

하지만 인생은 흑백이 아니라
무수한 회색 그림자로 이루어졌음을 깨달으면서
나는 때로 틀릴지언정
점차 나의 판단을 믿는 법을 배웠다.

오르다

나는 모래 언덕을 올려다본다. 모래 언덕은 뜨거운 열기 속에서 빛나고 있다.

동생 데이비드가 묻는다.

"준비됐지?"

나는 고개를 끄덕인다.

우리는 나미비아에서 휴일을 보내고 있다. 여기는 엄마가 태어난 곳이다. 우리는 킴이 영국에서 놀러온 후 엄마가 자란 이곳 시골을 둘러보러 왔다. 나는 모래 언덕을 보며 내가 과연 저 위에 서 있을 수나 있을까 생각한다. 언덕은 높이가 100미터도 넘는다. 엄마와 아빠는 여기저기를 구경하러 가셨다. 나는 데이비드에게 모래 언덕 꼭대기에 올라가고 싶다고 말했다. 그의 얼굴에 놀라움이 스쳐지나갔다. 데이비드는 차에서 내려 트렁크에서 휠체어를 꺼내고 나를 앉힌 다음 밀어주기 시작했다. 지금 나는 눈앞에 솟아 있는 모래 언덕을 올려다보고 있다. 나는 꼭대기의 모래를 조애나에게 가져다주고 싶다. 이 모래 언덕은 세상에서 가장 높은 곳 중 하나이고 이 사막은 조애나가 가장 좋아하는 장소 중의 하나다.

조애나가 말했다.

"그곳은 고요함 자체라서, 거기에 가보기 전에는 진정한 고요를 안다고 할 수 없어요. 자연 경관도 장엄해서 하루에도 시시각각 변하죠. 모래도 전에 만져본 무엇보다 부드럽고요."

그래서 나는 조애나를 위해 병에 언덕 꼭대기 모래를 담아가고 싶다. 또 영국으로 돌아가는 킴에게도 가족과 오빠를 떠올리게 하는 소품으로 이 모래를 주고 싶다. 꼭대기에 올라갔다가 다시 내려오는 사람들을 바라보는데 열기가 물결치듯 어른어른한다. 사람들은 오랜 등정 끝에 오른 모래 언덕을 급히 내려오며 웃고 소리 지르고 있다.

"우리 어떻게 해야 하지?"

나도 잘 모른다. 데이비드가 내 오른팔 아래를 잡아 부축하고 일어서도록 도와주었고 나는 두 무릎을 털썩 모래 위에 떨어뜨린다. 나는 기어갈 수 없기 때문에 동생이 나를 앞으로 밀고 나는 팔로 모래를 파내며 나아간다. 우리는 천천히 모래 언덕 위로 올라가기 시작한다. 시원한 음료수와 그늘을 찾아 아래로 내려오는 사람들이 놀란 눈으로 우리를 쳐다본다. 정오가 가까웠기에 이런 행동을 하기엔 이미 늦은 시각이다. 모래가 너무 따뜻하고 부드러워서 계속 무너져 내리는 바람에 위로 올라가려면 모래에 묻히는 내 몸을 끌어내야 한다. 모래가 식어서 좀 더 단단해지는 새벽녘에 올 걸 그랬다.

데이비드가 나를 위로 끌어올리는데 태양이 작열한다. 우리는 땀을 흘리기 시작한다. 데이비드는 끌고, 나는 모래를 파내고 밀면서 동생이 짊어진 내 몸의 무게를 조금이라도 덜어내려 애쓴다. 점점 더 높이 올라갈수록 나는 모래 속에서 꿈틀대고 데이비드는 위쪽으로 나를 밀고 있다. 꼭대기가 가까워질수록 모래 언덕이 점점 더 가팔라진다.

잠시 올라가기를 멈추고 쉬는 틈에 데이비드가 묻는다.

"정말 저 위까지 꼭 가고 싶어?"

데이비드는 위쪽을 바라보고 내 눈동자도 그의 시선을 따라간다. 나는 정상에 다다라야만 한다. 비가 오길 기원하며 춤을 추는 부족민처럼 조애나를 위해서라면 어떤 장벽도—내 몸마저도—극복해낼 수 있음을 증명해 보여야 한다. 이는 조애나가 지금 나의 일부임을 입증하는 궁극의 증거가 될 것이다. 조애나로 인해 내가 생각했던 것보다 더 많은 일을 해낼 수 있음을 보여주어야 한다.

내가 미소를 지어 보이자 데이비드는 불만에 차서 한숨을 쉰다. 1미터, 또 1미터, 우리는 다시 위로 올라가기 시작한다. 우리의 머리, 입, 눈은 온통 모래투성이고 사구에 반사되는 햇빛에 눈이 멀 지경이다.

소리 없는 목소리가 들려온다.

"포기하지 마! 거의 다 왔어."

나는 아래를 내려다본다. 킴이 우리를 향해 올라오고 있다. 저 멀리, 부모님이 차 옆에 서서 우리 셋을 올려다보는 모습이 눈에 들어온다.

데이비드가 말한다.

"자, 가자!"

우리는 45분째 모래 언덕을 오르는 중이다. 우리와 함께 오르기 시작했던 사람들은 이미 내려간 지 오래다. 꼭대기까지 오르려면 남은 힘을 다해야 한다. 이제 정상에 다다랐다. 나는 모래를 파내며 몸을 위로 끌어올리면서 다시 한번 조애나를 생각한다. 조금씩, 조금씩, 허우적거리며 정상을 향해 나아간다. 머리 위의 하늘은 새파랗고 입안은 바짝 마른다. 전력을 다하느라 심장이 요동친다. 마지막까지 남은 힘을 짜내 내 몸을 끌어올리는 데이비드가 헐떡거리는 소리가 들린다. 한순간 우리는 힘이 탁 풀린다.

드디어 우리는 언덕 정상에 올랐고 킴도 우리 옆에 나란히 앉아 있다. 턱까지 차오른 숨을 고르느라 아무도 말을 하지 않는다. 발밑으로는 사막이 끝없는 바다처럼 펼쳐져 있다. 킴이 내 쪽으로 몸을 기울인다. 그녀의 손에 유리병이 들려 있다. 킴이 뚜껑을 열어 내게 병을 건넨다. 나는 모래 속으로 병을 푹 담근다.

비행기 표

컴퓨터 모니터를 응시하는 내 목구멍까지 무언가가 쓸쓸하게 차오른다. 이것은 분노일까 아니면 좌절감일까? 영국으로 가기로 한 날이 열흘 앞으로 다가왔다. 방금 전에 캐나다로 가는 비행기 표 가격을 알아보려고 연락했던 여행사로부터 이메일을 받았다. 나는 3개월 뒤에 캐나다에서 열리는 컨퍼런스에 참석할 예정이다. 늘 나와 동행해온 부모님 대신 조애나에게 함께 컨퍼런스에 참석해달라고 부탁했다. 그런데 여행사에서 나와 함께 가는 사람이 나의 엄마인지 아니면 여자친구인지 물어오다니……. 여행사 직원으로부터 걸려온 전화를 받은 엄마가 자신이 비행기 표를 예매하겠다고 말한 것이 분명하다.

며칠 전 밤에 엄마가 말했다.

"킴의 친구 하나가 인터넷으로 누군가를 만났고 그와 사랑에 빠졌다고 생각했다지. 그런데 막상 만나 보니 서로 공통점이 하나도 없다는 걸 깨달았대. 흔히 있는 일이야."

내가 멋모르고 행동하는 게 아님을 엄마에게 어떻게 납득시켜야 할지 난감하다. 마치 하늘이 초록색이라고 철석같이 믿고 있는 색맹에게 하늘이 파랗다고 말하는 것이나 다름없다.

나는 엄마에게 내 알파벳 보드를 가리켜 보인다.

"조애나와 나도 그런 일을 겪을 수 있죠. 하지만 우리는 서로의 감정을 잘 알고 있어요. 만나면 다 잘 풀릴 거예요."

엄마가 한숨 지었다.

"나도 그러길 바래, 마틴."

엄마가 다시 말했다.

"정말 그래."

나는 엄마의 걱정을 이해한다. 아들은 이미 날개를 활짝 펴고 날았어야 했는데 20년도 더 지난 후에야 날갯짓을 시작하고 있다. 이 순간을 오랫동안 기다려왔지만 막상 현실이 되니 엄마는 걱정이 앞선다. 나는 평생을 거의 어린아이로만 살았다. 처음엔 유령 소년으로, 그리고 최근 몇 년간은 걸음걸음마다 부모님의 전적인 도움을 받는 불완전한 어른으로. 부모님은 자신들 없이 지구 반 바퀴를 날아가는 나를 상상하기가 힘들 것이다. 나 자신도 불안하기 때문에 그분들의 심정을 충분히 이해한다.

나는 혼자서는 단거리 국내선 항공기만 타봤다. 혼자 바다를 건너 조애나를 만나러 가자니 고려해야 할 문제들이 한두 가지가 아니다. 부모님은 오로지 나의 안전을 바랄 뿐임을 알지만 그분들의 기대와 두려움에 나 자신을 맞춰가며 남은 평생을 살 수는 없다. 어느 시점에는 반드시 부모님의 도움 없이 미지의 세계로 뛰어들어야만 하는 것이다.

조애나의 메시지가 화면에 뜬다. 몇 분 전에 할 말이 있다고 그녀에게 문자를 보냈다.

"내 사랑? 지금 자리에 있어서 다행이에요."

내가 대답을 입력한다.

"당신에게 할 말이 있어요."

나는 엄마가 비행기 표를 예매했고 자신이 동행하는 것이 최선이라고 믿는 엄마의 생각을 과연 바꿀 수 있을지 모르겠다고 자초지종을 설명한다.

내가 설명을 마치자 조애나가 입력한다.

"도대체 왜 어머님이 이 일에 관여하시는 거죠?"

내가 대답했다.

"내가 비행기 표를 예매하려는 걸 엄마가 알게 됐고 표를 금방 구입하지 않으면 값이 오를까 봐 그랬다고 하셔요."

우리가 만나 결국 헤어질까 봐 엄마가 걱정한다는 말은 굳이 할 필요가 없다. 쓸데없는 비행기 표만 남고 말 테니까.

조애나가 입력한다.

"어머니를 말릴 수 없어요? 우리가 함께 갈 계획이라고 어머니에게 말해요."

"노력해볼게요. 하지만…… 어머니가 내 말을 들으실지는 모르겠어요."

"그래야 해요!"

잠시 컴퓨터 화면에 아무것도 나타나지 않는다.

이윽고 조애나가 입력한다.

"나 지금 화가 나려고 해요."

"왜 당신 어머니가 이 일에 관여하시는지 이해가 안 돼요. 당신 일 아닌가요? 당신에게 도움이 필요하다면, 내가 있잖아요."

조애나에게 설명하고 싶다. 그렇게 간단한 일이 아니라는 점을 이해시키고 싶다. 지금까지 우리는 늘 서로를 이해했지만 갑자기 이번만은 그럴 수 없지 않을까 하는 생각이 든다.

그녀가 입력했다.

"정말 화가 나요. 어째서 어머니한테 간섭하지 말아달라고 하지 못하는 거예요?"

말다툼을 벌이게 될까 싶어 겁이 난다. 수풀 사이를 탐험하고 깊은 바닷물에서 헤엄을 치며 자란 여자에게 어떻게 내 사정을 설명해야 할까? 우리가 살아온 삶이 이토록 다른데 그녀를 어떻게 이해시킬 수 있을까?

나는 입력했다.

"우리 부모님은 아침마다 나를 침대에서 일으켜주는 사람들이에요. 옷 입는 것을 도와주고, 아침을 먹이고, 씻기고, 일터까지 차로 태워다주고 다시 태워오지요. 내가 그분들을 화나게 해서 아무것도 하고 싶지 않게 만들기라도 하면 어떻게 될까요? 물론 부모님은 나를 사랑하시고 내가 상처받을 일을 결코 하지 않을 분들이니 그럴 일은 없겠지만요. 하지만 그렇다고 두려움이 없어지진 않아요. 휠체어에서 생활하는 사람은 그렇지 않은 사람들과는 달리 정말 많은 면에서 누군가의 도움이 필요하답니다."

잠시 화면이 비어 있다가 잠시 후 조애나가 발신한 몇 마디가 다시 나타난다.

"미안해요, 내 사랑."

나는 오늘 밤 부모님과 대화를 하기로 했지만 먼저 아빠와 이야기를 하고 싶다. 그래서 나 대신 엄마에게 잘 이야기해줄 수는 없느냐고 아빠에게 이메일을 보낸다. 하지만 부모님과 저녁 식탁에 마주 앉을 때까지 아무것도 이야기하지 않았다.

나는 알파벳 보드를 이용해서 말한다.

"두 분께 드릴 말씀이 있어요. 중요한 일이에요."

부모님이 나를 바라본다. 심장이 두근거린다. 이 일이 내게 얼마나 중요한지 보여주기 위해서는 단도직입적으로 말해야 한다.

"저 캐나다에 조애나와 함께 가기로 했어요. 이번 여행에서는 내가 원해서 조애나가 나를 도와주기로 한 거예요."

엄마는 할 말이 있는 눈으로 나를 쳐다본다. 내가 말을 다 마칠 때까지 엄마가 아무 말도 안 하기를 기도했다.

내가 말했다.

"좋은 생각이 아니라고 생각하시겠지만 이젠 저를 좀 믿어주실 때가 되었어요. 제 스스로 결정하고 실수도 직접 해보아야만 해요. 엄마 아빠가 영원히 저를 보호해주실 수는 없잖아요. 무엇보다 조애나와 제가 이번 여행을 잘해내리라는 확신이 있고요."

아무 말이 없던 엄마가 입을 열었다.

"네가 하는 일을 막고 싶지 않아, 마틴. 우린 그저 네가 행복하길 바랄 뿐이란다."

내가 말했다.

"저도 알아요. 하지만 정말 그러길 원하신다면, 제가 행복을 찾아나설 기회를 주셔야 해요. 제발 그렇게 해주세요. 제 계획대로 하게 해주세요."

부모님은 침묵을 지킨다. 이윽고 엄마가 자리에서 일어난다.

엄마가 조용히 말했다.

"커피를 좀 더 내려야겠다."

두 분 다 아무 말도 하지 않으신다. 부모님의 마음속에는 하지 않고 남겨둔 말들이 많다. 이번만은 내 말을 들어주시길 바랄 뿐이다.

집으로 오는 길

기장이 파리 상공을 비행 중이라는 안내 방송을 한 뒤로 심장이 수천 번도 더 멎을 것만 같았다. 한 남자가 히드로 공항을 통과하여 내 휠체어를 밀어줄 때 나는 차라리 심장이 멈춰버리기를 바랐다. 이 거대한 빌딩 어딘가에 벽 하나를 사이에 두고 조애나가 와 있다. 숨을 고르게 쉬려고 애써보지만 잘 안 된다. 지난 6개월 동안 알록달록한 총천연색으로 물들어 있던 우리의 세계가 서로를 만나고 나면 알쏭달쏭한 잿빛으로 퇴색해버리면 어떻게 하나.

남자가 말했다.

"거의 다 왔어요."

여기가 영화 촬영장이면 좋겠다. 감독이 '컷'을 외치면 이미 했던 대사를 취소하고 내 대사를 다시 해볼 수 있으니 말이다. 그나저나 내 대사는 무엇인가? 무슨 말부터 해야 하나? 머릿속이 온통 하얗다.

비행은 마치 단계별로 통과해야 하는 유격훈련 같았다. 사무실에서 집까지 가서 트렁크 챙기기, 공항에 도착해서 체크인하기, 비행기에 탑승하기, 도착해서 지저분한 모습으로 조애나를 만나지 않도록 아무것도 먹지 않은 채 열한 시간 동안 비행기에서 버티기. 마침내 비행기가 착륙한 후 모든 장애물을 다 통과했다고 생각한 순간, 근엄하게 생긴 출입국관리소 직원이 비행기 안으로 들어섰다.

"어디로 가시죠?"

조애나와 나는 어떤 질문을 받게 될지를 두고 그동안 수도 없이 의논했다. 나는 이번 비행을 위해 특별한 의사소통 보드도 준비해왔다. 하지만 이 질문의 대답은 보드에 담겨 있지 않았다. 직원은 내 대답을 기다리다가 언짢은 표정을 지었다.

그가 물었다.

"연결 항공편은 어디서 타시죠?"

나는 그를 쳐다보았다.

"최종 목적지는 어디입니까?"

그는 나의 침묵에 한숨을 내뱉고는 마침내 내가 대답할 수 있는 질문을 던졌다.

"런던이 종착지인가요?"

나는 고개를 끄덕였고 그는 좀 더 나이 든 직원에게 손짓을 하더니 이렇게 말했다.

"이분을 맡아주세요."

이윽고 나는 비행기에서 내려지고, 무표정한 세관 공무원의 질문을 받은 후 여권에 도장을 받은 다음, 수화물 컨베이어벨트로 이동되었다.

이제 나는 몇 킬로미터에 이르는 복도를 지나 두 개의 하얀 문 앞에 당도했다. 내 앞에서 문이 자동으로 열리고 있다. 문을 통과해서 나가자 기다란 철제 난간 건너편에 사람들이 서 있다. 어떤 사람들은 손에 든 표지판을 내가 있는 방향으로 흔들었고, 또 어떤 사람들은 기대에 찬 얼굴로 가족끼리 모여 있다. 수십 개의 눈동자가 내게로 모이더니 자신들이 기다리는 사람이 아님을 확인한다. 표지판을 떨구고 다시 기다릴 준비를 하며 고개를 돌린다. 나는 여러 얼굴을 훑어보며 두리번거린다. 뭔가 착오가 생겨서 조애나가 나를 마중 나오지 않았을 수도 있다는 생각을 하니 당황스럽다. 만약 그러면 어떻게 하지?

"마틴?"

나는 고개를 돌린다. 조애나가 여기 있다. 숨을 쉬기가 힘들다. 내가 생각했던 것보다 훨씬 더 아름답다. 그녀가 몸을 숙이며 내게 미소 짓는다.

조애나가 아프리카어로 말한다.

"내 사랑."

나는 잠시 어색함을 느낀다. 이내 우리의 팔이 서로를 감싼다. 처음으로 그녀를 안고서, 달콤한 꽃향기를 맡는다. 나는 그녀와 절대로 헤어지지 않을 것임을 직감한다.

여기가 바로 나의 집이다.

둘이서 함께

나는 지금 취해 있다. 처음으로 내게 일어나고 있는 모든 일에 흠뻑 취해 있다. 맞은편에 앉아 있는 나를 올려다보며 미소 짓는 조애나를 바라보거나, 그녀의 키스에 정신을 빼앗기거나, 레스토랑에서 무엇을 먹을지 고심하며 추켜올리는 그녀의 눈썹을 지켜보거나, 쏟아지는 빗속에서 서어나무 아래에 함께 앉아 있거나…….

"내 사랑."

조애나는 이 말을 하고 또 한다. 내가 정말 여기 와 있다는 것이 실감이 안 난다는 듯이.

"내 사랑."

우리는 조애나의 집에서 며칠을 보낸 후 스코틀랜드로 갔다. 조애나의 집에서는 킴을 비롯한 친구들과 함께 그녀의 생일 파티를 했다. 그러나 여기에는 우리 둘뿐이다. 우리는 별장 밖의 둥그스름한 구릉들과 낮게 드리워져 빛나는 하늘을 거의 보지 않았다. 대부분 실내에서 시간을 보내고 있다. 늘 서로의 손을 놓지 않은 채, 나란히 앉거나 누워서, 어깨를 맞대거나 혹은 무릎 위에 아무렇게나 다리를 얹은 채로. 몇 달간 서로를 보고 싶어 하다가 이렇게 만나니, 한시도 떨어져 있을 수가 없다.

나는 알파벳 보드를 거의 사용하지 않았다. 대신 손가락으로 조애나 피부에 글자를 그린다. 그녀는 피부 위에 새겨지는 단어들을 읽어낸다. 하지만 여러 면에서 말은 거의 필요하지 않다. 우리는 이미 몇 달 동안 말을 충분히 많이 했을뿐더러, 조애나가 내 얼굴을 보기만 해도 아주 많은 것을 이해하기 때문에 굳이 말을 할 필요가 없었다. 무슨 말을 해야 할지 몰라 서로 예의를 차리며 더듬거리거나 의식적으로 재미있는 농담을 하려고 애쓰게 되지는 않을까 등등 도착하기 전에 머릿속을 스쳐지나갔던 오만가지 생각들은 이제 온데간데없이 사라졌다. 공항에서 처음 만난 순간부터 지금까지 우리는 편안함을 느끼며 서로에게 푹 빠져 있다.

이렇게 완전히 나를 받아들여주고 이렇게 많은 평온을 내면에 품고 있는 사람은 본 적이 없다. 조애나는 쓸데없는 잡담으로 대화의 여백을 메우지 않는다. 우리는 그저 함께 있는 느낌과 흐름에 몸을 맡긴다. 조애나가 나를 만지면 나는 경이로움에 펄쩍 뛰어오르다시피

할 때가 있다. 그녀가 손을 쓰다듬으면 내 손가락에는 힘이 들어가고 눈에 키스하면 내 턱은 씰룩거린다. 내 몸이 마치 조애나의 감미로움을 믿을 수 없다고 말하는 것 같다. 지금까지 이토록 나를 좋아해주는 사람은 없었다. 단순하지만 가장 완벽한 느낌.

우리는 서로의 피부에 지도를 그린다. 손가락 끝으로 서로의 볼과 턱과 손의 선을 따라 그림을 그리며, 매 시간 상대방의 감촉을 스스로에게 각인한다. 조애나의 손은 내 손에 꼭 들어맞는다. 나는 그녀가 어렸을 때 닭장에 손이 끼어 생겼다는 흉터를 매만진다. 사랑이라는 게 이토록 모든 감각을 생생히 일깨울 줄은 몰랐다. 조애나가 웃는 모습을 볼 때, 그녀의 향기를 들이마실 때, 목소리를 들을 때, 키스를 느낄 때, 그리고 피부를 만질 때, 내 몸이 속속들이 그녀에게 맞추어진다.

우리가 하지 않은 일은 딱 하나, 육체적으로 사랑을 나누는 것이다. 내가 영국에 오기 전에 그렇게 하기로 약속했다. 우리에게는 앞으로 남은 평생이 기다리고 있으니까. 나는 아직 청혼을 하지 않았지만 조애나도 나도 우리가 결혼하게 될 것임을 알고 있다. 여기로 오기 전부터 우리는 이미 결혼 이야기를 나눴다. 우리 두 사람의 새로운 삶을 시작하기 위해 내가 영국으로 오게 될 것이다. 이런 결정을 얼마나 쉽게 내렸는지를 생각하면 놀라울 따름이다. 우리는 꼭 서로의 연장선 상에 있는 듯하다. 아주 사소한 일만으로도 복잡해질 수 있는 삶을 살아온 터라 나는 이런 단순함을 한껏 즐기고 있다. 조애나와 내가 사랑을 나누는 일은 우리가 함께 완성할 퍼즐의 마지막 조각이 될 것이다. 우리는 신혼 첫날밤을 위해 그걸 아껴두기로 했다.

하루하루 서로를 알아갈수록 조애나가 내 안에 막혀 있는 모든 것을 열어주고 치유해준다는 느낌이 든다. 나는 무언가를 하도록 유도하거나, 내가 수동적으로 앉아만 있는 동안 모든 일을 대신 해주는 사람들에게 익숙해져 있다. 그러나 조애나는 지금 모습 그대로 나를 받아들이고 예전에 내가 겪은 일에 안타까워하거나 애석해하지 않는다. 무엇보다 놀라운 일은 그녀가 나의 재활에 별로 관심이 없어 보인다는 사실이다. 조애나는 내게 무언가를 하라고 재촉하지 않는다. 내가 할 수 없다면 눈꺼풀을 들어보라고도 하지 않는다. 오래된 노트북을 가져오기가 번거로워서 알파벳 보드만 가져왔지만 별로 상관하지 않는다. 조애나는 내 '목소리'를 반드시 듣기를 원하진 않는다. 바닥을 기고 있는 아이를 일으켜 세우려고 주위에서 서성이는 엄마처럼 굴지도 않는다. 내가 내 몸을 가장 잘 알 거라는 사실을 믿어준다. 어떤 날은 내 몸이 잘 움직여주고 또 어떤 날은 그렇지 않다는 것도 인정해준다.

어느 날, 혼자 점퍼를 입으려고 애를 쓰다가 낙심한 내게 그녀가 말했다.

"제대로 움직이지 않는 것은 당신이 아니라 당신 손이에요. 손을 좀 쉬게 해주고 내일 다시 해봐요."

그녀는 어쩌다 내가 저지른 실수에도 다른 사람들처럼 놀라거나 당황하지 않는다. 어느 날 아침, 방에 들어왔다가 침대에 대자로 누워 있는 나를 보고 그녀가 외쳤다.

"내 사랑!"

옷을 입던 내가 그만 균형을 잃고 쓰러져 참나무처럼 침대 위에 엎어져 있었던 것이다.

일어나는 나를 도와주면서 조애나는 웃으며 말했다.

"괜찮아요? 다음에는 넘어지지 않게 잘 받쳐줄게요!"

조애나는 뭔가 잘못을 했을 때도 당황하며 사과를 하거나 죄의식을 느끼지 않는다. 그런 단순함에 나는 마음이 편안하다. 조애나는 그저 미소를 지어 보이고는 키스를 한 다음 내가 옷 입기를 끝마칠 수 있도록 방을 나갔다. 뭔가 할 말이 있으면 있는 그대로 말한다. 며칠 전 아침 내가 늘 그렇듯 허리를 굽히고 커피를 들이켜고 있을 때에도 그랬다.

"당신이 왜 그렇게 항상 급히 먹고 마시는지 모르겠어요. 늘 뭔가에 쫓기는 사람 같아요."

나는 잠시 그녀의 말이 이해되지 않았다. 나는 한 번도 천천히 먹거나 마신 적이 없었다. 나에게 먹고 마시는 일은 그저 에너지를 충전하는 작업, 최대한 빨리 해치워야 하는 행위였다. 그러지 않으면 식사하는 나를 거들기 위해 사람들이 소중한 시간을 더 많이 소비해야 하기 때문이다. 나는 음식을 음미해볼 생각조차 한 적이 별로 없었다. 하지만 그날 밤 조애나는 내게 처음으로 크렘 캐러멜을 맛보게 했다. 나는 시간을 들여 아주 천천히 맛을 보았다. 처음에는 달콤하고, 그다음에는 진한 캐러멜의 풍미가 혀에 가득 고이더니, 쌉쌀한 맛이 희미하게 느껴지다가, 마지막으로 바닐라 향의 진한 크림 맛이 혀를 감쌌다.

조애나가 말했다.

"행복해 보여요."

그녀는 내가 무언가를 즐길 때가 무엇보다 기쁘다고 말했다. 또 어떤 일에서 나처럼 한껏 즐거움을 느끼는 사람은 본 적이 없다고 말한다. 즐거움을 경험하는 방법이 많을 뿐 아니라 새롭게 경험하게 될 일들이 많고 많기에 내가 세상에 경이로워하는 모습을 보면 행복하다고 말한다.

이제껏 즐거움이란 가장 사적인 감흥이었는데 이제 그런 즐거움을 조애나와 공유하자니 표현할 길 없는 기쁨이 밀려온다. 조애나는 붉은 노을을 보고 내 눈이 동그랗게 커질 때나, 도로에서 커브길을 따라 드라이브를 할 때 눈앞에 펼쳐지는 에메랄드빛 자연 경관의 아름다움에 감탄하며 미소 짓는 나를 보며 웃는다.

조애나가 나를 있는 그대로 받아들임으로써 나는 더 많은 일들을 시도하기 시작했다. 그녀는 이미 오래전에 자신감을 상실한 내 몸을 다시금 믿게 한다. 며칠 전 아침, 나는 일주일 동안 주방에서 일하는 조애나를 지켜보던 끝에, 이제는 내가 아침을 준비해야 할 차례라고 생각했다. 나의 손떨림 탓에 사람들이 불안해한다는 이유로 이제껏 커피조차 스스로 준비해본 적이 없었다. 그러나 일주일 내내 조애나가 나를 위해 혼자 요리를 했다. 이번에는 내가 아침을 준비할 순서라고 말하자 조애나는 별다른 말을 하지 않았다.

그녀는 나이프나 스푼과 같은 작은 물건을 잡기가 용이하도록 발포고무 손잡이를 오른손에 채워주고, 내가 혼자서 열기 힘든 커피통과 잼통의 뚜껑을 느슨하게 한 뒤 주방을 나갔다.

조애나가 말했다.

"나는 책 읽고 있을게요."

나는 앞에 있는 주전자를 쳐다보았다. 끓는 물을 따를 자신이 없었지만 일단 물을 끓이는 버튼을 누를 수 있었다. 주전자의 전원을 켠 다음 카운터에 놓인 커피통을 바라보았다. 나는 거의 눈높이에 있는 커피통을 뚫어지게 쳐다보면서 휠체어에서 최대한 몸을 앞으로 기울여 손을 뻗었다. 나는 커피통을 손가락으로 에워싸고 내 쪽으로 당긴 후 뚜껑을 카운터 위로 떨어뜨렸다. 그런 다음 결코 만만치 않은 적수인 스푼—무감각한 내 손이 좀처럼 제대로 감싸 쥐지 못하는 조그만 물건—을 집어 들었다.

커피통 안에 스푼을 밀어 넣어 커피를 담는 동안 떨리는 손으로 쥔 스푼이 달그락거렸다. 이윽고 커피가 담긴 스푼을 올리자 커피 알갱이들이 흔들리는 스푼에서 떨어졌고 마지막 남은 알갱이 몇 개마저 카운터 위로 흩어졌다. 좌절감이 밀려들었다. 제멋대로 노는 내 손이 한 번만이라도 명령에 복종하기를 빌었다. 한 번, 두 번, 세 번 시도한 끝에 커피 한 스푼씩을 두 개의 컵에 넣고 설탕 넣기로 넘어갈 수 있었다. 마침내 컵 하나에는 시럽이 든 진한 커피를 만들기에 충분한 양이 담겨 있었고 다른 하나에는 그보다 묽은 커피가 만들어질 양이 담겨 있었다. 이제 시작이다.

다음은 토스트였다. 조애나는 식빵 몇 개를 토스터 안에 넣어두었다. 나는 레버를 아래로 당긴 후 작업대를 따라 휠체어를 끌어 버터와 잼이 있는 곳에 닿았다. 무릎에 그것들을 올려놓고 휠체어를 끌어 버터와 잼을 테이블에 놓았다. 그리고 주방을 다시 한 번 가로질러 접시들이 있는 찬장 쪽으로 갔다. 몸을 굽히고 찬장을 연 뒤 필요한 접시를 꺼내고 다시 테이블 쪽으로 가서 접시를 올려놓았다.

마지막으로 나이프가 필요했다. 아침 식사가 하루 중 가장 간단한 한 끼라고 누가 말했던가? 내게는 그렇지 않았다. 해야 할 일이 너무 많았다. 토스트는 이미 튀어나와서 식어가고 있고 주전자의 물도 다 끓었다. 조애나에게 따뜻한 음식을 먹이려면 서둘러야 했다.

나는 서랍에서 나이프 두 개를 꺼내고, 토스트를 무릎에 올린 채 테이블 쪽으로 휠체어를 밀었다. 커피를 잔에 채울 엄두는 나지 않았지만, 적어도 토스트에 버터와 잼을 발라보기로 마음먹었다. 나는 토스트와 나이프를 테이블에 올려놓고 다른 토스트 하나도 공중에서 심하게 흔들리는 것을 멈추려고 애쓰며 올려놓았다. 버터를 향해 나이프를 가져가다가 그만 위에서 떨어뜨리고 말았다. 나는 완벽한 원 모양의 노란색 표면에 깊게 파인 틈을 바라보다가 떨리는 손으로 나이프를 들어 토스트에 가져갔다. 식빵 표면에 노란색의 매끄러운 버터

층이 나타났다.

이제는 잼—마지막으로 정복해야 할 에베레스트—이 남아 있었다. 잼통을 내 쪽으로 당겨 나이프를 통 안에 밀어 넣었다. 잼통 안에서 달그락거리던 나이프를 통 밖으로 꺼냈지만 나이프는 토스트 반대 방향으로 미끄러졌다. 나는 나이프를 아래쪽으로 꽉 쥐고 마음먹은 대로 움직이려 했지만 나이프는 토스트 한쪽을 내리친 다음 접시 너머로 미끄러지며 테이블 위에 번들거리는 빨간색 흔적을 남겼다. 나는 난타당한 토스트, 그리고 커피 알갱이와 설탕으로 덮인 바닥을 바라보았다. 버터는 야생동물이 물어뜯은 것처럼 보였고 잼은 테이블을 가로지르며 화산처럼 솟아 있었다.

그래도 나는 벅찬 희열을 느꼈다. 토스트를 준비했고, 커피도 기다리고 있으며, 물도 끓었다. 마침내 조애나가 아침을 먹을 수 있게 되었다. 나는 테이블을 스푼으로 쳐서 준비가 되었음을 알렸다. 주방으로 들어서는 그녀의 얼굴에 미소가 번졌다.

조애나가 말했다.

"나를 위해서 아침을 만들어주다니 정말 멋져요!"

조애나가 자리에 앉을 때 나는 당신을 위해 더 많은 것을 배우겠노라고, 내 몸이 말을 더 잘 듣게 해서 미래에는 당신을 더 잘 보살피겠노라고 맹세했다.

조애나가 테이블을 살피더니 나를 바라보며 말했다.

"내 사랑. 꼭 나이프를 사용할 필요는 없어요."

나는 믿을 수 없는 말에 눈썹을 추켜올렸다.

"다음에는 그냥 손을 사용하면 어때요? 훨씬 쉬울 거예요. 방법을 찾기만 한다면, 어떻게 하느냐는 중요하지 않잖아요?"

다른 말은 하지 않고 우리는 함께 토스트를 먹었다. 나는 손을 들어 조애나의 볼을 쓰다듬었다. 나는 최소한 사랑이 무엇인지 알게 되었다. 조애나에게 느끼는 감정은 다른 어떤 여자에게도 느낄 수 없으리라. 그녀는 내가 원했던 전부였다.

선택할 수 없어

"마틴?"

　나는 외부의 공격으로부터 나를 보호해줄 방패인 양 상자를 붙들고 있다.

　"마틴? 괜찮아요?"

　나는 그녀를 쳐다볼 수 없다. 완전히 얼어버렸다. 머리 위의 조명은 나를 노려보는 듯하고 스테레오 스피커에서 나오는 음악은 쿵쾅거리며 귀를 때린다. 십대 아이들이 내 휠체어 주위로 걸어 다니며 소리를 질러대고 운동화로 꽉 찬 벽 하나가 눈앞에 솟아 있다. 진열된 운동화들 가운데서 하나를 골라야 하는데 난감하다. 나는 선택하는 법을 모른다.

"흰색을 원하세요, 아니면 컬러가 있는 것을 원하세요?"

"나이키, 아니면 아디다스?"

"일반적인 운동화, 하이탑, 스케이트 슈즈 중에서 무엇을 찾으시나요?"

"50파운드 이하, 아니면 100파운드 넘는 걸 드릴까요?"

처음에는 상점 판매원이 이곳 영국에서 나에게 말을 건넸다는 사실을 즐겼다. 하지만 지금 내 머릿속엔 오로지 조애나가 방금 나를 위해 구입한, 무릎 위 상자에 든 갈색 가죽 신발 생각뿐이다. 조애나는 이미 돈을 많이 썼다. 이 정도도 내게 과분한 지출이다.

판매원이 다시 묻는다.

"어떤 걸로 신어보시겠어요? 발 사이즈를 재드릴까요?"

나는 튼튼한 내 신발을 쳐다본다. 8년째 신고 있는 발목까지 올라온 이 신발은 내 발을 충분히 지탱해준다. 나는 다른 신발을 가진다는 생각을 해본 적이 없다. 나는 매일 이 신발을 신는다. 이 신발을 신고 있지 않을 때에는 슬리퍼를 신는다. 하지만 조애나가 새 신발을 사는 게 어떠냐고 제안했을 때 달리 뭐라 말해야 할지 몰라 좋다고 했다. 하지만 신발을 세 켤레나 가지고 무얼 하겠는가?

나도 나만의 의견이 있음을 보여줘야 한다. 그러지 않으면 조애나는 내가 오랫동안 숨겨온 진실을 알게 될 것이다. 그녀를 만나는 동안 말하지 않았던 비밀이다. 나는 이 비밀이 드러나지 않도록 잘 숨겨왔다. 하지만 더 이상 숨길 방도가 없다. 나는 조애나에게 모자라는 사람이다. 신발 한 켤레도 고르지 못하는데 어떻게 좋은 남편이 될 수 있겠는가? 나는 조애나의 세계에서 길을 잃었다. 그녀의 세계에서는 끊임없이 선택을 해야 한다. 무엇을 먹을지, 어디로 갈지, 언제 할지 등등. 한 가지를 선택하면 또 다른 선택이 다가오고, 나는 익숙지 않은 수많은 선택의 기로에서 어쩔 줄을 모르고 서 있는 꼴이다.

처음 슈퍼마켓에 갔을 때 조애나가 물었다.

"무슨 시리얼을 먹고 싶어요?"

나는 눈앞에 융단처럼 펼쳐진 원색의 종이 상자들을 바라보고는 내가 선택하는 법을 모른다는 사실을 깨달았다. 하루를 시작하며 무엇을 먹을지 결정하는 데만 몇 시간이 걸린다면 그날그날의 일과를 어떻게 제대로 마칠 수 있겠는가? 슈퍼마켓에서도 마찬가지였다. 수프만 서른 가지가 넘었고 빵 종류는 백 가지도 더 되었다.

내가 결정을 하지 못하자 조애나는 무엇을 먹고 싶은지 말해달라고 했지만 나는 그것마저 할 수 없었다. 이미 오래전부터 꼬르륵대는 배의 신호나 충족되지 않는 식욕을 무시하도록 스스로 연습한 터라 배고픔뿐만 아니라, 특정 음식에 대한 갈망 자체를 잊어버렸다. 지금은 이따금씩 먹고 싶은 것을 선택할 수 있지만 다른 사람들처럼 쇼핑 카트를 가득 채울 정도로 사고 싶은 품목을 선택할 수는 없다.

다시 운동화들을 올려다본다. 언젠가 스스로 결단해야 하는 시점이 오겠지만, 조애나는 나에게 용기를 북돋아주려고 애썼다. 그래서 나는 왜 나를 사랑하느냐고 묻고 또 물으며 조애나의 생각에 오점이 있음을 보여주려 했다.

그녀가 말했다.

"왜냐하면 당신은 내가 아는 누구보다 선하고 상냥한 사람이기 때문이에요. 똑똑하고, 사려 깊고, 따뜻하고, 현명하기 때문이에요. 당신은 완전한 사랑을 해요. 내게 템포를 늦추고 이제껏 바쁘게 달려오기만 한 세상을 찬찬히 둘러보는 법을 가르쳐주었기 때문이에요. 이유는 정말 많아요, 마틴. 당신의 미소, 당신이 나를 바라보는 표정, 그때 느끼는 감정을 말로 다 표현할 수 없어요."

하지만 지금은 그녀의 위로도 별로 도움이 되지 않는다. 나는 신발 하나도 고르지 못하는 사람이다. 깊이 들여다보면, 내가 아직도 어른들의 세계를 잘 이해하지 못한다는 사실을 조애나도 알게 될 것이다. 세상에 대한 두려움은 내 마음을 짓누르는 무거운 바윗덩어리처럼, 그녀의 빛을 죄다 가리려고 덤벼드는 어둠처럼 느껴진다. 나는 조애나가 생각하는 그런 사람이 아니다. 나는 사기꾼이다.

며칠 전 그녀가 나를 면도해주다가 말했다.

"이렇게 잘생긴 남자가 또 있을까요."

거울 속에서 조애나가 내게 미소 지었지만 나는 화답할 수 없었다. 사실 여자에게 남자라고 불린 적이 한 번도 없었기 때문에 얼떨떨한 상태였다. 오래전부터 여자에게 그런 말을 듣고 싶기는 했지만 스스로 어른이라는 사실을 받아들이는 데도 몇 년이 걸렸던 사람이라 막상 그런 말을 듣자 겁이 나기도 했다. 조애나가 나를 바라볼 때, 그녀의 말을 믿기 힘들어 거울에 비친 나를 쳐다볼 수 없었다.

그녀가 부드럽게 말했다.

"당신 모습을 봐요, 마틴. 그냥 당신 모습을 한번 봐요."

조애나가 진실을 안다면 나를 남자라고 부르지 않았을 것이다. 진실은 이렇다. 킴과 조애나의 친구들과 함께 그녀의 생일 파티를 할 때 나는 그렇게 많은 낯선 사람 틈에 섞여 있는 상황에 기가 질렸다. 레스토랑에서 메뉴를 볼 때면, 먹고 싶은 음식을 고르는 것은 고사하고 무슨 음식인지도 모른다. 게다가 거의 매 순간 내가 뭔가를 잘못한 것만 같은 자격지심이 마음속에서 부글부글 끓어오른다.

조애나가 생각하는 남자가 되고 싶지 않은 것은 아니다. 나는 그녀를 보호하고 안전하게 지켜주고 싶다. 하지만 나를 바라보는 그녀를 보니, 내가 원하는 바는 중요하지 않다는 점을 알겠다. 나는 조애나가 필요로 하는 남자가 아니다. 그녀는 결코 내게 의지하지 못할 것이다. 나는 지금 조애나의 세계를 감당하지 못하고 지금까지 알게 된 세계에서도 발을 빼려고 하고 있지 않은가.

조애나가 말한다.

"마틴, 내 사랑. 괜찮아요?"

고개를 들자 두려움에 가슴이 쿵 하고 내려앉는다. 어느새 눈물이 차올라 조애나의 얼굴이 희미하게 일렁거린다. 흘러내리는 눈물을 막을 수가 없다. 나는 상점 한가운데에 앉아서, 나를 감싸는 조애나의 팔을 느끼며 흐느꼈다.

우리는 춤을 추고 있다

조애나와 함께했던 잊을 수 없는 순간들이 너무나 많다. 이것도 그중 하나다. 밤 11시경. 런던 중심가 트라팔가 광장이다. 여기저기 관광을 하고 극장 관람도 하던 우리는 지금 이 드넓은 광장 한가운데에 있다. 머리 위로는 넬슨 제독이 우뚝 서서 런던을 지키고 있다. 넬슨 제독 주위에는 네 마리의 거대한 사자가 있고 불빛에 반짝거리는 분수도 있다. 이제야 어둠이 내렸다.

　내 머릿속은 지난 2주간의 기억들로 가득하다. 영국에서 찍은 스냅사진에 고스란히 담긴 기억들. 물놀이를 하러 갔을 때 물이 나를 지탱해준 덕분에 처음으로 조애나를 안아 올렸던 일, 요크민스터에서 조애나의 손을 잡은 채 성당의 아름다움—돌과 빛, 평온함, 그리고 고요함—에 압도되었던 일, 장미 정원에 함께 앉아서 햇살을 받으며 점심을 먹었던 일, 그녀와 마주 보고 앉아 신선한 커피향을 만끽하며 마침내 우리가 함께 있다는 사실에 새삼 감동했던 일, 두고두고 간직할 수많은 순간들. 극장에서 영화의 등장인물들이 아우성 대는 와중에도 조애나 곁에서 잠에 빠져버렸던 일, 쏩쏠한 스카치위스키를 삼키는 그녀의 표정에 미소 짓던 일, 그리고 셔우드 숲에서 나란히 앉아 나를 보고 웃는 조애나를 바라보던 일…… 영원히 간직할 순간들이 참 많다.

지금 우리는 서로를 바라보며 말이 없다. 만나기 전부터 우리가 꿈꿨던 많은 일 가운데 하나다. 나는 발로 콘크리트 바닥을 밀면서 그녀의 손을 잡는다. 휠체어에 앉아 원을 그리며 조애나를 부드럽게 앞으로 이끈다. 나는 조애나를 바라보며 내가 듣고 있는 음악을 그녀도 듣고 있음을 느낀다. 너무 빠르지도, 너무 느리지도 않은 행복한 곡조다. 조애나는 빙그르 돌면서 웃는다. 그녀의 머리카락이 바람에 살랑거린다. 기쁨이 밀물처럼 가슴속에 밀려들어온다. 우리는 춤을 추고 있다.

헤어짐

그동안 조애나가 곁에 있는 게 꿈처럼 느껴졌는데, 지금은 그녀의 실재를 확실히 느끼고 있다. 그녀가 우는 모습을 보니 송곳이 가슴을 찌르듯 마음이 아프다. 오늘 나는 영국을 떠난다. 그러고 나면 캐나다에서 다시 만날 때까지 두 달을 기다려야 한다. 나는 그녀를 바라보며 멀리 연말까지 내다보자고 스스로에게 되뇐다. 조애나는 크리스마스에 남아프리카공화국으로 올 테고 우리는 다시 영국으로 와서 함께 새로운 삶을 시작할 것이다. 우리는 그렇게 하기로 결심했지만 최종 계획을 세우기 전까지는 아무에게도 말하지 않기로 했다. 그러나 조애나의 볼에 키스를 하는 지금, 모든 일이 멀게만 느껴진다. 그녀는 조용히 앉아 자세를 가다듬으며 눈물을 훔친다.

그녀가 몸을 기울여 내게 키스하며 묻는다.

"나 혼자서 뭘 하면서 보내죠, 내 사랑?"

내가 무슨 말을 하고 싶은지 조애나는 이미 알고 있다. 그녀는 한숨을 쉬고는 자리에서 일어서며 말한다.

"차에 가방을 가져다 놓을게요. 곧 출발해야 하니까."

할 수 있는 한 오래도록 나와 연결돼 있어야 한다는 듯이, 조애나의 손가락이 천천히 내 손에서 빠져나간다. 방을 나설 때, 우리는 어쩔수 없는 상황을 받아들여야 한다는 것을 다시금 느낀다. 열린 현관문을 보니 가슴이 돌처럼 무겁다. 하지만 조애나가 내게 준 확신을 생각하며 그녀를 위해 강해져야 한다고 다짐한다.

나는 일상생활에서도 갈피를 잡지 못하는 남자를 선택하는 것이 실수일 수 있다며 솔직하게 불안감을 털어놓았다. 그러자 조애나가 말했다.

"계속 이럴 거라고 생각하지 않아요. 이번이 처음이니 당연히 감당하기 힘들었을 거예요. 하지만 이곳 생활에 익숙해지면 괜찮을 거예요. 당신이 얼마나 강하고 유능한 사람인지 나는 알아요, 마틴. 당신이 지금까지 해낸 일을 보세요. 첫 여행의 경험 때문에 위축되거나 불안해하지는 말았으면 해요."

조애나가 미소 지을 때, 나는 그녀와 평생을 이야기해도 결코 싫증이 나지 않으리라고 느꼈다. 대화는 우리가 공유하는 가장 큰 기쁨중에 하나다. 우리는 종종 레스토랑에서 마지막까지 남아 있곤 한다.

어느 날 한 노인이 우리 테이블을 지나가면서 조애나와 내가 이야기하는 모습을 보고 말했다.

"잘했군, 젊은이."

무슨 말인지 몰라 둘 다 그를 쳐다보았다. 그가 내 알파벳 보드를 가리키며 말했다.

"알파벳을 배우다니 말일세!"

하지만 고개를 돌려 빈 방을 둘러보는 지금은 그때의 웃음소리가 아련하게 느껴진다. 벌써부터 조애나가 그리워서 마음이 아파지려 한다. 하지만 이런 마음은 접어두어야 한다. 받아들여야만 한다. 그녀를 위해 강해져야 한다. 그러나 아픔이 되레 자꾸 커진다. 지난 2주 동안 모든 게 바뀌었다. 나는 아침에 일어나 가장 먼저 조애나를 보고 잠자리에 들기 전 맨 마지막으로 그녀를 보는 데 익숙해졌다. 하루 종일 조애나의 손길을 느끼고 또 느끼는 데 익숙해졌다. 이제 다시 예전 생활로 돌아가야 한다. 얼마나 오랜 기다림 끝에 조애나를 만났는데, 그게 가능할까?

가슴이 조여오고 날카로운 아픔이 파고든다. 고통에 찬 거친 숨소리가 어렴풋이 들려와 나는 호흡을 삼킨다. 어디에서 나는 소리인가. 주위를 두리번거린다. 텅 빈 방이다. 내가 낸 소리였다. 내가 낸 소리를 처음으로 들어본다. 상처 입은 짐승의 나직한 비명을⋯⋯.

갈림길

집에 돌아온 후로, 마치 먹잇감을 덮치려는 새처럼 항시 이런 대화가 대기하고 있다.

아빠가 맞은편에 앉아서 말한다.

"네가 사라져버린 줄 알았다. 네가 어디에 있는지, 무엇을 하는지, 우리한테 알려줬어야지. 아무 소식이 없어서 너희 엄마는 거의 제정신이 아니었어."

아빠가 진심으로 화가 나서 하는 말은 아니라고 생각하지만, 킴이 나를 한 구석으로 데려가 이야기를 한 뒤에는 어느 정도 예상한 바였다. 그녀가 말했다.

"엄마 아빠가 정말 걱정 많이 했어. 아빠는 아버지의 날에도 아무

연락을 못 받아서 무지 속상해했어."

이런 일이 현실이 되리라고는 생각하지 못했다. 부모님은 두 분 다 내가 무엇을, 언제, 어떻게 하는지 속속들이 알고 있는 데 익숙하다. 내가 처음으로 가족을 까맣게 잊어버렸을 때, 누구보다도 엄마가 가장 힘들어했으리라 생각한다. 부모님께는 미안하지만 내 머릿속은 지금 미래에 대한 생각들로 가득해서 아빠가 나를 꾸짖고 있는 현재 상황을 생각할 여유가 없다.

조애나와 나는 다시 인터넷과 전화만으로 만나고 있다. 나는 우리가 처음 사귀며 떨어져 지낸 지난 6개월을 어떻게 버틸 수 있었는지 신기하다. 만나기 전보다 지금 조애나와 떨어져 있기가 더 힘들다.

하지만 캐나다로 가는 비행기에 몸을 실을 때까지 날마다 날짜를 세면서 미쳐가는 대신, 다른 일들을 만들어 바쁘게 지내려고 노력하고 있다. 지금 나는 무엇보다 조애나를 위해서 반지를 만드는 일에 몰두해 있다. 그녀가 저렴하게 샀지만 매우 아끼는 반지의 모양을 본뜬 반지다. 나는 보석 세공사에게 작은 에메랄드들로 장식한, 뒤얽힌 나뭇잎 문양이 아로새겨진 순금 반지를 만들어달라고 주문했다. 언젠가 조애나에게 내 아내가 되어달라고 청혼하는 날 이 반지를 줄 것이다.

"마틴?"

아빠가 나를 쳐다본다.

"듣고 있니?"

때로는 아무 말도 하지 않아도 된다는 게 다행스러울 때도 있다.

아빠가 내게 묻는다.

"음, 그럼 이제 사람들에게 네 안부를 전해야 할 책임이 있다는 데 동의하는 거냐? 네가 거기 가 있는 동안 중요한 일들을 하느라 바빴겠지만 아무리 그래도 연락은 계속 했어야지."

나는 고개를 끄덕인다.

일어서서 방을 나가는 아빠의 표정이 조금은 풀어진 듯하다. 아빠는 마음이 편해졌다. 내가 집으로 다시 돌아와서 아빠의 세계도 제자리를 찾은 것이다. 아빠가 방을 나갈 때, 나는 조애나와 함께 살기 위해 영국으로 가겠다고 말하면 부모님이 얼마나 힘들어할지 처음으로 실감한다. 단순히 집을 떠나는 게 아니라 바다 건너 저편으로 이주하는 것이다. 십대 아이들이야 그저 속박당하기 싫어서 철없이 부모님과 다툴 수 있겠지만, 나는 내 인생의 전환이 부모님의 삶까지도 영원히 바뀌게 된다는 사실을 생각하지 않을 수 없다.

고백

내 꿈이 그동안 얼마나 변해왔는지 돌아보기 전까지는 나는 꿈이 끊임없이 움직이는 것을 깨닫지 못했다. 조애나와 함께 캐나다에 있을 때 이런 사실을 배웠다. 컨퍼런스에서 우리는 브라이엔 박사의 꿈 워크숍에 참여했다. 나는 의사소통센터에서 처음 그녀의 강연을 들은 후 박사의 워크숍에 몇 번 참석한 적이 있었다.

함께 앉아 있을 때 조애나가 내게 물었다.

"무엇을 그리면 좋을까요?"

나는 브라이엔 박사를 만난 뒤로 내가 과연 무엇을 꿈꿀 수 있을지를 묻고 또 물었던 나날을 기억했다. 처음 그 질문을 했을 때 나는 의사소통을 더 많이 하고 세상 밖으로 나가는 일을 꿈꾸었다. 이 꿈을 이루고 일을 하기 시작한 후로는 더욱 독립적으로 살게 되기를, 또 이런 삶을 함께 나눌 수 있는 사람을 찾기를 꿈꿨다. 이제 나는 조애나를 만났고 그녀의 꿈이 곧 나의 꿈이다. 결혼, 그리고 함께 살 우리의 집.

영국에서 돌아온 이후 영국 이민 비자를 신청해둔 상태라 그 꿈이 눈앞의 현실로 성큼 다가와 있다. 부모님은 데이비드와 마찬가지로 나 또한 피할 수 없는 삶의 과정을 거치리라는 것을 알고 계신다. 그러나 나는 모든 계획이 완전히 궤도에 오르기까지 이야기하기가 망설여져서 아직 가족들에게 자세한 이야기는 하지 않았다. 꿈 워크숍에 참여하고 보니 내가 인생에서 원하는 꿈에 대해 사람들에게 서서히 이야기해야 한다는 생각이 들었다. 그래서 조애나와 결혼할 계획을 이야기했다.

보완대체의사소통 사회에서 나는 학자들과 전문가들, 그리고 사용자들과 가족들에게 꽤나 알려진 편이라서 소문은 금세 퍼졌다. 남아프리카공화국에서 보낸 삶과 그동안 내가 해온 일을 모두 놓아버리고 떠난다는 데 화를 낼 사람들이 있지 않을까 우려했지만, 친구들과 동료들은 기대보다 더 긍정적인 반응을 보여주었다. 모두 우리 두 사람을 축하해주었고, 이제 영국으로 떠나기까지 몇 주만을 남겨두고 있다.

물론 부모님을 떠나기는 힘들 테고, 코작과 곧 작별해야 한다는 것은 생각하기조차 힘들다. 우리는 평생 친구로 지내왔으니까. 조애나는 코작을 영국으로 데려가는 문제도 궁리했지만, 검역을 위한 6개월간의 격리 기간을 코작이 버텨내기란 불가능해 보인다. 엄마와 아빠도 이제는 코작을 좋아하게 되었기 때문에 흔쾌히 계속 키우겠다고 하시겠지만 그래도 작별해야 할 순간이 두렵다.

부모님께 이 이야기를 꺼낸 순간이 생생하다. 조애나가 크리스마스를 보내기 위해 남아프리카공화국으로 오기로 했고 나는 그녀와 함께 영국행 비행기에 오르기 몇 주 전에 부모님께 말하기로 결심했다. 조애나가 이곳에 와 있는 동안 청혼할 생각이라고.

서재에서 엄마 아빠와 셋이 책상 앞에 앉아 있을 때 나는 부모님에게 말한다.

"말씀드리고 싶은 게 있어요."

부모님이 나를 바라볼 때, 이 방에서 함께 보낸 나날들이 머릿속을 스쳐 지난다. 처음에는 함께 의사소통 기기들을 검색하고 시험해보았다. 다음으로 서재에는 온갖 장비들로 가득 찬 상자들이 들어찼다. 나는 부모님이 끈기 있게 소프트웨어를 컴퓨터에 설치하는 모습을 지켜보았다. 곧 아주 많은 말을 할 수 있게 된다는 사실에 경이로움을 느끼던 순간을 기억한다. 엄마가 나와 함께 매 시간, 매주, 책상머리에 앉아 의사소통을 도와주던 수개월의 시간들을 기억한다. 그리고 천천히 기호들을 클릭해서 최초로 하나의 문장을 말하는 나를 지켜보았을 때 엄마, 아빠가 느꼈던 흥분을 기억한다.

내가 건강증진센터에서 처음으로 일자리를 얻었을 때, 그리고 대학에서 입학 허가를 받았을 때, 부모님은 똑같이 자랑스러워하셨다. 부모님은 드넓은 세계로 나아가는 모험의 모든 순간을 나와 함께 했다. 서류를 준비해서 여행 수속을 밟아주고, 온갖 강연에 참석해 내가 사람들에게 소개될 때 곁을 지키고, 내가 좌절해 있을 때 나를 격려하고 위로해주고, 내가 이뤄낸 성취를 축하해주었다. 집에 있을 때나 밖에 있을 때나, 부모님은 매일매일의 일상에서 내게 필요한 것들을 꼼꼼하게 돌보아주었다. 안락한 중년의 삶을 즐기는 대신, 부모님은 나를 돌보는 일에 헌신했다. 그랬기에 나는 지금 부모님이 내가 떠나려는 이유를 납득하기 어렵더라도 기뻐해주시기만을 바랄 뿐이다.

영국 여행을 마치고 돌아온 후, 나는 부모님이 처음과 달리 서서히 걱정을 거두고 있다는 것을 느꼈다. 이제 부모님은 우리가 진지한 관계임을 알고 있고 내가 평생 좋아할 사람을 만났다는 데 기뻐하고 있다. 엄마는 내가 이렇게 행복해하는 모습을 본 적이 없다고 말했다. 부모님은 조애나에 대해 물어보고, 가끔씩 그녀와 인터넷으로 대화를 하며, 크리스마스 휴가를 함께 보내기를 고대하고 있다. 나는 부모님이 조애나를 우리의 영원한 가족으로 기쁘게 맞아들여주기를 바라고, 새로운 인생을 위해 내가 두 분의 곁을 떠나야 한다는 점을 이해해주기를 바란다.

아빠와 함께 내 곁에 앉으며 엄마가 묻는다.

"무슨 얘기인데 그러니? 무슨 일이라도 생겼어?"

나는 할 말을 미리 준비해놓았다. 엄마 아빠는 내가 버튼을 누르자 컴퓨터 화면에 뜨는 메시지를 지켜본다.

"말씀드리고 싶은 것이 있어요. 두 분이 기뻐해주시면 좋겠어요."

내 이야기를 읽으며 부모님은 아무 말도 하지 않는다.

"아시는 것처럼, 조애나와 나는 서로를 무척 사랑하고 있어요. 그녀가 12월에 여기 오면, 나는 청혼할 거예요. 크리스마스가 지나면 조애나와 함께 영국으로 갈 예정이고요. 몇 개월 전부터 둘이서 의논해온 일이고, 제 자신을 위해 옳은 결정을 내렸다고 생각해요. 두 분이 저를 위해 기뻐해주시길 바라요."

나는 주머니에 손을 넣어 조애나를 위해서 만들어둔 반지를 꺼낸다. 부모님은 그것을 바라보고는 한동안 말이 없다.

이윽고 엄마가 말한다.

"아름답구나. 오, 마틴! 정말 아름다워."

엄마가 웃기 시작하고 아빠도 웃는다. 안도감이 밀려든다.

아빠는 내 어깨에 팔을 두르며 말한다.

"축하한다, 아들아! 정말 멋진 소식이구나."

아빠가 내게로 몸을 기대며 말한다.

"우린 네가 자랑스럽다."

부모님이 기뻐한다. 이제 부모님은 나를 떠나보낼 때가 왔음을 알고 계신 것이다.

위로, 위로, 저 멀리

조애나가 옷을 입고 나오기를 기다리는 지금, 밖이 아직 어둡다. 하지만 곧 해가 뜰 것이다. 나는 조애나에게 특별한 이벤트가 있다고 귀띔해두었다. 금방 더워질 테니 면으로 된 가벼운 옷을 입으라고만 이야기했다. 지금은 12월, 그래서 불볕더위가 찾아올 수 있다. 조애나는 크리스마스를 보내려고 이곳으로 왔고 우리는 덤불숲의 한 농장에서 며칠을 함께 보내는 중이다. 헤어진 지 4개월 만이다. 다시는 헤어지지 않아도 된다는 것에 조애나도 나만큼이나 감사하고 있는 듯하다. 크리스마스 다음 날 휴일—우리가 처음 알게 된 지 1년째 되는 날로부터 딱 6일이 모자란 날—에 우리는 함께 영국으로 날아가 새로운 삶을 시작할 것이다.

조애나를 위해 준비한 반지가 주머니 속에 숨겨져 있다. 청혼할 때 손이 떨려서 반지를 떨어뜨리더라도 잃어버리는 일이 없도록 허리띠에 실로 연결해두었다. 내가 프로포즈할 순간을 앞두고 여기 이렇게 앉아 있다니 아직도 믿을 수가 없다. 이게 실로 가능한 일인가? 내 인생이 정말 이렇게 많이 바뀌었나, 아니면 유령 소년일 때 몇 날이고 몇 주고 몽상에 빠져 지내던 것처럼 이 역시 한낱 꿈인가? 차마 내 몸을 꼬집어보지도 못하겠다. 혹시라도 이 꿈에서 깨는 일은 결코 일어나지 않기를 바라며.

조애나는 사흘 전 도착해서 우리 부모님을 만난 다음, 자신의 어머니가 살고 있는 농장으로 나를 데려왔다. 나는 언젠가 조애나에게 청혼하게 되리라는 생각에 지난 몇 개월 동안 조애나의 어머니에게 편지를 보냈고, 이번에 마지막 편지를 건넸다.

나는 편지에 이렇게 적었다. "조애나에게 청혼하고 싶습니다. 하지만 우선 어머님의 축복을 받고 싶습니다."

오랫동안, 조애나의 어머니는 아무 말도 하지 않다가 내게 미소를 보냈다. 조애나의 어머니는 사랑을 알아볼 줄 아는 관대한 여인이다. 설령 다른 사람들은 이해하지 못하는 형태로 찾아오더라도.

나는 방 안으로 들어오는 조애나를 보고 미소 짓는다.

그녀가 내게 걸어오며 말한다.

"준비 다 됐어요."

어스름한 빛 속에 그녀의 실루엣이 흰 벽에 비친다. 심장이 쿵 하고 내려앉는다. 그녀는 정말 아름답다.

우리는 신선한 아침 공기 속으로 나와서 빌려둔 차에 오른다. 나는 조애나에게 어디로 갈지 알려준다. 그러나 덤불숲으로 깊숙이 들어오니, 조애나는 더 이상 어디로 가느냐고 묻지 않는다. 내 계획을 알고 있는 걸까, 아니면 단순히 내가 가끔 벌이는 깜짝 이벤트라고 생각하는 걸까?

흙먼지 날리는 산길을 달려 사바나의 빈터에 다다르자, 거대한 동물의 뼈대 같은 열기구가 눈에 들어온다. 하늘 위에서 지상을 내려다보고 싶다는 말을 자주 하던 조애나는 무엇이 그녀를 기다리고 있는지 보더니 웃음을 터뜨린다.

"당신이 이걸 준비했다니 믿을 수가 없어!"

고개를 돌려 이렇게 말하고 내게 키스한다.

우리 둘은 차에서 내린다. 우리의 하늘 여행을 책임질 열기구 조종사가 잿빛 아침 하늘 아래 대기하고 있다. 열기구의 버너에서 오렌지빛 불꽃이 피어나 어둠을 밝히고 수평선 위로 빛살들이 나타나기 시작한다. 해가 떠오르고 있다. 우리는 곧 구름 속에서 태양을 바라볼 것이다. 조애나와 나는 조금씩 위로 솟아오르는 열기구를 지켜보다가 준비가 다 되자 바구니에 몸을 싣는다. 나는 조애나와 눈높이를 맞추기 위해 높은 의자에 앉아 바구니 가장자리를 붙잡았고 내 뒤를 따라 그녀가 올라온다. 우리가 위로 떠오르기 시작할 때 나는 조애나의 얼굴을 살핀다. 그녀는 발아래로 사라지는 덤불들을 보며 미소 짓고 있다. 열기구는 점점 더 높이 올라가고 나는 멀리 수평선을 바라본다. 이제 날이 더 밝아오고 있다. 하늘은 연분홍빛이고, 발아래로는 어슴푸레하던 덤불의 빛깔이 선명한 녹색과 갈색으로 변해간다. 고요함에 귀를 기울이는 사이 대지는 쏜살같이 멀어져간다. 하늘 위는 적막해서 우리 귀에 들리는 소리라곤 열기구의 버너에서 나는 소리와 이따금씩 지저귀는 새 소리뿐이다.

조애나와 나는 서로를 팔로 감싼 채 높이 떠오르는 태양을 지켜본다. 잿빛 구름 뒤쪽이 흰빛으로 밝게 빛나더니, 오렌지빛과 함께 연분홍빛이 어둠을 몰아낸다. 까맣던 수평선이 서서히 찬란한 황금빛으로 물들고 눈 아래로는 지상의 풍경이 고스란히 펼쳐진다. 강, 나무들, 계곡으로 떨어지는 폭포수, 달려가는 얼룩말, 물웅덩이에서 물을 마시고 있는 영양과 흑멧돼지, 나뭇잎을 뜯어먹고 있는 기린.

조애나가 말한다.

"정말 아름다워요."

이제 그 순간이 왔다. 나는 주머니에 손을 넣어 휴대전화를 꺼낸다. 조애나에게 들려주고 싶은 말들을 휴대전화에 녹음해두었다. 조애나에게 작은 이어폰을 건네자 그녀는 나를 바라보며 귀에 꽂는다. 나는 버튼을 누른다.

"어떤 언어로도 당신에게 느끼는 내 감정을 표현할 수 없어요. 당신은 내 삶에 들어와 의미를 부여해주었어요. 당신이 없었다면 잿빛이었을 내 세계를 당신은 다채로운 색깔로 넘치게 해주었지요. 당신은 꼭 평생 알던 사람 같아요. 우리가 함께 있으면 시간이 멈춘 듯해요. 당신은 내 심장이 뛰게 할 뿐 아니라 내 심장이 노래하고 춤추게 하는 사람이에요."

조애나가 나를 바라보고 미소 짓는다. 나는 그녀의 손을 꼭 잡는다.

"하루하루가 흘러갈수록, 당신을 향한 나의 사랑은 점점 더 강해지고, 깊어지고, 풍부해지고, 확고해집니다. 당신은 내적으로나 외적으로나 아름다운 사람이기 때문입니다. 삶이 늘 젖과 꿀로 넘치지는 않겠죠. 때로 소금을 먹어야 할 때도 있어요. 하지만 지금 내가 아는 것은 당신 없는 삶은 의미가 없고 내 삶의 어느 한순간도 당신 없이 보내고 싶지 않다는 것뿐입니다.

당신은 나의 소울메이트이고, 가장 좋은 벗이고, 동반자이고, 연인이고, 내 힘의 원동력이자, 이 험한 세상에서 내가 쉴 수 있는 포근한 안식처입니다. 그래서 나는 당신을 안고 싶고, 당신을 아껴주고 싶고, 당신을 챙겨주고 싶고, 당신을 보호해주고 싶고, 내가 가진 전부를 다해 당신을 사랑하고 싶습니다.

그러니 부디 평생을 함께 나누어달라고, 나의 아내가 되어달라고 말할 수 있는 특권을 주세요."

나는 주머니에 손을 넣어 반지를 꺼낸다. 반지를 들어 보이자 조애나의 눈에 눈물이 맺힌다. 실에 매달린 황금빛 반지가 이른 아침 햇살에 반짝인다. 그녀가 내게 몸을 굽힌다.

조애나가 말한다.

"좋아요, 내 사랑. 기꺼이 당신의 아내가 되겠어요."

그녀가 내게 오래도록 키스한다. 내가 조애나를 두 팔로 안았고, 우리는 그렇게 수평선을 바라다본다. 수평선이 우리 앞에 끝없이 펼쳐져 있다.

굿바이

방 한구석에 판지 상자들이 놓여 있건만 나는 거기에 든 것을 차마 볼 자신이 없다. 상자에는 어린아이였을 때 내가 정말 좋아했던 레고가 가득 들어 있다. 하지만 다시 유령 소년의 망령이 걸어 나와 내 눈앞에 시들어버린 사지와 멍한 눈동자를 내보일 것 같다. 나는 다시 그와 대면할 자신이 없다.

조애나와 나는 영국으로 떠날 준비를 하며 짐을 싸고 있다. 우리는 일상적인 소지품과 더불어 부모님이 오랫동안 보관해온 내 물건이 든 상자들을 정리하고 있다. 나는 내게 일어난 많은 일들이 과거의 우울한 증표들 속에 고스란히 담겨 있음을 알았다. 오래된 엑스레이 사진과 의료 기록들, 한때 나의 손가락이 갈고리처럼 말리는 것을 방지

해주던 부목, 한때 나의 침을 받아내던 턱받이, 그 위에 쌓여 있는 오래된 휠체어용 쿠션. 나에게는 옛 기억을 떠오르게 하고, 조애나에게는 내가 살아온 삶을 생생하게 보여주는 물건들이다. 심신이 많이 강해진 이후의 내 모습만을 알던 조애나는 과거의 내가 어땠는지 알게 되었고 다시 물건을 잡을 수 있을 거라는 희망으로 마련했던 커다란 손잡이가 달린 스푼에서는 내 부모님의 부질없던 희망의 무게를 읽었다.

상자 속의 물건들을 보고 나는 약간 충격을 받았다. 그동안 앞만 보고 나아가기에 바빠서 내가 얼마나 아팠는지를 거의 다 잊어버리고 있었기 때문이다. 조애나에게도 힘든 경험이겠지만 나는 이런 과정을 함께 거칠 수 있는 사람이 이 지구상에 그녀뿐이라는 사실 또한 알고 있다. 나는 누군가 이런 것을 본다는 게 창피하고 과거의 불행했던 기억들이 다시 질질 끌려나오는 것도 불편하다. 하지만 상대가 조애나이기에, 유령 소년의 부활을 지켜보면서 느끼는 감정은 오직 비참했던 존재로 인해 솟아나는 슬픔뿐이다.

어제 엄마는 차고에 또 다른 상자들이 있다고 말했지만, 엄마도 아빠도 그것을 보여주기를 주저하는 듯했다. 조애나와 내가 상자들을 발견했을 때 나는 비로소 이유를 알 수 있었다. 킴과 데이비드의 상자들은 십대 청소년의 생활이 담긴 물건들―음악 테이프, 공부 파일들, 오래된 포스터와 옷가지들―로 가득한 반면, 차고 한구석을 차지하고 있던 내 상자들은 세월과 함께 빛이 바래고 먼지에 덮인 어린아이의 장난감들로만 채워져 있었다. 마치 한 소년이 죽고 그의 삶이 황급히 상자 속으로 치워진 듯했다. 나는 그때의 소년이 기억났다.

상자 몇 개를 안으로 끌고 와서 그중 하나를 열어본 조애나가 외쳤다.

"이것 좀 봐요!"

그녀의 손에는 알록달록한 색깔로 이루어진 동물 인형이 들려 있었다.

엄마가 조용히 말했다.

"녀석 이름은 포플이었단다."

고개를 들어보니 엄마가 문간에 서 있었다. 우리가 나머지 물건들을 꺼내는 것을 보기가 두렵기라도 한지 안으로 선뜻 들어오지는 않고서.

엄마가 말했다.

"마틴이 제일 좋아했던 인형이었지."

나는 라임색 털, 빨간 귀, 보랏빛 코, 파란 발톱을 가진 오렌지색 동물 인형을 세상에서 제일 아끼던 때를 기억해보려 애쓰며 인형을 바라보았다. 간절히 기억해내고 싶었다. 다른 사람들처럼 나도 어린 시절의 기억들을 간직하고 싶었고, 인형을 사랑한 나머지 한시도 손에서 놓지 않으려 하는 어린아이의 감정을 느껴보고 싶었다. 하지만 아무리 머릿속을 뒤져보아도 희미하게 가물거리는 기억의 파편 하나 찾을 수 없었다. 내 안에는 아무것도 없었다. 붙잡을 수 있는 단 한 조각의 영상조차도.

때로 궁금해하던 지난 시절을 이어주는 이러한 연결고리가 있다는 사실만으로도 나는 위안을 얻었다. 비록 부모님에게는 잊고 있던 고통스러운 지난날을 상기시키는 물건들일지라도 말이다. 조애나가 다른 상자들까지 풀어보는 동안―할아버지가 나를 위해 만들어준 목마, 나의 탄생을 전한 전보와 학교 교과서 등등―나는 내 곁에 서 있는 엄마의 참담한 심정을 느낄 수 있었다. 조애나가 상자 맨 아래에서 줄이 쳐진 메모지를 발견했을 때 엄마는 아무 말도 하지 않았다. 메모지에는 내가 여덟 살 때 산타 할아버지에게 보낸 편지가 가슴 시리도록 또박또박한 글씨체로 적혀 있었다. 나는 오래전 내가 쓴 글에서 당시 내 목소리를 들어보려고 노력하면서 천천히 편지를 읽었다.

산타 할아버지께

작년에 저희에게 선물을 주셔서 고맙습니다. 정말 제가 원했던 선물이었어요. 이번 크리스마스에 제가 받고 싶은 것들은, 속도계, 스케이트보드, 메카노, 스페이스 레고, 자전거용 물병, 태양 전지, 무선 조종 자동차예요.
산타 할아버지, 저는 아빠한테 크리스마스트리에 불을 켜달라고 부탁할 거예요. 산타 할아버지, 제가 받고 싶은 많은 선물들 중에 메카노가 있어요. 만일 저에게 메카노를 주실 거라면 혹시 전동 메카노로 주실 수 있나요?

당신의 선물을 감사히 받는, 마틴 피스토리우스 올림

추신. 할 수 있다면 제가 마실 것과 먹을거리를 놓아두도록 할게요. 아빠한테 크리스마스트리에 불을 켜놓고 자도 되는지 물어볼 거예요. 그리고 트리가 있는 곳에 양말을 놓아두겠습니다.

추신 하나 더. 워키토키 세트도요.

나는 편지를 읽고 슬픔과 기쁨을 동시에 느꼈다. 내가 행복한 소년이었음을 기억하지 못해서 슬펐고, 한때 나도 그런 소년이었다는 사실이 기뻤다. 편지 내용을 들은 엄마의 표정은 얼어붙어 있었다. 조애나가 메모지를 도로 상자 안에 넣고 뚜껑을 덮는 동안 모두들 말이 없었다.

조애나가 말했다.

"오늘은 이만할까요?"

우리는 방으로 다시 상자들을 가져왔다. 나는 지금 레고들이 담긴 상자를 보고 있다. 조애나가 상자를 열자, 수많은 레고 조각들이 나온다. 아주 작은 조각, 커다란 조각, 부러진 조각, 그리고 먼지에 덮인 조각. 워낙 많아서 상자에 가득가득 차 있다. 이것 말고도 레고 상자만 최소한 두 개는 더 있다.

엄마가 말한다.

"넌 레고를 참 좋아했어. 얼마나 잘 가지고 놀았는지 몰라. 몇 시간이고 여기서 조립하곤 했지. 레고는 세상에서 네가 가장 아끼는 물건이었어. 넌 참 영특한 아이였단다."

엄마의 목소리가 슬픔에 잠겨 있다. 목소리에서 물기가 느껴진다.

"난 데이비드에게 레고에는 손대지 말라고 해야 했지. 데이비드가 아무리 졸라대도 늘 안 된다고 했어. 그러다 어느 날 마침내 승낙하고 말았지. 데이비드는 너처럼 장난감을 조심스럽게 다루지는 않았어."

레고 상자를 물끄러미 바라보면서, 엄마는 색색가지 플라스틱 블록들을 조립하면서 환하게 웃던, 건강하고 행복한 소년의 모습을 떠올린다.

엄마가 나직한 목소리로 말한다.

"네 동생에게 그걸 준 이유는 네가 다시는 레고를 가지고 놀지 않을 거라고 생각했기 때문이야. 네가 다시 돌아와줄 거라고 생각하지 못했단다."

나를 바라보며 한때 희망을 버렸노라고 엄마가 시인할 때, 나는 옛 상처가 어떤 방식으로든 여전히 엄마에게 어제 일처럼 생생히 남아 있음을 느낀다. 레고를 좋아하던 아이는 내게 낯설기만 하지만 부모님에게는 손에 잡힐 듯 또렷한 존재인 것이다. 그 소년은 그들이 사랑했고 잃어버린 아이다.

떠나보내기

나는 지금 조애나의 어머니 집 침대에 앉아 있다. 며칠 있으면 우리는 영국으로 떠날 것이다. 조애나는 방금 막 내 레고들을 닦아서 포장해 놓은 참이다. 그것을 영국으로 가져가기로 했지만, 내 과거가 깔끔하게 분류되고 다시 포장된 것이 왠지 유쾌하지만은 않다. 부모님의 집을 떠나온 뒤로 나는 가슴 깊이 슬픔을 느꼈고 시간이 갈수록 슬픔이 점점 더 커지고 있다.

레고를 바라보던 엄마의 표정이 자꾸만 떠오른다. 엄마는 공허하고 상처 입은 표정이었다. 엄마보다 감정을 더 잘 숨겨서 그렇지 분명 아빠도 엄마처럼 아파하고 있을 것이다. 나는 안다. 나는 부모님에 대해서, 나에 대해서, 그리고 상자 속에서 찾아낸 행복한 어린 소년에 대해서, 온갖 생각이 떠올라 멈출 수가 없다. 나는 상자들을 열어 전자기기와 메카노를 좋아하고, 산타 할아버지에게 공손하게 편지를 쓰며, 부모님을 사랑하던 꼬마를 발견하기 전까지는 그가 어떤 아이였는지를 제대로 인식하지 못했다. 그런데 지금은 그 아이 생각을 멈출 수가 없다.

처음에는 눈물이 천천히 나왔는데, 조애나가 고개를 들어 나를 볼 때에는 볼을 타고 마구 흘러내렸다.

조애나가 놀라서 외친다.

"마틴?"

그녀는 방바닥에서 일어나 나를 감싸 안는다. 우리 부모님, 동생들, 그리고 잃어버린 모든 것을 생각하니 시근거리는 호흡을 따라 어깨가 들썩여진다. 내가 초래한 고통을 생각하며 나는 죄책감에 휩싸인다. 과거를 다시 주워 담을 수 있다면, 우리 가족이 마땅히 누려야 했던 단순하고 행복한 삶을 다시 가져다줄 수 있다면. 한편으로 부모님이 나를 갇힌 몸에서 구출하기까지 왜 그렇게 오랜 시간이 걸려야 했는지 혼란스러운 감정이 솟아난다. 왜 부모님은 내가 다시 돌아왔다는 것을 알아보지 못했으며 나를 위험에서 보호해주지 못했을까? 그러다가 부모님이 서서히 악화되어가는 아이에게 준 모든 사랑과, 지금까지 보여준 헌신과, 이루 말할 수 없이 실재를 확인하고 싶었던 어린 소년이 떠올라 서러워서 운다. 그 소년은 종이 위의 낙서와 오래된 장난감으로 존재할 뿐이기에 나는 결코 그를 실감하지 못하리라.

소년은 내가 알지 못하는 누군가의 빛바랜 사진들 속에 포착된 정령, 혹은 기억으로 남을 것이다.

눈물은 하릴없이 흘러내리고 조애나는 나를 더 세게 안는다. 잃어버린 모든 것을 슬퍼하며 나는 자신을 주체하지 못하고 울고 또 운다. 과거를 정면으로 마주하니 내 안의 댐이 터져버렸다. 지금 나는 과거를 애도하며 떠나보내는 중이다. 머지않아 마지막 작별 인사를 할 수 있기를 바란다.

새로운 삶

영국에 있는 우리 집은 비좁아서 전동 휠체어를 움직이기가 버겁다. 좁은 복도를 따라 자유롭게 움직이려면 수동 휠체어를 타는 수밖에 없다. 그동안 나는 주전자와 토스터를 다루는 연습에 몰두했다. 행주를 태워먹기도 했고 가구 광을 내는 약으로 주방 타일을 닦기도 했다. 그래도 내게 2미터 남짓한 거실 바닥은 할리우드 대로이고, 창밖으로 보이는 정원은 알람브라 궁전의 정원이며, 내가 요리를 하는 작은 주방은 파리의 최고급 레스토랑이다. 꽤 오랫동안, 나는 일이나 공부만이 도전할 가치가 있다는 잘못된 생각을 하며 살았다. 일상에도 가치 있는 일들이 얼마든지 있는데 말이다.

영국에 도착한 후 몇 개월이 지난 지금 나는 더 힘이 세어져서,

집 안의 협소한 공간에서도 발로 바닥을 밀면서 꽤 수월하게 움직일 수 있게 되었다. 아직까지 팔은 휠체어를 제어할 만큼 강하지 않지만, 나는 이제 하루 종일 몸을 세우고 앉아 있을 수 있다. 왼손은 아직 불안정하지만 오른손은 점점 더 안정을 찾아가고 있다. 나는 양손을 다 사용하는 일이 거의 없다. 대신 웬만한 일은 오른손으로 다 처리한다. 실패를 하면 할수록 성공을 맛보아서 그런지 내 몸은 새로운 방향으로 나아가는 것을 즐기는 듯하다. 나는 병뚜껑은 잘 열지 못하지만 이제 커피를 컵에 부을 수 있다. 아직 신발 끈을 잘 매지 못하지만 진공청소기로 마룻바닥을 밀 수는 있다.

하지만 여전히 일상의 많은 일들이 말 그대로 내 눈높이 위에 있다. 조애나가 커튼을 다는 것을 보거나 천장까지 가 닿을 정도로 높은 곳에 있는 물건을 볼 때면 내가 쓸모없는 인간처럼 여겨진다. 어느 날은 저녁 식사 준비를 하기로 작정하고 빗자루로 선반에서 밀가루 봉지를 꺼내려다가 나를 향해 떨어지는 밀가루 봉지를 그냥 지켜볼 수밖에 없었다. 그날 밤 집으로 돌아온 조애나는 밀가루에 뒤덮인 나―그리고 집 안―를 발견했다.

최악의 실수는 정원 손질을 하려다 저질렀다. 조애나가 오랫동안 정원이 있는 집을 찾던 끝에 얻게 된 집인지라 나는 정원을 늘 완벽하게 유지해야 한다는 일종의 강박관념이 있었다. 그래서 잔디 사이로 노란 민들레들이 고개를 내밀기 시작하자 뭔가 조치를 취해야겠다고 생각했다. 나는 민들레들―그리고 나머지 잔디밭―에 주의 깊게 제초제를 뿌렸다. 하지만 다음 날 일어나보니 잔디밭이 온통 노랗게 변해 있었다. 그제야 제초제를 잘못 사용했음을 알았지만, 우리는 잔디의 종말을 지켜보는 수밖에 없었다. 조애나와 나는 다시 땅에 씨를 뿌리고, 끊임없이 비가 내리는 영국 날씨에 힘입어 다시 잔디가 자라나기를 기대하고 있다.

나는 프리랜서로 웹 디자인 일을 하고 있지만 남는 시간에는 전업 남편으로서 살림을 배우고 있다. 가사를 돌보는 법을 배우는 것이 즐겁다. 조애나가 실수를 타박하는 일이 별로 없는 걸 보면 내가 얼마나 서투른지 이미 알고 있는 듯하다.

자동차 타이어에서 튀어나온 못을 발견했을 때 조애나가 울상이 되어 외쳤다.

"어떡하지?"

나는 아무 생각도 나지 않았다.

조애나는 단지 남자라는 이유로 내 머릿속에 일상생활에 필요한 데이터가 무의식적으로 입력되어 있을 거라고 믿는 것 같았다. 하지만 내가 아무런 조언도 해줄 수 없음을 알자, 조애나는 쪼그려 앉아 못을 빼냈다. 그러자 타이어에서 쉭 소리가 나며 공기가 빠져나왔다. 서서히 납작해지는 타이어를 보고 우리는 서로를 바라보며 웃음을 터뜨리고 말았다.

조애나가 말했다.

"다음엔 이렇게 하면 안 된다는 걸 알았네요."

그녀의 인내심이 바닥나는 때도 있다. 얼마 전 주말 아침에 외출 준비를 하면서 조애나가 의견을 물었다.

"슈퍼마켓에 먼저 갔다가 약국에 갈까요?"

나는 판단이 서지 않았다. 나는 아직도 하루 일과를 계획하기가 너무 어려워서 조애나가 원하는 생활 패턴을 따르는 편이 더 좋다.

내가 타이핑을 했다.

"나는 아무래도 좋아요."

그런데 의자에서 일어나 재잘거리며 말하던 평소 모습과 달리, 조애나는 가만히 있었다.

나는 알파벳 보드 대신 조애나가 준 소형 휴대용 키보드로 입력했다.

"왜 그래요?"

그녀가 말했다.

"아무것도 아니에요."

하지만 그녀는 여전히 움직이지 않았다.

"정말 아무 문제 없는 거예요?"

"아무 문제 없어요."

우리는 잠시 말없이 앉아 있었다.

마침내 조애나가 입을 열었다.

"나는 그저 기다리고 있는 거예요."

"뭘 기다리는데요?"

"당신이 우리가 오늘 아침 뭘 할지 결정하기를요. 난 지쳤고 당신이 결정을 내리기를 원해요. 그동안 일하는 모습을 봤기 때문에 나는 당신이 충분히 할 수 있다는 걸 알아요. 당신은 캐나다에서 컨퍼런스가 열렸을 때 모두의 관심을 한 몸에 받았어요. 당신은 그 세계에서는 완벽하게 상황을 통제할 줄 알아요. 사람들에게 조언을 하고, 확신을 주고, 그들을 이끌 줄 알죠.

그래서 당신이 집에서도 똑같이 하기를 바라요. 물론 당신이 이런 일에 익숙하지 않다는 점은 알지만 나는 모든 결정을 혼자 내리는 데 지쳤어요, 내 사랑. 그래서 당신이 오늘 뭘 할지 결정할 때까지 여기에 앉아 있을 거예요."

나는 무슨 말을 해야 할지 알 수가 없었다. 그런데 조애나를 바라보니 하루 종일이라도 기다릴 태세였다.

나는 마침내 말했다.

"슈퍼마켓에 먼저 가는 게 어때요?"

그녀가 아무 말 없이 일어섰고 우리는 밖으로 나갔다. 나는 서서히 무엇을 할지 또는 무엇을 먹을지를 결정하고 내가 배가 고픈지 아니면 목이 마른지를 판단하는 법을 배우고 있다. 그러나 몇 달 밖에 남지 않은, 6월에 있을 우리의 결혼식에 관해서는 결정을 내려야 하고 빠져나갈 구멍이 없다.

조애나가 일 때문에 바빠서 많은 일을 내가 계획하고 있다. 조애나는 이날을 오래도록 꿈꿔왔기 때문에 하객들을 대접하는 데 쓰려고

백 장도 넘는 금빛 접시를 모아두었다. 그러나 많은 사람들이 장거리 이동을 해야 한다는 문제에 부딪혀 우리는 애초의 계획을 완전히 바꾸어 단 여덟 명─우리 부모님, 데이비드, 킴, 조애나의 어머니, 그녀의 친구 세 명─만이 참석하는 간소한 결혼식을 교회에서 치르기로 했다. 하지만 아무리 작은 결혼식이라 할지라도, 음식, 꽃, 의복, 교통, 장소, 메뉴를 정하는 일은 여전히 중요한 과제이다. 미리 생각해두어야 할 자잘한 일들이 한두 가지가 아니라서 나는 아예 모든 정보를 기록한 파일을 만들었다. 조애나와 함께 읽고 검토해서 결정을 내릴 생각이다.

내가 가장 자신 있게 내놓을 수 있는 것은 남아프리카공화국을 떠나오기 전에 조애나를 위해 미리 준비해둔 결혼반지다. 다이아몬드가 촘촘히 박혀 있고 우리의 사랑을 상징하는 한 쌍의 홍합이 정교하게 세공되어 있는 황금 반지다. 홍합은 일단 하나로 합쳐지고 나면 무엇도 갈라놓지 못한다. 세찬 파도조차도.

기다림

교회 안은 서늘하고 조용하다. 내 앞으로 쭉 뻗어 있는 긴 통로 맨 끝에 엄마, 남동생, 여동생이 자리 잡았고, 또 다른 좌석에는 친구들이 앉아 있다. 나는 교회 문 앞에서 기다리며 제단 뒤로 보이는 거대한 스테인드글라스 창을 응시한다. 스테인드글라스 창의 색깔들이 밝아지기 시작하니 반갑게 느껴진다. 아침에 비가 조금 내려서 그런지 날씨 탓에 오늘의 대사를 망치지나 않을까 신경이 쓰인다. 하지만 고개를 돌려 밖을 내다보니 밝은 햇살이 비친다. 생울타리마다 꽃들이 그득하고, 장미가 활짝 피어나며, 머리 위로 끝없이 파란 하늘이 펼쳐진, 바야흐로 영국에서만 볼 수 있는 눈부시게 아름다운 6월이다.

나는 조애나를 생각한다. 오늘 아침 일찍, 조애나가 결혼식 축하

파티가 열릴 컨트리 하우스로 준비를 하러 간 이후 그녀를 보지 못했다. 우리는 모두 오늘을 잊지 못할 것이다. 통로 쪽을 바라보니 엄마가 미소 짓고 있다. 남아프리카공화국에서 여기로 온 이후 엄마는 줄곧 행복한 표정을 짓고 있으며 얼굴에서는 빛이 난다. 남동생과 여동생이 엄마 곁에 조용히 앉아 있다. 영국에서 가족들을 보니 얼마나 좋은지 모르겠다. 신랑 들러리인 아빠는 나와 함께 서 계신다.

아빠는 나를 보고 웃으며 말한다.

"곧 이리로 올 거야. 너무 걱정하지 마."

나는 걱정하지 않는다. 그저 조애나를 보고 싶어 행복한 조바심을 느낄 뿐이다. 떨리는 마음에 거의 두 시간 전에 교회에 왔다. 기다리는 나의 곁을 아빠가 지켜주시니 기쁘다. 아침에 아빠가 옷 입는 것을 도와주실 때—흰 셔츠의 단추를 채워주고, 붉은 넥타이를 매주고, 진회색의 핀 스트라이프 정장으로 갈아입는 것을 거들어주고, 검정 구두의 끈을 매주고—나는 어떤 날보다도 바로 오늘 묵묵하고 한결같은 아빠의 존재가 필요함을 깨달았다. 아빠가 곁에 있다는 것만으로 아주 익숙한 편안함을 느낀다. 이런 편안함이야말로 내 기억에 남은 가장 오래된 감정이다.

아빠의 얼굴에 흐뭇한 기색이 번진다. 오래전 자신의 결혼식을 떠올리고 있는 것은 아닐까? 부모님의 결혼 생활은 결코 수월하지 않았다. 두 분은 이런 날이 오리라고는 결코 생각지 못했으리라. 마치 동화 속 해피엔딩이 실제로 이루어질 거라고는 차마 믿지 못하는 아이들 같아 보인다. 조애나와 내가 우리의 보금자리를 안내해드리고 이곳 생활의 이모저모를 보여드린 다음부터 부모님의 눈동자는 좀 더 밝게 빛났고 얼굴에도 더 큰 웃음이 번졌다. 부모님은 우리와 함께 기쁨을 나누었다.

오후 1시 25분. 곧 마차를 타고 조애나가 교회로 올 것이다. 지금 그녀는 행복해하고 있을까? 아니면 긴장하고 있을까? 이제 몇 분만 더 있으면 그녀를 보게 된다. 나는 무릎에 놓인 스피치 박스를 내려다본다. 한때 부모님이 사주려고 했던 블랙박스보다 기능이 더 발전한, 지난 몇 년간 사용해온 기기이다. 평소에 자주 사용하지는 않지만 오늘은 결혼 서약을 하기 위해 가지고 왔다. 결혼이 합법적인 행사가 되려면, 신랑은 사람들 앞에서 서약해야 하고, 하객들은 "그러겠습니다" 버튼을 누르는 내 모습을 지켜보는 증인이 되어야만 한다.

나는 잠시 후 할 말들을 떠올려본다. 의사소통 기구에 입력해둔 한마디 한마디가 기억 속에 아로새겨졌다.

기쁠 때나, 슬플 때나
부유할 때나, 가난할 때나
아플 때나, 건강할 때나
죽음이 우리를 갈라놓을 때까지

나는 이보다 더 의미 깊은 말은 할 수 없을 것 같다. 한 음절 한 음절, 한 구절 한 구절이 사랑의 맹세와 함께 가슴속에서 큰 울림을 자아낸다. 처음 검사를 받던 날로부터 8년이 흐른 지금, 내가 여기에서 사랑하는 이와 평생을 약속할 순간을 기다리고 있다니, 이게 얼마나 꿈같은 일인가?

그녀는 예배 시간마다 습관처럼 읽어온 성경 구절의 진정한 의미를 가르쳐준 사람이다. "믿음, 소망, 사랑, 이 세 가지는 항상 있을 것인데 그중에 제일은 사랑이라." 나의 삶은 이 세 가지를 모두 아우르며 흘러왔는데 그중에서 가장 위대한 것은 사랑이다. 어떤 형태이건 간에 말이다. 나는 한 소년으로서, 남자로서, 아들로서, 형으로서, 손자로서, 친구로서 사랑을 경험했고, 다른 사람들 사이에서도 사랑을 보아왔다. 혹독한 어둠의 나날 속에서 우리를 지탱해주는 것은 역시 사랑이다. 지금 그 사랑이 감히 생각지도 못했던, 저 높이 빛나는 태양까지 나를 들어 올리고 있다.

순간 총총거리는 발소리가 들린다.

"신부가 왔다!"

누군가 외친다.

"문을 닫아요!"

오르간 연주자가 음악을 연주하기 시작하자 아빠가 내게로 몸을 기울이며 묻는다.

"준비됐니, 애야?"

내가 고개를 끄덕이자 아빠가 통로를 따라 나를 밀어주기 시작한다. 머릿속으로 기억들이 주마등처럼 스쳐 지나간다. 참 많이 달려 여기까지 왔다. 제단 앞에 멈추어 서자, 마음속에 잔잔한 흥분이 일렁인다. 나는 고개를 돌려 조애나를 본다. 그녀는 크리스털 장식들이 박힌 흰 드레스를 입고 얼굴에는 베일을 덮고 있다. 빨간 장미 부케를 손에 들고서 미소를 짓고 있다. 심장이 멎는 기분이다.

나는 오늘, 지난날을 되돌아보지 않겠다. 지금은 과거를 잊을 시간이다.

내가 생각할 수 있는 것은 오로지 미래뿐이다.

조애나가 여기 있다.

내게로 걸어오고 있다.

나는 오늘,
지난날을 되돌아보지 않겠다.
지금은 과거를 잊을 시간이다.

감사의 말

지금의 내가 있게 해준 나의 가족에게 감사합니다. 엄마, 아빠, 킴, 데이비드, 정말 많은 것을 가르쳐주었어요. 웃는 법, 가족의 소중함, 그리고 좋을 때나 나쁠 때나 서로에게 의지하는 법까지. 정말 사랑합니다.

조건 없는 사랑으로, 개는 진정 인간의 가장 좋은 친구임을 몸소 보여준 푸키와 코작에게 감사합니다.

내게 커다란 도움을 주었으며 우정의 가치를 가르쳐준 버나 판데르 발트, 에리카 우반가모, 캐린 포리, 키티 위스 박사, 후안 본먼 교수, 모린 케이시, 커스틴 톤싱, 마이캘 하티 박사, 사이먼 식호사나, 샤킬라 다다 박사, 재닛 루츠, 코넬리 스트라이돔, 앨레시아 새뮤얼스, 다이앤 넬슨 브라이엔 교수, 일레인 올리비에, 수 스웬슨, 코르네 크루

거, 재키 바커, 리에트 프레토리우스, 로넬 앨버츠, 트리시아 혼, 산드라 하틀리에게 감사합니다.

이 밖에도 감사할 분들이 정말 많습니다. 저마다 다른 방식으로 나의 삶을 변화시키고 내가 여기까지 올 수 있도록 이끌어준 친구들, 동료들, 그리고 때때로 마주쳤던 이름 모를 분들 모두에게 감사의 말을 전합니다.

나를 도와주고 지지를 아끼지 않았던 보완대체의사소통센터의 모든 친구들과 동료들에게 감사하며, 우리가 함께 보냈던 소중한 시간들에 감사합니다. 나를 여기까지 인도해주시고 내게 여전히 축복을 주시는 하나님께도 감사합니다.

컴퓨터에 문제가 있을 때마다 기꺼이 나를 도와준 실리어 뒤 프리즈, 그리고 도움이 필요할 때마다 손을 내밀어준 마이크로소프트 남아프리카공화국 지사의 앨비 베스터, 센서리 소프트웨어의 폴 호우스, 바니 호우스 외 여러분들께도 감사의 말을 전합니다.

마지막으로, 이메일 한 통이면 언제든지 곁에 있는 듯 든든했던 이반 멀캐히, 나를 믿고 지원해준 사이먼앤드슈스터 출판사의 케리 샤프, 그리고 무엇보다도 이 책이 나오기까지 오랜 시간 동안 아낌없는 노력을 쏟아준 메건 로이드 데이비스에게 깊은 감사를 전합니다.

옮긴이 **이유진**

이화여대 불어불문학과를 졸업하고 광고, 마케팅 업계에서 일했다. 이후 이화여대 통번역대
학원에서 번역학 석사를 취득한 뒤 지금까지 번역의 바다에서 헤엄치는 중이다. 〈코리아 타임
스〉 주최 Modern Korean Literature Translation Awards(2008)에서 수상한 바 있으며, 역서
로는 《Korean Cuisine: A Cultural Journey》《누가 아메리칸 드림을 훔쳐갔는가? II》《우리가
밤에 본 것들》 등이 있다.

엄마는 내가 죽었으면 좋겠다고 말했다

첫판 1쇄 펴낸날 2017년 3월 24일
　　3쇄 펴낸날 2017년 4월 12일

지은이 마틴 피스토리우스, 메건 로이드 데이비스　**옮긴이** 이유진
발행인 김혜경
편집인 김수진
책임편집 윤진아
편집기획 이은정 김교석 이다희 백도라지 조한나
경영지원국 안정숙
마케팅 문창운 노현규
회계 임옥희 양여진 김주연

펴낸곳 (주)도서출판 푸른숲
출판등록 2002년 7월 5일 제 406-2003-032호
주소 경기도 파주시 회동길 57-9, 우편번호 10881
전화 031)955-1400(마케팅부), 031)955-1410(편집부)
팩스 031)955-1406(마케팅부), 031)955-1424(편집부)
홈페이지 www.prunsoop.co.kr
페이스북 www.facebook.com/prunsoop　**인스타그램** @prunsoop

ⓒ 푸른숲, 2017
ISBN 979-11-5675-684-2 (03840)

이 도서의 국립중앙도서관 출판시도서목록(CIP)은 e-CIP 홈페이지(http://www.nl.go.kr/ecip)와
국가자료공동목록시스템(http://www.nl.go.kr/kolisnet)에서 이용하실 수 있습니다. (CIP2017006385)